KB137635

숨은 눈

숨은 눈

지은이 | 장정옥

발행 | 2018년 8월 20일

펴낸이 | 신중현
펴낸곳 | 도서출판 학이사
출판등록 | 제25100-2005-28호

대구광역시 달서구 문화회관11안길 22-1(장동)
전화_(053) 554-3431, 3432 팩시밀리_(053) 554-3433
홈페이지_http://www.학이사.kr
이메일_hes3431@naver.com

ISBN_979-11-5854-148-4 03810

이 도서의 국립중앙도서관 출판예정도서목록(CIP)은 서지정보유통지원시스템 홈페이지와 국가자료공동목록시스템(http://www.nl.go.kr/kolisnet)에서 이용하실 수 있습니다.(CIP제어번호: CIP2018025244)

대구문화재단 Colorful DAEGU 문화체육관광부

'본 서적은 2018 대구문화재단 개인예술가창작지원으로 출간되었습니다.'

장정옥 소설집

學而思 | 학이사

차례

숨은 눈

숨은 눈

고개를 젖혀 엘리베이터 천장을 살폈다. 카메라 렌즈가 검은 눈을 빛내고 있었다. 경비실에 비치된 여러 개의 모니터에 내 모습이 비친다고 생각하니 물고기 비늘처럼 온몸에 감기는 이물감이 느껴졌다. 그 비밀스러운 느낌이 꼭 엘리베이터의 CCTV 탓만은 아녔다. 언젠가부터 횡단보도를 건너는 인파들 사이, 혹은 버스정류장이나 카페 곳곳에서 숨은 눈이 나를 따라다녔다. 그것은 가끔 내 귀에 비밀스럽게 속삭이기도 했다. '널 지켜보고 있어.' 그까짓 카메라 렌즈쯤이야. 뱃속에 돌을 품고도 살아내는데.

"811호에 이사 오신 분이죠?"

음식 쓰레기통을 든 여자가 812호에 산다며 자기소개를 했다. 그러니까 저 바글바글하게 구운 파마머리가 밤마다 양재기를 던지고 욕설까지 해가며 남편과 싸움을 벌이는 여자란 말인가. 갈치 대가리가 음식쓰레기통 뚜껑을 쳐들고 있었다. 갈치 코에 낚싯바늘이 걸려 있었다. 여자의 입에서 갈치 비린내가 났다. 좀 조용히 살자고 쏘아붙이려다 고개를 돌렸다. 잔소리하자고 들면 여자의 비린내 나는 입 냄새를 맡으며 몇 마디 주고받아야 하는데, 그랬다간 헛구역질을 하고 말 것 같았다. 냄비와 그릇을 죄다 우그러뜨리는지 그들은 하루가 멀다 하고 우당탕거리며 싸웠다. 선애가 야근하는 날은 혼자 자고 혼자 깨어난다. 먼지 한 톨 움직이지 않는 집에서 장롱이나 화장대 같은 가구와 잠을 청하다 보면 옆집 사람들의 소란이 적막을 덜어줄 때도 있다. 싸움 구경하는 것보다 재미있는 놀이가 없다는데 적당히 하면 누가 뭐래. 벽을 사이에 두고 날마다 아귀다툼을 듣다 보니 그 집에 숟가락이 몇 개고 한 달에 카드값이 얼마 나오는지 저절로 알게 되었다.

엘리베이터 문이 열리고서야 참았던 숨을 길게 내쉬었다. 냄새는 거짓말을 못한다. 인간들이 냄새만큼 솔직하면 주먹다짐이 시작되기 전에 싸움이 끝날 텐데, 아쉽게도 다들 자기 냄새는 맡을 줄 모른다. 인간들의 입에서 쏟아지는 말 만큼 다양한 냄새를 품은 것이 세상에 또 있을까. 어쩌면 인간에겐 필요한 것은 형법 몇 조 몇 항의 법조문이 아니라 속을 털어놓을 자아비판대가 아닐까 싶다. 자백하는 순간 몸에서 구린내가 가시고 영혼이 정화된다면 얼마나 살기가 편할까. 자백이 조금만 더 빨랐다면 고객이었던 여자와 사랑에 빠졌다는 남자의 어설픈 고백쯤 장난으로 들어 넘겼을 텐데, 항상 도를 넘는 게 문제다.

관리실을 향하며 호주머니의 돌을 만지작거렸다. 전 남편의 뱃속에서 빼낸 것이었다. 뱃속을 들여다보기 전에는 제 몸에 어떤 비밀이 감춰져 있는지 짐작하기 어렵다. 내내 멀쩡하던 그가 이혼하자고 덤비지를 않나 도장 찍기를 기다린 듯 수술실로 실려 가지를 않나, 뱃속의 돌도 숨겨둔 여자만큼 감추기 어려웠던 모양이다. 담석으로 입원했다는 연락을 받기 전까지는 두 번 다시 그와 얼굴 맞댈 일이 없을 줄 알았다. 병이 나니까 헤어진 전처 생각이 나던지 전화에 대고 숨이 넘어갈 듯 비명을 질러댔다. 몸뚱이가 멀쩡할 때는 호기롭게 도장을 쿵 찍더니 담석이 내장을 후벼대니 헤어진 마누라를 찾을 건 뭔가. 끝까지 모른 척하고 있으려니 간호사가 내 번호를 눌러서 그를 돌봐줄 보호자가 필요하다고 했다. 멀쩡한 부부를 이혼까지 시킨 여자는 병원에 얼씬도 하지 않고, 딸만 종종걸음치며 병실을 드나들었다. 선애는 일이 바빠서 병실에 붙어 있지도 못하면서 아빠를 화장실에 데려갈 사람이 없다고 투덜거렸다.

"간병인 쓰라고 해."

"아빠가 싫대."

"그 여자 부르든지."

"두 사람 헤어졌대."

"그러니까 이제 와서 나더러 오줌통 들어주라고?"

"엄마, 한 번만."

"우린 도장까지 찍은 사이야."

"엄마, 한 번만 도와줘. 나를 봐서."

딸과 말을 맞추었는지, 그가 요양보호사로 와주면 월급을 두둑하게 챙겨주겠다고 했다. 다른 사람 부르라니까 내가 아니면 안 된다며 눈물을 쥐어짰다. 미친놈이라고 욕을 해주었다. 선애는 병든 이웃을 도와준다고 생각하라며 우는소리를 해댔다. 퇴원할 동안만 돌봐주라는 선애에게 화가 치밀어, 엄마 자존심은 안중에도 없느냐고 쏘아붙였다. 선애는 딱 한 번만 속으라며 두 번 다시 이런 부탁 하지 않겠다고 다짐했다. 만약 끝까지 모른 척하면 앞으로 아빠는 물론 엄마까지 안 만나겠다고 으름장을 놓았다. 부녀가 공모해서 나를 함정에 빠뜨린다는 의심이 드는데도 엄마와 절연하겠다는 딸의 말이 무서웠다. 남편이야 마음만 먹으면 열 번이라도 만들 수 있지만 폐경이 가까운 나이에 딸을 새로 만들기는 어려우니, 내키지 않아도 딸의 비위를 맞출 수밖에.

"엄마 자존심이나 뭉개놓고, 넌 나쁜 딸이야."

"나중에 내가 잘할게."

"너나 잘 하고 살아."

그 말이 가슴에 박히는지 선애가 눈물을 쏟았다. 그들의 부탁을 끝까지 물리치지 못하고 바람나서 도망간 남자의 병수발을 들기로 했다. 그게 우리 세 사람이 선택할 수 있는 최선의 방법이었다. 딸을 잃지 않으려고 마음에 없는 짓까지 하는 내가 너무 싫었다. 담당 의사는 담석도 문제지만 당뇨 수치까지 높다며 관리가 필요하다고 했다. 이래저래 울화를 감당하는 건 내 몫이었다. 그에게 참았던 한 마디를 던졌다.

"헤어진 부부에게 오갈 건 물리적인 계산뿐인 걸 똑똑히 기억했으면 좋겠어."

빠른 계산만이 인간관계를 투명하게 해준다니까 그가 마음대로 하라며 체크카드를 던져주었다. 돈을 모두 어디에 썼는지 한 달 간병비도 빠듯했다. 돈을 알뜰히 빼먹고 뒤로 빠졌는지, 아니면 빼먹을 돈이 없어서 도망쳤는지 그의 내연녀는 병원 근처에 얼씬도 하지 않았다. 수술실에 들어가기 전, 그는 덫에 걸린 쥐처럼 벌벌 떨었다. 콩알만 한 돌멩이 하나 끄집어내는 간단한 수술이라고 위로해주려다 말았다. 아무런 이해관계가 없는 환자였으면 위로가 되는 말로 다독여주었을 것이다. 우리 사이에 말이 필요 없게 된 지 오래여서 거짓 위로도 귀찮았다. 그가 다급한 목소리로 물었다.

"아무 데도 안 갈 거지?"

근무 중에 어딜 가겠느냐고 말해주었다. 그래도 못 믿겠는지 수술실을 향하던 중 그는 다크서클이 덮인 안색으로 나를 쳐다보았다. 마음만 먹으면 세상이라도 사들일 듯 둘러치고 메치던 허세가 초췌한 안색처럼 찌들어 있었다. 감추려거든 끝까지 잘 감추든지. 비밀을 벗어 던진 그는 한 마리 병든 짐승에 불과했다. 겁에 질려 떨고 있는 그와 위자료를 던지며 허세를 떨던 그가 홀로그램에 떠있는 두 개의 영상처럼 머릿속을 어지럽혔다. 세상에 두 번 없는 인연을 만난 듯 큰소리 뻥뻥 치더니 고작 이 꼴로 나를 찾느냐니까 그가 변명하듯이 말했다.

"미안해."

이혼까지 한 마당에 그게 다 무슨 소용인지. 그와 헤어지고 한동안 무거운 짐을 내려놓은 기분에 등이 가벼웠다. 젊은 여자와 새 생활을 시작한다는 기쁨 때문인지 그가 위자료까지 두둑하게 챙겨주었다. 갑자기 생긴 돈과 시간을 어디에 쓸까 고민하다 섬마을로 여행을 떠났다. 우리나라의 섬을 죄다 돌아보는 여행을 꼭 해보고 싶었다. 첫 여행지였던 울릉도 탐사를 마치고 집으로 오던 중, 시선을 끌어당기는 어떤 것에 발이 묶였다. 휙 지나친 걸음을 뒤로 물려 전자대리점 진열장 앞에 걸음을 멈추었다. 모니터에 측면으로 고개를 돌린 내 모습이 비쳤다. 여행의 노독 때문일까. 모니터에 비친 내 모습이 나이보다 늙어 보였다. 내가 왜 여기 서 있나 어리둥절했다. 내가 얼굴을 돌리면 화면의 그것도 얼굴을 돌렸고, 웃으면 나를 따라 마주 웃고, 눈을 깔면 그것도 눈을 내리깔았다. 진열장을 살폈다. 모니터에서 두 뼘 정도 떨어진 진열장 윗부분에 비디오카메라가 매달려 있었다. 고등어 눈알만큼 작고 검은 눈을 가진 카메라였다. 손바닥으로 카메라의 눈을 가렸다. 그러자 늙고 지쳐 보이던 내 모습이 사라졌다. 손을 떼자마자 다시 나타났다. 화면을 노려보다 달아나듯 전자대리점을 떠났다.

보이지 않는 눈이 나를 따라다닌다는 환각에 시달리기 시작한 건 그때부터였다. 어떤 날은 남편에게 전화를 걸어 왜 미행을 하느냐고 따지기도 했다. 내가 무슨 짓을 하건 웬 상관이냐며 다시 한 번 사람을 붙이면 신고하겠다니까 남편은 그런 적 없다고 우겼다. 정말 그가 사람을 시켜서 내 뒤를 캤는지 어쨌는지는 알 수 없지만 나는 분명히 느꼈다. 내 뒤를 따르는 집요한 눈길을.

*

관리사무실은 아파트 상가건물 이 층이었다. 계단을 올라 출입문을 밀자 연분홍색 실국화가 그윽한 향으로 나를 맞았다. 관리소장의 자리에서 중년 남자가 자고 있었다. 안전마크가 찍힌 작업복과 삐딱하게 쓴 모자로 보아 관리소장은 아닌 듯했다. 관리실 직원이 자리를 비웠다. 나는 손님 접대용 의자에 앉아서 디지털 시계와 '능파각 판교'를 찍은 벽의 사진을 보며 직원을 기다렸다. 물굽이를 거슬러 오른 계곡에 아름드리 거목으로 지은 능파각이 세속의 시름을 잊고 서 있었다. 물에 비친 반영에 낙엽이 떠다녔다. 얼른 보면 정자라고 착각하기 좋을 만한 다리였다. 몇 해 전에 남편과 태안사를 지나다 그 다리를 건넜다. 앨범을 뒤져보면 그와 내가 다리에서 평화로운 미소를 짓고 있는 사진이 있을 것이다. 다른 사진은 다 버렸으면서 유독 그 사진만 남겨둔 것은 평화롭게 늙어가는 두 사람의 모습이 정겨워 보였기 때문이다. 사진을 가만히 보고 있으면 과거와 현재가 분리되는 느낌이 든다. 과거의 그는 판교 다리 위에서 부드럽게 웃는데, 현재의 그는 아내를 비참하게 만들던 뻔뻔함을 잊고 병실에 누워 있으니.

관리소장의 책상에 유리관이 놓여 있었다. 수초가 햇빛을 받아 적색 빛을 띠었다. 빛의 강도에 따라 적색과 녹색으로 몸 색깔을 바꾸는 열대식물 디디플러스가 열대어의 애무를 받으며 하늘거렸다. 유리관에 담긴 산소공급기로 기포가 보글보글 솟아올랐다. 물방울은 수면에 떠오르자마자 자취를 감추었다. 블랙테트라 한 마리가 꼬리지느러미를 흔들며 놀았다. 부지런히 수초를 헤치고 다니던 블랙테트라가 지친 듯 움직임을 멈추고 떠 있었다. 관리실을 지키는 사람도 자고, 물고기도 자고, 따사로운 가을볕도 졸았다. 나는 수초를 흔들어 열대어를 깨웠다. 한 마리뿐인 열대어가 심심해 보였다. 사람도 물고기도 혼자서는 무슨 짓을 해도 심심한데 어째서 한 마리뿐인지 모르겠다.

전화벨이 울렸다. 자고 있던 남자가 화들짝 놀라며 눈을 떴다. 그는 수화기를 들다 말고 깜짝 놀라는 표정으로 나를 쳐다보았다. 언제부터 거기 있었느냐고 묻는 얼굴이었다. 그는 통화 중에 손님이 있다며 전화를 끊었다. 그는 빌려줄 돈 있으면 내 사업을 하지 미쳤다고 이렇게 심심한 곳에 처박혀 있겠느냐고 중얼거렸다. 남자가 내게 찾아온 용건을 물었다. 나는 주차허가 딱지와 폐기물에 붙일 스티커가 필요하다고 했다. 남자는 여직원이 식사를 마치고 올 동안 앉아서 기다리라고 했다.

"서랍이 잠겨 있어요."

그는 사무실을 지키는 것 말고는 아무 권한이 없다고 했다. 그는 여직원의 꽃방석에 엉덩이를 붙이며, 센트로피아 총 850세대의 설비를 담당하고 있는 설비기사 박이라고 자기소개를 했다. 그가 활기찬 목소리로 내게 물었다.

"이사 오셨나 보군요. 어디 살다 왔어요?"

"수성 3가."

"아, 도랑 건너 재개발지역. 보상금 많이 받았어요?"

"집만 없앴어요."

'알 박기'로 시공사와 줄 당기기를 잘한 사람은 짭짤한 보상을 받았다는 박의 수다는 네거리에 들어선 주상복합단지를 화제로 삼았다. 주상복합단지가 들어선 제주가든 한 평에 일반 아파트 한 채 값이라느니, 기초 닦자마자 90평의 최고평수가 비공개로 팔렸는데 반 이상이 서울서 내려온 투기꾼에게 넘어갔다느니, 한참 투기에 관한 얘기를 떠들던 박이 조금 전에 통화한 친구 얘기를 했다.

"방금 전화 온 친구는 하루 매상이 오만 원도 안 되던 낡은 목욕탕으로 삼십 억을 벌었어요. 삼십 억으로 양평에 땅을 샀는데 별장 지을 돈이 없다고 돈을 빌려 달래요."

복 많은 놈은 눈만 감았다 떠도 돈인데 복 없는 놈은 죽으나 사나 희나리 신세라며, 박은 물꼬가 터진 말문을 닫지 못했다. 거액을 보상 받고도 술 한 잔 사지 않더니 몇 달 만에 걸려온 전화가 돈을 빌려 달라는 통화였다며, 돈 나올 구멍도 없는데 뭘 믿고 빌려주겠느냐고 했다. 돈이 있어도 안 빌려준다고.

수다를 듣고 있을 때가 아닌데 식사하러 간 직원이 나타나지 않았다. 선애가 머리 감는 것을 보고 나왔다. 예비부부들 야외촬영 일정이 밀려서 빨리 나가봐야 한다고 했다. 밥을 차려주려니 씻고 나서 먹겠다고 했다. 자칫 딸애를 빈속으로 보내겠다 싶어서 자리에서 일어섰다. 휴대폰이라도 가져올 걸 그랬다. 여직원의 책상에 놓인 전화기를 당겨 번호를 눌렀다. 선애는 지금 화장을 하는 중이라고 했다. 지금 곧 간다고 했다. 박의 얘기를 건성으로 들으며 어항 속의 물고기를 쳐다보았다. 물고기가 심심해 보였다. 박에게 물었다.

"어째서 물고기가 한 마리예요?"

"지금까지 넣어준 고기가 열 마리라면 믿겠어요? 저 녀석이 먹어치우는지 자고 나면 없어요."

"혼자 있는 것보다 둘이 있는 게 나을 텐데 왜 잡아먹죠?"

"권태 때문인지도 모르죠."

계단을 오르는 발소리가 들리고 여직원이 손지갑을 흔들며 들어왔다. 언제 누구와 무슨 얘기를 나눴냐는 듯 박이 근엄한 표정으로 신문을 펼쳤다. 방문자들과 쓸데없는 얘기하지 말라고 주의라도 받은 모양이었다. 접대용 소파로 옮겨 앉는 박이 블랙테트라처럼 권태로워 보였다.

주차허가 딱지와 폐기물에 붙일 스티커를 받아서 나오니 재활용 창고에 내놓았던 남편의 코트와 가죽재킷, 정장이 없어졌다. 누가 입으려고 가져갔나 보았다. 옷을 챙겨가라고 다섯 번쯤 말했는데도 가져가지 않아서 옷걸이에 걸린 채로 내다버렸다. 필요한 사람이 가져가서 입으면 재활용하는 거지. 빌린 물건은 곱게 쓰고 돌려줘야 하지만 재활용은 그럴 필요가 없다. 남편이 고객이었던 이혼녀와 새 삶을 꿈꾼 것처럼 재활용품도 필요한 사람이 가져다 쓰면 된다. 금방이라도 웨딩마치를 울릴 것처럼 덤비더니 무슨 영문인지 그들은 재활용 단계에 이르지 못했다. 그들의 재활용이 불발로 끝난 게 남편의 담석 때문인지 빈 통장 때문인지 알 수 없었다.

엘리베이터 거울이 깨졌다. 뭔가 단단한 것으로 내려쳤

는지 거울에 와선형의 실금이 쭉 뻗어 있었다. 조금 전까지 멀쩡하던 거울이었는데 내가 관리실에 있는 동안 엘리베이터에서 무슨 일이 벌어졌는지. 깨진 거울에 비친 내 얼굴이 모자이크로 만든 초상화 같았다. 조각조각 이어 붙인 얼굴에서 콧등과 입술의 인중 부분이 빠져 있었다. 바닥에 떨어진 거울 조각을 집었다. 거울 조각의 예리한 날을 들여다보다 왼쪽 손목을 들었다. 손목에 이빨로 물어뜯은 것 같은 흉터가 있었다. 날이 하얀 유리 조각의 예리한 모서리를 흉터 부위에 들이댔다. 아기를 업은 여자가 엘리베이터를 탔다. 여자가 내 손목에 대고 있는 거울 조각을 보더니 얼굴색이 하얗게 변했다. 거울 조각을 깨진 부분에 끼웠다. 금이 가긴 했지만 모자이크가 완전하게 맞춰졌다. 여자가 카메라를 슬쩍 올려보았다. 내가 거울을 깨뜨렸다고 생각하는 모양이었다. 세상에 변명 못할 일이 얼마나 많은지.

내 손목에 흉터를 만든 것은 향수병 파편이었다. 출장에서 돌아온 남편의 가방을 정리하다 옷가지 사이에 놓여 있는 향수를 발견했다. 불가리 옴니아는 내가 사준 것이 아녔다. 여행가방에서 꺼낸 빨랫감에 향수를 듬뿍 뿌렸다. 면도를 마친 그가 화장수를 바르다 말고 코를 킁킁댔다.

"뭐야, 향수 뿌렸어?"

"누가 사준 거야?"

"내가 샀어."

"거짓말. 예전에 결혼기념일 선물로 사주니까 냄새가 싫다고 했어."

"취향은 변하는 거야."

"잠자리 상대가 바뀌듯?"

"무슨 말을 하는지 모르겠네."

달아나듯 방을 나가는 남편을 보며 향수병을 방바닥에 내동댕이쳤다. 온 집안에 마살라티 향이 번졌다. 베란다 창을 활짝 열었다. 조금씩 엷어지는 냄새를 맡고 있으려니 아이 낳고 살아온 내 생애가 향수 냄새처럼 휘발되는 느낌이었다. 거울 앞에 선 내 모습이 매미허물처럼 헐렁해 보였다. 향수 냄새가 가시길 기다리다 병 조각으로 팔뚝을 그었다. 정신을 잃기 전에 내 발로 병원에 갔다. 그런 식으로 삶을 놓는 것은 내가 원하는 방법이 아녔다. 상처가 아물고도 한참 동안 향수 냄새 때문에 밥을 못 먹었다.

팔 층 복도가 텅 비어 있었다. 복도에 끌리는 내 슬리퍼 소리 사이로 채소장수의 외침이 들렸다. 풋고추, 양파, 고등어, 오징어 등, 줄줄이 이어지는 외침 너머로 백화점 건물에서 펄럭이는 플래카드가 보였다. 붉은 글씨로 흘려 쓴 '가을 정기 바겐세일' 광고였다. 백화점은 일 년에 네 번의 정기 바겐세일을 하지만 세일이 안 되는 상품이 더 많다. 꾸준히 팔리는 상품은 세일을 하지 않나 보았다. 가끔 이월상품 중에 마음에 드는 물건을 살 수 있어서 바겐세일 때에 잊지 않고 찾아간다. 인생도 할인된 가격으로 사들여서 부족한 부분을 채울 수 있으면 삶이 좀 여유롭지 않을까. 생이 절박한 이유는 단 한 번뿐이기 때문이다. 오직 한 번이어서.

벨을 눌렀다. 기척이 없었다. 두 번 세 번 벨을 누르다 손잡이를 당겼다. 문이 꽉 잠겨 있었다. 현관 비밀번호를 눌렀는데 거부의 신호음이 들렸다. 같은 번호를 다섯 번쯤 누르다 다른 번호를 눌렀다. 내 생일과 선애의 생일, 자동차 번호, 통장비밀번호를 다 눌렀는데도 문이 열리지 않았다. 복도로 나 있는 선애의 창을 두드렸다. 대답이 없었다. 목청을 돋워 선애를 불렀다. 분명히 기다리겠다고 했는데 조용한 것이 너무 이상했다. 머리 말리고 화장을 하려면 삼십 분은 걸린다. 열쇠가 있으면 열고 들어갈 텐데 빈손이었다. 왜 이렇게 조용하지? 너무 조용해서 불안했다. 엘리베이터의 깨진 거울이 눈앞에 어른거렸다. 닫힌 문을 아무리 두들겨도 반응이 없었다. 조금 전에 화장하고 있다는 말을 들었는데. 주위를 둘러보았다. 텅 빈 복도 끝에 그림자가 휙 지나갔다. 복도 끝까지 달려갔다. 아무도 없었다.

숨은 눈은 내 불안만큼이나 또렷했다. 주부가 강도에게 성폭행을 당하고 목숨까지 잃었다는 기사가 지난밤 뉴스에 나왔다. 들것에 실려 나가는 여자의 사체가 어른거렸다. 주먹을 쥐고 문을 두드렸다. 그 사이 누가 침입했을라고… 설마… 마음이 조급했다. 숨은 눈이 얄기죽거렸다. '딸이 예쁘지?' 문을 발로 걷어찼다. 딸을 부르는 내 목소리가 떨고 있었다. 인기척을 느낀 강도가 선애의 입을 틀어막고 있으면? 방문을 걸어 잠그면 비명을 질러도 모른다. 사람이 살지 않는 듯 괴괴한 정적이 소름 끼치게 적막했다. 현관은 잠겨 있고, 궁지에 몰려 달아날 곳은 베란다뿐, 다급해서 선애가 베란다로 뛰어내리기라도 하면…. 하느님 맙소사! 그때 누군가의 속삭임이 들렸다.

'뭘 하고 있어. 유리창이라도 깨뜨려야지.'

"맞아, 유리창을 깨뜨려야 돼."

신발이면 될까? 주먹으론? 슬리퍼는 지나치게 말랑말랑하고 주먹은 형편없이 연약했다. 유리를 깨려면 망치가 있어야 했다. 발을 동동 구르다 옆집 벨을 눌렀다. 한참만에야 막대 걸쇠가 걸린 문틈으로 잠을 깬 여자가 부스스한 얼굴을 내밀었다. 문을 열기까지 몇 차례의 질문이 오갔다. 누구냐, 무슨 일이냐, 누군 줄 알고 문을 열어주느냐, 강도가 들었으면 경비를 부르는 게 빠르다…. 지독하게 의심 많고 잔소리 많은 여자였다. 통사정을 하다 말이 통하지 않아서 빨리 문 열라고 악을 쓰며 문을 걷어찼다. 그래도 여자는 문을 열어주지 않았다. 문을 열기 싫으면 망치라도 빌려달라니까 망치는 없어서 못 빌려준다며 붉은 돌을 한 개 던져주고 부리나케 문을 잠갔다. '지독한 년! 선애에게 무슨 일이 있으면 가만두지 않을 거야.' 여자가 문틈으로 던진 것은 귀퉁이가 떨어져 나간 장식용 꽃돌이었다. 바닥에 굴러 떨어지며 한 조각이 떨어져 나간 모양이었다. 꽃돌이든 망치든, 유리창을 깰 수 있으면 된다. 선애방의 창문에 붙어 서서 방범창 사이로 돌을 내리쳤다. 유리창이 와장창 소리를 내며 깨졌다. 독 안에 든 쥐를 긴장시키기에 충분한 소음이었다. 그것으로 끝난 게 아녔다. 이중문이었다. 다시 한 번 돌을 내리쳤다. 안에 있는 유리창을 마저 깨뜨렸다. 손등에서 피가 흘렀다. 파편이 튀었나 보다. 깨진 유리창 사이로 안을 들여다보았다.

방이 달랐다. 행거가 놓여 있고 방바닥에 수북하게 쌓여 있는 옷가지 위에 유리조각이 얹혀 있었다. 열린 방문으로 거실이 보였다. 긴 소파가 놓여 있고 털이 하얀 강아지가 눈을 동그랗게 뜨고 짖어댔다. 목소리가 없는 개였다. 딴엔 창자가 당기도록 드세게 짖는데도 헉헉대는 소리뿐이었다. 목소리가 없는 개의 눈빛이 전자대리점에서 본 카메라 렌즈 같았다. 생각지도 않게 맞닥뜨린 눈이었다. 오나 가나 눈, 눈! 다급하게 뒷걸음질을 쳤다. 복도를 달려 역삼각형의 버튼을 눌러 엘리베이터를 불렀다.

'여기가 어디지? 내가 무슨 짓을 한 거야.'

조롱 어린 눈빛을 피해 계단으로 내려갔다. 계단을 딛는 발소리가 뒷머리를 퉁퉁 쳤다. 아파트 마당에 나와서야 내가 들어간 건물이 101동이 아니라 102동인 걸 알았다. 내가 조금씩 미쳐가고 있다는 생각이 들었다. 주차장에서 아스라이 서 있는 여덟 동의 시멘트 구조물을 원망스럽게 둘러보았다. 건물 입구에 공중전화 부스가 서 있다든지 동마다 외벽 색깔이 다르다든지 뭔가 뚜렷한 표시가 있으면 알아보기 쉬울 텐데, 이 건물 저 건물 할 것 없이 똑같이 생겼으니 착각할 만했다.

출입구에 씌어 있는 101동이란 글귀를 확인하고 건물 안으로 발을 들였다. 엘리베이터가 15층에서 움직이지 않았다. 할 수 없이 홀수 층 엘리베이터를 눌렀다. 도중에 엘리베이터가 멈춰버리면 어떻게 될까. 갑자기 줄이 끊어지지나 않는지. 엘리베이터를 기다리자니 하루에 두 번만 다니는 버스를 기다리는 것 같았다. '아아, 마뜩치 않은 곳이야.' 101동과 102동이 현관문에 붙어 있는 광고 스티커까지 똑같을 줄이야.

벨을 눌러도 응답이 없었다. 선애가 나가고 없었다. 두 번 세 번 벨을 누르다 손잡이를 당겼다. 문이 꽉 잠겨 있었다. 두어 번 목청을 높여 선애를 부르다 말았다. 전화로 비밀번호를 물어봐야 하는데 만사가 시들했다. 남의 집 창문까지 깨고 난리를 쳤는데도 여전히 현관 비밀번호가 생각나지 않았다. 내 생일과 선애의 생일, 자동차 번호, 통장비밀번호 등, 생각나는 대로 눌렀는데도 문이 열리지 않았다. 분명히 비밀번호를 내가 입력했고 그걸 선애에게 일러주었다. 그런데도 지우개로 지운 듯 캄캄했다. 치매? 이혼후유증으로 치매가 온 거야? 현관 앞에 털썩 주저앉았다.

"남의 집 유리를 깨뜨렸어."

집주인이 보면 얼마나 놀랄까. 저녁에 찾아가서 사정을 말하고 용서를 빌어야 했다. 현관 앞에 쪼그리고 앉았다. 눈을 감으면 아무것도 보이지 않는데 그까짓 숨은 눈 따위가 뭐라고 남의 집 창문까지 깨뜨리고 난리를 쳤는지. 혼자여서 무서웠어? 무릎에 얼굴을 묻고 복도의 정적에 귀를 기울였다. 옆집에서 싸우는 소리가 들렸다. 어젯밤에 살림까지 부셔가며 싸우고도 아직 풀지 못한 것이 남았는지. 이사 온 첫날부터 옆집 부부가 싸우는 소리를 들으며 짐을 풀었다. 남편이 준 위자료로 작은 아파트를 샀다.

옆집 여자는 방 얻어서 나가겠다는 말을 삼십 분에 한

번씩 했다. 벽 하나로 밀착된 이웃인데 안면을 익히기도 전에 싸우는 소리를 먼저 들었다. 벽 하나로 경계선을 그었다 뿐이지 한집이나 마찬가지였다. 사생활을 보호받기엔 벽이 너무 얇았다. 차라리 죽이라는 악다구니에 이어 양재기가 날아가나 싶더니 현관문이 벌컥 열렸다. 옆집 여자가 뛰어나왔다. 조그마한 체격에 바글바글 볶은 라면머리. 아이 이름이 '수야' 라던가. 여자가 엘리베이터를 향해 뛰었다. 뒤이어 손바닥으로 얼굴을 가린 남자가 씩씩대며 나왔다. 옆집 남자의 눈자위가 벌겋게 부어올랐다. 남자와 눈이 마주쳤다. 그는 여자에게 얻어맞은 부분을 문지르며 도로 들어갔다.

달아난 여자의 뒷모습을 생각하며 결혼 이십오 주년을 맞도록 거의 싸우지 않고 산 우리 부부를 생각했다. 싸울 일이 없어서 안 싸운 게 아녔다. 주먹다짐으로 서로의 몸에 상처를 입히고 살림을 부수며 사람답게 싸웠어야 했는데, 우리는 싸움이 소용에 닿지 않을 정도로 서로에게서 멀찌감치 떨어져 있었다. 서로 가슴속에 감춰둔 이빨을 내보이지 않고 살아온 것이 이혼의 이유였던지. 그에게 여자가 생긴 것을 핑계 삼아 이혼서류를 내밀었다. 관계를 정리하는데 그리 오래 걸리지 않았다. 옆집 부부가 싸우는 소리를 듣고서야 우리 사이에 아직 해결하지 못한 문제가 남아 있는 것을 알았다. 그것은 서로에 대한 분노였다. 가슴에 앙금이 남지 않도록 헤어지기 전에 그걸 먼저 풀어버렸어야 했다. 잔물결이 일렁일 때마다 물을 혼탁하게 만드는 앙금. 우리 사이의 분노는 강바닥에 가라앉은 앙금 같은 것이었다.

경비 아저씨의 전화를 빌려서 선애에게 전화했다. 뱃속의 공명을 치고 나온 듯 가뿐한 목소리로 전화를 받았다. 평소보다 두 옥타브쯤 높은 음성이었다. 완벽한 자기관리를 위해서 세 가지 이상의 표정과 세 가지 이상의 목소리를 가져야 한다던 선혜의 말이 생각났다. 업무용 표정에, 업무용 목소리로 잔소리를 하는 선애를 상상하자 웃음이 나왔다. 선애의 목소리는 모두 몇 개일까. 내가 알고 있는 가정용 외의 표정은? 어미 목소리를 알아채자마자 선애의 목소리가 금방 가정용으로 바뀌었다. 기다리다 바빠서 나왔다고 했다. 휴대폰 꼭 들고 다니라고 당부했다. 목소리가 밝아서 마음이 놓였다. 강도라니, 괜한 우려였다. 이혼 후유증일까. 이즈음 들어서 없는 걱정까지 만든다는 램프 증후군이 심각했다. 신경정신과에 가봐야 할까.

예비 신랑신부를 태우고 야외로 이동 중이라며 선애가 얼른 전화를 끊었다. 현관 비밀번호를 잊어서 집에 못 들어가고 있다는 말을 못 했다. 102동을 101동으로 착각을 해서 남의 집 창문 유리를 깨뜨렸고, 현관 비밀번호까지 잊었다면 치매환자 취급을 할 게 뻔했다. 생각만으로도 언짢아지는 얘기를 비밀에 붙이기로 했다. 결혼 시즌이어서 선애는 밤 아홉 시가 넘어야 귀가할 것이다. 요즘은 날마다 늦다. 선애가 퇴근할 때까지 밖에서 시간을 때울 일이 걱정이었다. 그동안 백화점 구경이나 해야겠다. 갑자기 주어진 시간이 생각지도 않은 빚을 떠안은 듯 부담스러웠다. 안경점 진열장에 비친 내 모습을 보았다. 낡은 청바지에 파마기가 풀린 머리. 백화점을 방문할 차림은 아니지만 슬리퍼를 끌고라도 매장을 한번 둘러보기로 했다. 백화점에 혼자 사는 여자가 할 만한 일이 있는지. 헤어진 남자 병수발이나 들려고 요양보호사 자격증을 딴 건 아닌데, 일이 묘하게 꼬였다. 완전한 자유는 없는 것인지. 오늘 그의 누나가 병문안 온다며 점심준비를 해달라는 걸 무단결근으로 대응했다. 사람들이 사후 이혼을 왜 하는데. 시집과의 관계 청산도 이혼 목록에 집어넣어야 했는데 깜박 잊고 빼먹었다.

차가 밀렸다. 백화점 진입로를 따라 자동차 대열이 줄을 이었다. 바겐세일 기간마다 반복되는 현상이었다. 그나마 바겐세일 마지막 날이라 조용한 편이었다. 주차장을 드나드는 자동차의 양이 매상과 직접적인 관련이 있다는 말을 들었다. 백화점이든 식당이든, 알짜배기 손님은 모두 자동차를 타고 온다. 백화점이나 대형매장이 주차장 확보에 목을 매는 이유가 알짜배기 손님들 때문이다. 일단 차를 가져오면 뭘 묻혀가도 묻혀가는 건 사실이니, 괜히 차 끌고 다니며 길을 복잡하게 한다고 빈정거릴 일이 아녔다. 그들의 머릿수가 곧 백화점의 매상이니.

신호가 바뀌었다. 인파 속에 섞여 있는 라면 머리가 눈에 띄었다. 남편을 때리고 달아난 옆집 여자였다. 약속시각에 쫓기는 사람 같았다. 옆집 여자와 보조를 맞추며 말을 걸었다.

"신랑 얼굴을 무엇으로 때렸어요?"

옆집 여자가 수저통이라고 대답하며 백화점으로 들어갔다. 매장에 들어서자 향수 냄새가 안개처럼 감겨왔다. 옆집 여자가 화장품 코너를 지나 에스컬레이터를 탔다. 나도 뒤따라 에스컬레이터를 탔다. 옆집 여자가 숙녀복 매장으로 갔다. 옆집 여자를 따라가 보기로 했다. 백화점으로 오던 중에 그녀가 눈에 띄었고, 우린 이웃이고, 오늘 나는 넘치도록 시간이 많았다. 혼자 사는 여자가 제 밥벌이를 하고 살만한 일이 있는지 알려면 명확한 시장 조사가 필요했다. 일단 옆집 여자를 뒤쫓으며 천천히 생각해보기로 했다.

옆집 여자가 여성의류매장을 돌아다녔다. 그녀는 매장을 기웃거리며 코트라고 생긴 건 죄다 걸쳐 보았다. 그러고 보니 지난겨울에 코트를 하나 장만하려다 만 것이 생각났다. 마음에 드는 물건이 있었는데 너무 비싸서 망설이다 겨울을 넘겼다. 그때 두 눈 질끈 감고 사두었어야 했다. 디자이너의 이름이 붙어 있는 매장에서 눈에 드는 모직코트를 발견했다. 겨울 신상품이었다. 입성이 추레한 탓인지 코트를 입어 봐도 되느냐고 물으니까 별로 달갑잖아 하는 눈치였다. 아무리 봐도 코트를 살 사람으로 보이지 않았던지 지갑조차 들지 않은 내 손을 쳐다보는 직원의 표정에 껄끄러운 기색이 떠올랐다. 나는 입고 있던 패딩점퍼를 벗었다. 순모코트가 어찌나 가볍고 포근한지 옷을 입었다기보다 보드라운 깃털을 걸친 느낌이었다. 가격이 5급 공무원 두 달 월급이었다. 터무니없이 비싼 가격을 빼곤 모두 마음에 들었다. 그와 갈라서기 전에 입을만한 옷이나 장만해둘 걸. 내 계산은 항상 늦다.

"얘, 나 모르겠어?"

알이 커다란 선글라스를 걸친 여자가 앞을 가로막았다. 나는 여자의 선글라스 낀 얼굴을 물끄러미 쳐다보았다. 동창회에서 본 적 있는 얼굴인데 이름이 생각나지 않았다. 춘영인지 영순인지. 예전에 하루에 열 번쯤 불렀던 이름인데 까맣게 지운 듯 머릿속이 캄캄했다. 여자의 선글라스를 벗겼다. 퉁퉁 부은 눈꺼풀에 반창고가 붙어 있었다. 호박에 줄긋는다고 수박이 되는지 다 늙어서 쌍꺼풀 수술을 했다. 보톡스까지 맞았는지 얼굴이 이스트에 부풀은 빵떡 같았다. '쯧쯧, 마사지 숍을 운영한다더니 얼굴 꼬라지 하고는.' 춘영인지 영순인지 모를 친구가 호들갑을 떨었다.

"어머머! 피부 상한 것 좀 봐. 모직코트 사 입을 돈 있으면 피부나 좀 가꿔라, 얘."

"그렇게 안 좋아?"

"못 봐주겠어. 남편이 애먹여?"

춘영인지 영순인지가 휴대폰 번호를 불러보라고 다그쳤다. 지금이 고객서비스 기간이라서 공짜로 마사지를 받을 수 있다며 가게로 꼭 한 번 나오라고 했다. 혹시 창업의 길이 열릴까 해서 내 번호를 불러주었다. 친구가 가고 모직코트를 매장 직원에게 벗어주었다. 옆집 여자가 어디로 갔는지 보이지 않아서 화장실에 갔다. 목덜미를 하얗게 드러낸 이십 대 두 명이 세면대에서 화장을 고치고 있었다. 그러고 보니 바빠서 아침에 세수를 못했다. 빗질이 안 된 머리가 수세미 뭉치 같았다. 머리에 물을 발라서 손가락으로 대충 빗어 내린 다음 누군가가 세면대에 두고 간 고무줄로 정수리까지 머리를 당겨 묶었다.

고개를 들어 화장실 천장을 둘레둘레 살폈다. 도난 방지용으로 설치한 카메라가 천장 어딘가에 숨어 있을 것이다. 어디 숨겼는지 눈에 띄지 않지만 분명히 있을 것이다. 눈에 안 보인다고 카메라가 없다고 생각하면 안 된다. 세상 곳곳이 몰래 카메라 천지다. 나는 어딘가에 숨어 있을 카메라를 향해 두 손을 펼쳐 보였다. '잘 보라구. 빈손이야. 지갑도 없고 휴대폰도 없어.' 세수까지 하고 나니 겨우 사람 꼴이 났다. 남자 얘기에 여념이 없는 이십 대에게 스킨을 빌렸다. 내가 듣지 않게 목소리를 낮추지만 소용없다.

"두 남자 모두 맘에 드는데 어떡하지?"

"양다리 걸치다 꿩도 매도 다 놓친다."

결혼은 돈 있는 남자와 하고 애인하고는 연애만 하라는 커트머리가 담배에 불을 붙였다.

"돈이 좋긴 한데, 5년이나 사귄 남자를 어떻게 버리지?"

"애인이 준 목걸이부터 버려."

긴 머리의 흰 목에 자수정 목걸이가 대롱거렸다. 막 익기 시작한 백도 같은 목에 목걸이를 걸어주며 남자가 어떤 생각을 했을까. 붉은 피 대신에 하얀 복숭아 즙이 흐를 것 같은 목에 입술을 대기 위해서 남자는 자신의 모든 것을 걸지 않았을까. 설령 그것이 순간의 욕망이라 해도 남자는 여자를 향한 욕망을 멈추지 못할 것이다.

"목이 훤히 비어 있어야 돈 많은 남자가 새 목걸이 걸어 줄 거 아냐."

긴 머리가 자수정 목걸이를 떼어서 쓰레기통에 넣었다. 두 여자가 꽁초를 발로 문지르고 화장실을 나갔다. 스킨을 발랐으니 색조화장을 좀 해보는 것도 괜찮겠다. 색조화장을 쉽게 하는 방법이 있다. 춘영인지 영순인지가 동창회에서 입을 얼마나 놀려댈지. '걔 말이야, 이혼했다더니 팍 삭았더라.' 떠들고 싶으면 마음대로 떠들라지. 두 여자가 나간 자리에 담배연기가 매캐했다. 쓸모없는 주물이 되어버린 자수정 목걸이를 쓰레기통에서 꺼냈다. 밖으로 나가려니 긴 머리가 금세 돌아왔다. 그녀가 쓰레기통을 뒤질 동안 밖으로 나갔다. 긴 머리가 뒤따라 나와서 내게 물었다.

"아줌마, 목걸이 못 봤어요?"

"못 봤는데?"

"쓰레기통에 던졌는데 없어졌어요."

"버렸으면 그만이지 뭣 하러 찾아요?"

여자의 얼굴이 하얗게 변했다. 목걸이를 쓰레기통에 던지는 순간 사랑이 끝났다고 말해주고 싶은 걸 참았다. 버림받은 자수정 목걸이를 어디에 묻을까 궁리를 했다. 몇 가지 방법이 떠올랐다.

첫째, 남성 의류매장을 다니다 십 년 묵은 옷처럼 편안해 보이는 재킷의 호주머니에 슬쩍 집어넣는다.

둘째, 어린이 완구점으로 가서 사람 키만 한 인형의 목에 걸어준다.

셋째, 백화점 옥상의 하늘공원에 가서 흙 속에 파묻는다.

넷째, 열대어 전시장을 찾아서….

수족관? 옳지, 그거면 되겠어. 버림받은 사랑을 어항 속에 수장시키는 거야. 나는 아파트 관리사무실에서 본 블랙테트라를 생각했다. 휑한 수조를 혼자 돌아다니는 블랙테트라에게 친구를 만들어주고 싶었다. 열 마리나 되는 짝을 삼킨 녀석에게 전혀 다른 종의 상대를 넣어주기로 했다. 잡아먹든 먹히든, 그건 그들이 알아서 할 일이다. 사랑하던 이들이 배신하고 돌아서는 것은 권태롭기 때문이다. 편히 안주할 자리를 찾지 못했다는 것은 긴장감이 떨어진 상대의 등을 보았거나 더 밝고 아름다운 세계를 보았거나. 권태로움은 잠을 설치게 하고 먼 곳을 바라보게 한다. 이별을 앞둔 연인들이 타인에게 눈을 돌리는 것도, 우리 부부가 헤어진 것도 딱 그 정도의 이유 때문이다.

블랙테트라의 어항에 금붕어를 넣어주면 어떻게 될까. 서로 다른 종자란 걸 알면 적개심을 드러내며 싸울까, 아니면 상대에게 새로운 흥미를 가지게 될까. 제 아무리 강한 블랙테트라여도 계속 혼자 내버려두면 외로움에 지쳐 죽을지 모른다. 아가미를 닫고 숨을 참는다든가, 산소 호흡기에 입을 대고 배가 터지게 공기를 마신다든가 하는 방법으로 자살을 시도할지도. 살아 있는 모든 것이 친구를 필요로 한다. 살기 위해서, 때로는 다가오는 죽음을 견디기 위해서. 친구는 마음을 나눌 수 있는 상대이며 별다른 말을 하지 않아도 존재 자체로 편안함을 느끼게 한다. 나는 혼자 사는 블랙테트라에게 노란 금붕어를 선물하기로 마음먹었다. 사랑을 하든 전쟁을 하든 상대가 있어야 생기 있게 움직일 테니까.

옆집 여자가 긴 모피를 입고 거울 앞에서 워킹 중이었다. 풍성한 털에 휩싸인 그녀의 얼굴이 손바닥만 하게 작아 보였다. 코트는 왜 저렇게 크고 저 여자는 또 어쩌자고 쪼그라진 석류처럼 작기만 한지. 작은 키에 어울리지 않는 기다란 모피 코트라니. 나는 마네킹이 입고 있는 재킷형식의 짧은 코트를 만져보았다. 입으로 털을 불자 파스스 날리다 쓰러진 몸을 일으키듯 금세 제자리로 돌아왔다. 갈라졌던 털이 원상태로 돌아오는 속도가 빠를수록 모피의 질이 좋고 고품격이라던가. 손바닥에 닿은 촉감이 막 털갈이를 끝낸 밍크처럼 부드러웠다. 얼굴을 묻고 있으면 잠이 올 것 같았다. 밍크는 털을 목숨보다 중히 여긴다지. 국제 경매시장에서 세계 단 한 벌뿐인 수억 원짜리 밍크를 선보였다고 그저께 방송에 나왔다. 밍크 몇 마리를 희생시켜야 그 물건이 만들어질지.

"손님, 모피가 잘 어울리세요."

직원은 털을 쓰다듬으며 모피의 질을 설명해주었다. 직원이 옆집 여자에게 집중할 동안 마네킹이 입고 있는 것과 똑같은 모피코트를 찾아서 입어보았다. 길이가 허리춤에 닿는 재킷은 나보다 선애에게 더 잘 어울릴 것 같았다. 만만하게 입기엔 긴 코트보다 재킷이 낫다. 가격표를 슬쩍 흘겨보고는 옷걸이에 도로 걸어놓았다. 이혼하기 전에 모피코트를 장만해둘 걸 그랬다. 긴 코트를 입고 워킹하던 옆집 여자가 내게 물었다.

"언니, 이 코트 어울리는지 봐줘요."

봐주는 거야 어렵지 않은데, 보이는 대로 말해줘야 할지 허풍을 더해야 할지 잠시 고민했다. 백수 남편에게 맞고 사는 여자의 기를 죽여서 좋을 게 뭐야. 생쥐가 우의 입은 꼴이지만 완곡어로 포장하는 게 그리 어려운 일도 아니고.

"옷이 사람을 입은 것 같지만 모피는 좋아 보이네요."

"안 어울려요?"

"좀 크면 어때. 롱코트는 포근한 맛으로 입는 걸."

"언니가 한 번 입어보세요."

옆집 여자보다 내 키가 한 뼘쯤 더 커서 그런지 옷이 잘 어울렸다. 거울에 비친 내 모습을 만족스럽게 바라보며 옆집 여자에게 물었다.

"키도 작은 사람이 왜 롱코트를 입으려고 해?"

"동창이 이걸 입고 왔는데 근사해 보였어요."

"멋있으면 뭘 해, 효용가치가 없어서 내처 장롱에 처넣어두기나 할 걸."

"처넣어두다니, 그게 무슨 말예요?"

"내가 왕년에 좀 입어봐서 아는데 도무지 효용가치가 없는 물건이야, 롱코트는."

"어째서요?"

옆집 여자에게 말해주었다. 한겨울에 수은주가 -10° 아래로 떨어지는 날이 드문 나라에서 모피코트가 당키나 한 물건이냐고 했다. 긴 코트는 잘 입어야 일 년에 두 번이고, 오나가나 난방시설이 잘 되어 있어서 모피 걸치고 다닐 곳이 별로 많지 않다고 했다. 발목까지 오는 모피코트를 걸치고 버스나 지하철을 탈 수 있겠느냐고 물었더니, 옆집여자의 표정이 시무룩해졌다. 화살처럼 날아드는 시선은 물론이고 시장에 입고 다닐 옷은 더욱 아니라고 했다. 장롱에 처넣어두기가 아까워서 내 모피를 삼 분의 일 값에 팔았다니까 옆집 여자는 그 귀한 걸 똥값에 넘겼다고 아까워했다. '똥값' 이라는 말에 속으로 쿡쿡대고 웃었다. 정 떨어지는 말본새하고는, 팍 삭은 얼굴로 누구한테 언니야.

"꼭 사고 싶으면 롱코트보다 재킷이 낫겠어."

내 말에 옆집 여자가 긴 코트를 포기하고 반코트를 입었다. 직원이 긴 코트를 옷걸이에 걸었다. 옆집 여자가 촌스러워서 그런지 뭘 입어도 때깔이 나지 않았다. 찬물에 담갔다 꺼낸 라면처럼 바글바글하게 볶은 머리에서 파마약 냄새가 물씬거렸다.

"언니, 이건 어때요?"

"괜찮네."

"그럼 이걸로 할까?"

"근데, 생각해봐. 이 밍크란 놈이 털을 얼마나 아끼는가 하면 말이야."

재킷을 입고 거울 앞에서 워킹하는 여자가 통통하게 살찐 오리 같았다. 나는 한 바퀴 돌아보고 결정해도 늦지 않다며 여자를 매장에서 끌고 나왔다. 매장을 슬렁슬렁 걸어다니며 동화구연을 하듯 밍크의 속성을 들려주었다. 모든 동물 중에서 털을 가장 아끼는 녀석이 밍크라고. 선애가 일을 끝내고 오려면 아홉 시는 넘어야 한다니까 시간은 넉넉했다.

"사냥꾼들이 털을 제 목숨보다 귀히 여기는 밍크의 약점을 이용해서 밍크를 잡는대. 밍크 사냥하는 방법이 얼마나 치사한지 들어봐. 오물을 채운 구덩이면 사냥준비는 끝이야. 몰이꾼들이 밍크를 구덩이 쪽으로 몰아붙여. 포위망을 좁히고 들어오는 몰이꾼에게 쫓겨 다니던 밍크가 구덩이 앞에서 발을 멈춘다는군. 밍크가 구덩이 앞에서 발을 멈추면 추적은 끝이야. 밍크는 더러운 냄새로 가득 찬 구덩이에 빠지기보다 차라리 사냥꾼에게 잡히는 쪽을 택한다는 거야. 털에 오물을 묻히고 싶지 않은 거지."

"지독한 인간들. 차라리 벗고 사는 법을 배우지."

밍크의 가치를 높여주는 건 자신의 가치를 위해서 목숨을 포기할 줄 아는 밍크의 꼿꼿한 자존심이었다. 모피코트야 말로 밍크가 남긴 최고의 조롱이라고 역설했다. 그래도 사고 싶으면 사라니까 파마머리가 맥 빠진 목소리로 말했다.

"사기 싫어. 밍크 말고 모직 코트로 사지 뭐."

돈 안 되는 약장사 노릇으로 입아귀가 뻐근했다. 돈 있는 여자들은 저녁에 움직이는지 오후 늦은 시간에 매장이 점점 복잡해지고 있었다. 반은 실수요자, 반은 눈요기 손님. 그 중에 간혹 나처럼 남아도는 시간을 팔러 나온 사람도 있을 것이다. 귀 기울여 들어보면 깜짝 세일을 외치는 소리를 들을 수 있다.

- 오늘의 깜짝 세일은 '시간' 입니다. 싱싱한 시간을 반값에 세일된 가격으로 드립니다. 25% 혹은 30%, 용도에 따라 다양한 시간을 원하는 가격대로 골라잡을 수 있습니다.

옆집 여자가 어느 매장으로 들어가는 걸 보고 수족관을 찾아 위층으로 올라갔다. 여자가 기어이 옷을 사려나 보았다. 오늘 밤에 또 싸우는 소리를 듣겠다는 생각만으로 골이 지끈거렸다. '수족관이 어디 있지?' 옆집 여자가 어떻게 살건 이웃끼리는 서로의 무게를 감당할 만큼만 가까우면 된다. 흰빛을 뿌리는 도자기 매장과 가구 매장을 돌다 수족관을 발견했다. 원통형의 수족관에 다가섰다. 색색의 열대어가 사각형과 원통형의 크고 작은 수족관에서 노닐었다. 물고기의 수가 제법 많은데도 그들은 용케 부딪치지 않고 잘 피해 다녔다. 그저 가만히 있을 수 없어서 움직이다 보니 습관이 되어버린 듯 물고기는 다만 전체의 흐름을 따라 움직일 뿐이었다.

야광처럼 몸통이 파랗게 빛나는 블루테트라의 무리가 날씬한 몸통을 흔들고 다녔다. 수초 사이를 헤치고 다니던 골든테트라 두 마리가 좀 작아 보이는 블루테트라를 공격했다. 몸통을 콕콕 쪼는 큰 녀석들에게 쫓긴 블루테트라가 수초 사이로 몸을 숨겼다. 블루테트라는 무리에서 뚝 떨어져 혼자 놀고 있었다. 공기방울을 타고 다니다 유리벽에 입을 맞추기도 하고 수면에 입을 내밀며. 블루테트라의 감겨지지 않는 눈이 슬퍼 보였다. 나는 호주머니에서 자수정 목걸이를 꺼냈다. 목걸이를 던진 여자는 아직도 화장실을 뒤지고 있을까. 무의미한 주물이 되어버린 사랑의 흔적을 블루테트라의 수족관에 떨어뜨렸다. 자수정 목걸이는 공기방울을 타고 멈칫대며 천천히 가라앉았다. 샛노란 금속 목걸이 줄에 매달린 자수정이 수초 사이에서 은은하게 빛났다. 마치 블랙테트라의 눈빛인 듯.

"꼭 사랑이어야 할까."

결혼생활이 이십오 년인데도 무엇을 위해 살았다고 자신 있게 말할 수 없는 게 부끄럽다. 사랑과 우정, 명예, 조건, 믿음, 신뢰, 혹은 무관심. 그 많은 단어 중에 함께 사는 조건으로 어떤 것이 가장 합당할까. 친구든 타인이든, 몸속 어딘가에 숨어 있는 돌멩이처럼 서로의 상처를 건드리지 않으면 되지 않을까. 간혹 발작을 일으켜 꼭 후벼 팔 경우를 제외하고는 다들 모른 척하며 살아가지 않는가. 텔레비전에 나왔던 어느 육이오 참전 용사는 몸속에 파편을 여러 개 가지고도 팔십이 되도록 살았다. 날이 흐리거나 습기가 많은 날이면 살갗을 후비는 통증 때문에 약을 한 줌씩 털어 넣는다고 했다. 그 사람은 쓸모없는 파편일망정 오래 지니고 있다 보니 어느 순간에 그것이 생명의 일부처럼 느껴지더라고 했다. 처음엔 그 말이 이해되지 않아서 괜히 허세를 부린다고 생각했다. 남편과 헤어지고서야 그 사람이 한 말을 제대로 이해했다. 미움도 사랑의 일부분이어서 자신도 느끼지 못하는 사이 피 속에 녹아서 몸의 일부가 된 걸 그와 헤어지고서야 알았다. 몸에 오래 지니고 산 파편처럼.

나는 손가락으로 유리관을 두드렸다. 그러자 블랙테트라가 눈을 돌려 나를 쳐다보았다. 녀석과 눈이 마주치는 순간 나는 가슴이 철렁 내려앉는 것을 느꼈다. 눈, 눈이었다. 길에서, 혹은 벽에서 툭툭 튀어나와 수시로 나를 놀라게 하던 바로 그 눈. 오래 바라보고 있으니 그 눈이 말을 거는 듯 정겨워 보였다. 블랙테트라가 입을 벙긋거리며 말했다.

"사랑과 우정은 네 속에서 만들어지는 것이야. 어차피 다들 자기 눈으로 세상을 보고 사는 걸."

블랙테트라는 잘 보이지 않는 것을 억지로 보려 하지 말고 자신을 잘 보라고 했다. 내 속에 눈이 있다고. 몸에 비늘이 생기려는지 몹시 가려웠다. 팔을 긁자 비늘이 투두둑 떨어졌다. 나는 서둘러 걸음을 재촉해 집으로 왔다. 물이 출렁대는 나만의 수족관이 필요했다. 내 몸에서 생선 비린내가 났다. 등 푸른 생선, 아니면 눈이 툭 튀어나온 심해어? 백화점 유리문을 벗어나는 내 뒤에 바겐세일이 씌어 있는 붉은색 플래카드가 펄렁거렸다. 102동 811호의 유리창을 갈아줘야 하는데, 내가 잠깐 정신이 나가서 우리 집인 줄 알고 유리를 깼다고 하면 그 집 주인이 뭐라고 할까. 미안하다고 사과를 하러 갈 때 과일을 사들고 가는 게 좋을까, 음료수를 들고 가는 게 좋을까. 남편의 목소리가 들렸다. '과일이 좋지. 음료수는 당뇨에 해로워.' 아, 비밀번호가 생각났다.

"우리 결혼기념일이었어."

달의 노래

달의 노래

17번 도로에는 사람 냄새나는 일상들이 풍경화처럼 걸려 있다. 누군가 이사를 가고 또 다른 누군가가 이사를 오는 단조로운 일들, 비슷한 모습이면서도 조금씩 다른 일상이 날마다 일어난다. 길 건너의 교장댁 사모님이 출근하는 남편 등을 보며 구십도 각도로 절을 하는 모습, 그 옆집에 세 들어 사는 아기 엄마가 세 아이를 오리 새끼처럼 거느리고 외출하는 모습, 인적이 끊긴 골목 가로등 밑으로 찾아와 성기를 빼 들고 수음을 하는 성 노출증 환자와 그에게 물을 뿌리는 통닭집 아줌마의 걸쩍지근한 목소리까지, 별로 바뀐 것 같지 않으면서 공기의 흐름만큼이나 변화무

쌍한 풍경들을 나는 지루한 줄 모르고 지켜본다.

우리 집은 창이 온통 밀러유리로 되어 있다. 유리창에 온종일 붙어 있어도 유리가 반사하는 햇빛 때문에 바깥에서는 내 모습을 보지 못한다. 그렇기 때문에 나는 의심 한 점 받지 않고 17번 도로의 사람들을 세밀하게 뜯어볼 수 있다. 그것은 매우 흥미로운 일이다. 내 시선에 포착된 누군가의 모습을 보이지 않을 때까지 지켜본다는 것은. 노란 황혼을 습지처럼 빨아들인 실내는 비단잉어가 노니는 연못 속 같다. 다람쥐 수컷이 살그머니 기어 나와 비스킷 조각을 뽀각뽀각 부숴 먹는다. 줄줄이 찢어놓은 신문 보푸라기가 들썩인다. 암컷이 신문 사이로 목을 내밀고 의심스런 눈초리를 굴린다. 타닥타닥 슬리퍼를 끌며 계단을 오르는 소리가 들린다. 뻐꾸기가 네 번 울고 창을 닫는다. 엄마가 한 아름 안고 온 수건을 목욕탕 바닥에 던져놓고 손을 씻는다.

"노린내 나는 걸 뭐가 좋다고 그렇게 들여다보니. 세탁기 좀 돌려줄래?"

"점심이나 드시고 하래니까."

"일이 바빠 해 빠지는 줄도 몰랐다. 챙겨주지 않는다고 때 거르면 안 돼, 알았지?"

"내 걱정은 마쇼. 나가서 도와줄까?"

"아서라. 머리카락이 살갗에 콕콕 박히는 게 뭐가 좋다고. 너한텐 이런 일 시키고 싶지 않아."

배운 도둑질이라고, 엄마는 기술이란 건 배워놓으면 어떻게든 써먹게 되어 있다며 미용실 근처에 얼씬도 못 하게 했다. 팔자는 길들이는 대로 간다며 애초에 험한 일을 배우지 않는 게 상책이라고 했다. 세상에 힘들지 않은 일이 없다는 말을 입에 달고 살면서도 딸이 일을 배우려 하면 기를 쓰고 말렸다. 문제는 일이 아니고, 피해의식에 가득 차 있는 엄마의 부정적인 의식이었다. 나도 굳이 엄마를 거역해가며 일을 배우고 싶지는 않지만 나중에 취직이 안 되면 마지막 수단으로 가업을 물려받을 생각이다.

엄마는 밥공기를 손바닥에 올려놓고 싱크대에 붙어선 채로 밥을 먹었다. 젓가락으로 깨작깨작 밥을 떠는 둥 마는 둥 시퍼런 무청만 우적우적 씹었다. 그렇게 배가 고프면 국 덥혀놓고 기다릴 때 잠깐 다녀갈 일이지. 설마 밥 좀 먹고 오겠다는데 손님들이 못 가게 할까. '여자 팔자 뒤웅박 팔자야.' 배가 너무 고프면 후렴처럼 따라붙던 말도 잊어버리는 모양이다.

"배가 너무 고프니까 밥이 잘 넘어가질 않네."

"국에 말아 드세요."

"보리차 끓여놓고 장 좀 봐다 놓을래? 저녁에 네 오빠도

올 거고, 아빠도 오실 거다."

"잠시라도 앉아서 먹어. 다리 아프다면서."

나는 국 냄비에 불을 켜놓고 엄마를 억지로 식탁 의자에 앉혔다. 엄마에게서 독한 파마약 냄새가 났다. 굽실하게 웨이브 진 머리칼에도, 방금 씻은 손에도, 하얀 목덜미에도 온통 파마약 냄새가 배어 있었다. 오늘은 아빠가 오빠 등록금을 가져오는 날이었다. 오빠도 오면 좋지만 나타나지 않을 가능성이 98%였다. 엄마는 아빠가 주말마다 집에 오는 걸 당연하게 여기는 눈치였다. 여태 이혼을 실감하지 못하는 엄마가 자폐증 환자 같다.

나는 세 되짜리 주전자 가득 물을 받으며 부엌 창으로 옆집 마당을 건네 보았다. 옆집 오빠가 나뭇가지에 수건을 걸어놓고 발차기를 하고 있었다. 하이에나처럼 날렵한 몸매. 그가 발을 뻗을 때마다 목에 걸린 굵은 금줄이 번쩍거렸다. 오른쪽만 두 개나 끼운 링 귀걸이와 어깨에서 출렁대는 긴 머리. 그는 새벽 공기처럼 상큼했다.

하이에나가 우리 골목에 나타난 것은 지난 초겨울이었다. 플라타너스 가로수 밑에 흰색 차가 멎고, 어깨에 기타를 멘 남자가 커다란 여행 가방을 들고 내렸다. 미용소 유리창으로 밖을 내다보던 안집 할머니가 벌떡 일어나 아들을 맞으러 나갔다. 동네 소식통인 엄마 말에 의하면 그 남자는 스무 살에 청상靑孀이 된 안집 할머니가 고아원에서 데려다 키운 아들이었다. 훌륭한 음악가라고 안집 할머니가 침을 튀겨가며 자랑했다던가. 짱아언니는 한 점 의심 없이 그를 음악가로 여기는 눈치였다.

"언니, 그 사람 눈빛 봤지?"

짱아언니가 창을 내다보며 엄마 귀에 소곤거렸다.

"저렇게 예술적 감성으로 가득 찬 눈빛은 처음이야."

"딱 봐도 바람기가 다분하구만 예술적 감성은 무슨."

"예술가 특유의 분위기를 바람기로 몰아붙이는 건 너무해."

"아서라, 다친다."

그가 가방을 들고 내리던 날 짱아언니와 엄마가 유리창에 붙어 서서 호들갑을 떨었다. 엄마가 뭐라거나 말거나 짱아언니는 염치 불구하고 안집을 드나들기 시작했다. '저 등신, 싹수가 노란 날라리 어디가 좋다고.' 사랑은 눈 먼 새라며, 괜한 짝사랑에 멍든다고 일침을 놓아봐야 짱아언니는 이성을 잃은 지 오래였다. 여름이 다 가도록 그의 주변을 맴돌던 짱아언니는 가을도 채 기울기 전에 안집을 향하던 발길을 끊었다. 짱아언니가 아무리 열성을 다해도 하이에나는 그녀의 짝사랑을 광팬의 열정 정도로 생각하는 눈치였다. 다정하게 웃어주고 농담도 받아주지만 그들의 관계는 딱 거기까지였다. 나는 짱아언니가 후박나무 아래서 하이에나에게 키스하려다 거절당하는 것을 밀러유리로 다 보았다. 그는 긴 팔로 짱아언니를 팔 길이만큼 떼어놓았다. 자존심이 상한 짱아언니는 완전히 삐쳐서 하이에나를 버리겠다고 선언했다.

짱아언니는 손님이 소개한 남자와 맞선을 보았다. 어깨가 약간 꾸부정한 인쇄소 직원이 사주단자를 들고 오던 날 짱아언니는 이불을 쓰고 펑펑 울었다. 아끼던 미미까지 버리고 인쇄소 직원을 따라가는 것으로 짱아언니의 짝사랑이 끝났다. 언제 시간 나면 봐서 미미를 데려갈 거라고 했지만 난 짱아언니의 말을 믿지 않았다. 사람보다 동물이 외로움에 더 민감한지, 미미는 내내 짱아언니를 기다렸다. 짱아언니가 쓰던 방 앞에 가만히 엎드려 있기나 하고 밥을 줘도 시큰둥, 엄마한테 걷어차이면서도 가게에 붙어서 짱아언니가 나타나기만 기다렸다. 미미는 그리움을 앓고 있었다. 사람이나 동물이나 사랑병을 앓을 때는 가만 내버려 두는 것이 상책이다. 보다 못한 엄마가 짱아언니에게 전화를 했다. 그러자 짱아언니는 인쇄소 직원이 개를 싫어한다며 미미를 못 데려간다고 했다. 개 알레르기가 있어서 개 비린내만 맡아도 콧물이 나고 기침이 난다는데 어쩌겠는가. 결국 미미만 가엾게 되었다.

버림받은 미미를 내가 돌봐주기로 했다. 미미도 상황을 판단했는지, 내게 달라붙어 정을 내기 시작했다. 아무것도 변하지 않았다. 해질녘이면 하이에나가 후박나무 가지에 조그만 거울을 걸어놓고 면도하는 것도 여전하고, 긴 머리 쓸어 넘기며 흰색 차를 몰고 클럽으로 출근하는 것도 여전했다. 나는 미미를 들어 올려 창틀에 올려놓았다. 미미가 옆집 마당을 향해 컹컹 짖었다. 후박나무 그늘에 낀 추억을 기억하는 미미를 안아주었다. 사랑은 영혼으로 느끼는 것이고, 미미는 짱아언니의 사랑을 기억 속에 간직하고 있었다. 개 짖는 소리를 듣고 하이에나가 돌아보았다. 그렇지만 그는 창에 붙어 있는 우리를 보지 못했다. 우리는 그를 볼 수 있지만 그는 밀러 유리 안쪽의 우리를 보지 못한다.

해질녘이면 노란 햇빛에 물들어 내 방이 온통 황금빛 광채로 가득 찼다. 그럴 때 우리는 해의 광채를 입고 황금빛 날개를 가진 티코가 된다. 우리 쪽을 힐끔 돌아보는 하이에나의 발치 아래 적자색으로 물들기 시작한 잎사귀 하나가 팔랑거리며 떨어졌다. 그는 일회용 면도기를 든 채 후박나무 잎사귀가 떨어지는 걸 바라보았다. 그의 갈색 머리칼이 후박나무 꽃술처럼 여겨진 건 오후의 역광 때문일 것이다. 그 순간 나는, 내 기억 속에 정물처럼 멈춰선 그의 눈을 가까이서 들여다보고 싶은 절실한 바람을 가졌다.

그는 세면기 가득 물을 받아 머리를 감았다. 내 시선은 하이에나의 움직임을 그림자처럼 따랐다. 어쩌면 하이에나는 끈질긴 내 시선으로 인하여 온몸에 거미줄이 감긴 듯 영문도 알 수 없는 부자유스러움을 느낄지 모른다. 그러나 열일곱 살의 무구한 눈빛에 무슨 독이 그리도 묻어나랴. 오히려 그는 브람스의 음악처럼 감미로운 느낌에 휩싸일게 틀림없다. 그가 수건으로 젖은 머리칼을 탁탁 털었다. 물방울이 내게로 튀었다. '앗, 차가워!' 손으로 얼굴을 가렸다. 내 시선에 갇힌 그는 쳇바퀴를 굴리는 다람쥐처럼 사랑스럽다.

현관문이 열리며 목욕바구니를 든 경자아줌마가 들어왔다. 감색 스웨터를 걸친 경자아줌마의 얼굴이 잘 익은 복숭아처럼 발그레했다. 막 물에서 빠져나온 경자아줌마의 피부는 하얀 김을 솔솔 피우는데, 깨작거리며 젓가락으로 밥을 떠 넣는 엄마는 파삭하게 마른 쑥대 같다.

"점심이야 저녁이야?"

"둘 다."

"쯧쯧, 다 먹고 살자고 하는 일인데 끼니나 제때 챙겨 먹지."

"주말이잖아. 짱아가 손님 비위도 잘 맞추고 손도 빨랐는데, 새로 온 아가씬 영 서툴러."

엄마는 내게 카드를 주며 장을 봐오라고 했다. 명란젓 사는 거 잊지 마라, 스테이크용 고기는 꼭 제일식육점에서 사고, 과일은 총각야채 가게에서 사오라는 둥, 주문이 많았다. 보다 못한 경자아줌마가 쏘아붙였다.

"열녀 났네. 이혼한 남편 입맛까지 챙기고."

"아들놈 보겠다고 주말마다 출근 도장을 찍는데 밥 정도는 먹여줘야지."

"처자식 다 버린 사람이 아들은 왜 찾을까?"

"해바라기 해봤자야. 아들이 그 비싼 얼굴을 보여줘야 말이지. 저야 우리를 수십 번도 넘게 버렸지만 설마하니 자기가 아들에게 버림받을 줄 상상도 못 했을 거다."

"그 양반 이제 자식 무서운 거 조금 알겠네."

"그것도 잠시야, 배다른 자식 태어나면 그 발길마저 끊고 말겠지."

엄마는 담담하려고 애쓴다. 어젯밤 마신 술이 과했는지 목소리가 갈라졌다. 근래에 들어 술을 마시는 횟수가 늘어나고 주사가 심해진 것이 아무래도 엄마가 외로움을 타는 것 같다. 영원히 함께 살 줄 알았던 아빠가 다른 여자에게 가버렸으니 이해가 안 되는 게 당연했다. 아빠의 변심을 받아들이든지 아니면 발걸음도 못 하게 하면 될 텐데 엄마는 이러지도 그러지도 못 하고 끌려다닌다. 말로는 우리 때문에 정을 못 뗀다고 하지만 엄마는 아직도 아빠를 사랑하는 것 같다.

나는 찬거리가 든 장바구니를 들고 미용실로 들어갔다. 싹둑싹둑 가위질 소리가 경쾌했다. 노리대대하고 끝이 갈라진 머리카락이 바닥에 우수수 떨어졌다. 엄마는 머리카락이 독해서 살 속에 콕콕 박힌다고 했다. 가끔 목구멍으로 넘어간 머리카락을 뱉기 위해 목욕탕에서 캑캑거리기도 했다. 엄마의 마른 손에서 진홍색 매니큐어가 부질없이 번뜩거렸다.

엄마는 열여덟 살에 아빠를 만났다. 첫돌이 된 오빠를 업고 남편을 훈련소로 보냈다. 할머니는 그런 엄마를 어지간히 괴롭혔다. '남자가 한때 실수를 했기로서니 그걸 빌미로 사내 바짓가랑이를 잡고 늘어져, 모질고 독한 년!' 엄마는 할머니의 지독한 구박을 참아가며 시집살이를 해냈다. '계집이 독하고 질기면 남자 앞길 가로막는 애물밖에 안 돼. 계모 손에 밥 얻어먹은 근본이 맘에 안 들어.' 할머니는 누가 듣건 말건 그런 말을 예사로 했다. 아빠를 향한 엄마의 집착은 쉽게 거둘 수 있는 것이 아닐지도 모른다. 엄마에게는 아빠가 생애의 첫 남자이고 단 한 명뿐인 남자였다.

아빠 마음이 우리들에게서 떠난 것은 보다 근원적인 것일지도 모른다는 생각이 들었다. 어쩌면 아기를 가진 열여덟 살짜리를 두고 입대할 때 두렵고 부담스러웠던 마음이 자신도 모르게 엄마를 밀어냈을지도. 아빠가 건설현장을 따라 철새처럼 옮겨 다닐 때도 엄마는 할머니의 매운 눈총을 견디며 나를 낳았다. 일 년에 석 달도 함께 지내지 못하는 남편의 자리도 나중엔 견딜만한 것이 되더라고 했다. 그런 말을 쓸개 씹은 얼굴로 뱉는 엄마 마음을 아빠가 짐작이나 할까. 무책임한 아빠도 밉지만 그런 남자를 버리지 못하는 엄마도 밉기는 마찬가지였다.

*

벨 소리에 문을 열어보니 아빠가 달을 업고 서 있었다. 수은등처럼 둥글고 훤한 달이었다. 머리숱이 엉성한 아빠가 갑자기 늙어 보였다. 달은 수억만 년을 살고도 늙지 않는데 아빠는 겨우 사십을 넘긴 나이에 중년티가 났다. 구김살이 진 셔츠 깃에 때가 끼어 있고, 숱 적은 머리카락의 뿌리가 하얗게 세고 있었다. 염색으로 새카맣게 물든 머리칼과 하얗게 자라 나오는 머리 뿌리의 선명한 대조가 아빠를 궁상맞은 늙은이로 보이게 했다.

'머리가 왜 저렇게 빨리 세는 거야.'

소파에 엉거주춤 걸터앉은 아빠가 거실을 휘둘러보았다. 조심성 많은 걸음으로 이 방 저 방 기웃거리는 모습이 우리 집에 처음 들른 손님 같았다. 아빠는 안방 창 쪽에 킹사이즈의 더블침대가 놓인 것을 보고 눈을 치떴다. 저게 어디 쓰는 물건인가, 하는 표정이었다. 전등을 켜려다 말고 어둠에 잠긴 방을 무연히 바라보았다. 아빠가 가방을 들고 다른 여자에게로 가던 날 엄마가 홧김에 사들인 침대였다. 창으로 불빛이 새들었다. 레이스가 풍성한 침대보에 깔린 불빛이 은은했다. 사람의 손길이 타지 않은 침대는 별채에서 시드는 후궁처럼 화려한 모습으로 버려져 있었다.

아빠가 오빠 방에 들어갔다. 불을 켜고 오래 앉아 있더니 사진을 한 장 들고 나왔다. 오빠 초등학교 졸업식 때 네 식구가 다정하게 머리를 맞대고 찍은 사진이었다. 우리 집을 통틀어 한 장 남은 가족사진이었다. 이혼 법정을 다녀온 날 엄마는 정신이 나간 사람처럼 허둥거리며 결혼사진과 각종 행사에서 찍은 사진을 몽땅 태웠다. 아마 아빠의 흔적을 지우려는 몸부림이었을 것이다.

"참 오래된 사진이구나. 이왕이면 근래에 찍은 사진을

넣어뒀으면 좋았을 걸."

아들이 보고 싶다는 말을 아빠는 그런 식으로 에둘러 표현했다. 혹시 아들 얼굴을 볼까, 하는 기대를 가지고 있나 본데, 안타깝게도 고시원에 들어앉은 오빠는 돌아올 기미가 없다.

"형우 집에 온다는 연락 없었어?"

"합격하기 전에는 안 온댔어요."

지난번에 휴대폰 번호까지 가르쳐줬는데 통화를 못 한 모양이었다. 일부러 전화를 받지 않은 게 틀림없었다. 오빠 성격으로 봐서는 충분히 그러고도 남을 위인이다. 비집고 들어갈 틈이 없는 인간이니까. 계획대로 관료조직에 무사히 발을 들이기만 하면, 아마 오빠는 박물관에 전시해도 손색없을 정도로 정직한 공무원이 될 것이다. 푸지게 정이 많아서 걸핏하면 눈물바람인 엄마와 우유부단하고 겁 많은 아빠 사이에서 어떻게 오빠 같은 냉혈인간이 태어났는지 생각할수록 신기했다.

"이 사진 내가 가져가도 될까?"

"한 장 남은 거예요. 괜히 가져갔다가 찢어버리면 어쩌려고."

"그런 사람 아냐."

"아무튼 우리 사진 가져가는 거 반대예요."

내 대답이 어지간히 당돌하게 들렸는지 아빠는 잠시 놀란 표정을 짓더니 어색하게 웃었다. 아빠는 헛기침으로 대답을 얼버무리며 뒷머리를 긁적였다. 난처할 때 하는 습관이었다. 머리밑이 허연 사람이 어울리지 않게 당황하고 부끄러워하는 것을 보니 울컥 화가 치밀었다. 아빠답지 않게 열 달 사이에 기가 너무 죽었다. 우리와 살 때는 오만할 정도로 당당했다. 이혼 법정에 어깨를 쭉 펴고 들어간 기세라면 숨죽이고 살 일이 없겠건만.

손님처럼 예전 집에 들른 아빠의 행동에서 나는 우리 사이의 단단한 벽을 실감했다. 우리들의 집에서 아빠는 남의 집에 온 듯 불안해하며 서성거렸다. 어색한 눈으로 주위를 휘둘러보며 이 방 저 방 기웃거리는 아빠의 산만한 눈길이 어찌나 낯설고 불편한지 우리가 생전 처음 만난 사람들 같았다.

"불편하신가 봐요, 남의 집에 온 것처럼."

"그냥… 어째 좀 어색하네."

지나가는 말로 슬쩍 물었더니 당황해서 말을 더듬었다. 자신의 행동에 당당하지 못한 아빠를 때려주고 싶었다. '요즘 공부 잘 하고 있지?' 짤막하게나마 핵심을 아슬아슬하게 피하는 대화를 나누지만 두 마디면 서로 말문이 막혔다.

"아빠, 담배 피우시는 거 오랜만에 봐요."

"네 오빠는 아빠를 영영 안 보고 살려나 보다."

오빠를 만나려고 일부러 토요일을 골라서 온다며, 아빠는 버림받은 얼굴로 문 쪽을 바라보았다. 그래봤자 소용없다. 오빠는 엄마 생일 때나 오겠다고 했으니. 아빠가 어떻게 나올까 궁금해서 엄마 생일 때 오면 오빠를 만날 수 있다고 귀띔해주었다. 아들 얼굴 한 번 보겠다고 전처 생일날 케이크 상자 들고 나타날지 어떨지.

"너무 큰 기대는 말아요. 오빠 마음은 아무도 모르니."

"기대 안 해. 그럴 자격도 없고."

"아마 결혼할 때도 아빠를 안 부를지 몰라요. 저도 마찬가지고요."

콩나물을 다듬으며 뻐꾸기시계를 쳐다보았다. 한 달에 한 번씩 만나기로 한 약속을 깨고, 아들을 만나겠다고 주말마다 출근 도장을 찍는데도 오빠는 코빼기도 보여주지 않았다. 부자간의 줄다리기가 어느 선에서 타협을 볼지 불안하면서도 아슬아슬한 재미가 있었다. 오빠는 다른 가정을 가져버린 아빠에게 의도적인 형벌을 가하는 중이었다. 그걸 알면서도 아빠가 고스란히 당해줄지, 아니면 엄마의 허영심을 충족시키고 슬그머니 아빠와 타협을 할지. 초록은 동색이라지만 오빠의 성질로 봐서는 쉽게 풀어질 것 같지 않았다. 사랑한 만큼 배신감도 큰 법이니.

"너라도 놀러 좀 오고 그래라. 작은 엄마 손맛이 괜찮다."

"손맛 좋은 식당이 거기뿐인가요."

아빠는 아직도 내가 맛있는 거나 밝히는 어린애로 보이는 모양이었다. 엄마 외로운 걸 이해 못 하듯이 가끔씩 보는 딸을 아빠가 얼마나 알까. 아빠가 생각하는 가족애란 것이 겨우 그 손맛 같은 자잘함인가 싶어 씁쓸했다. 그나마 간신히 이어지던 대화의 끈이 손맛 운운 때문에 뚝 끊어진 느낌이었다. 아빠와 우리 사이를 낯설게 하는 것이 무엇인지. 어쩌다 눈이 마주치면 우리는 뜨거운 것을 만진 사람처럼 서로의 시선을 피하며 움츠러들었다. 아마 아빠도 우리 사이에 가로놓인 간격을 느꼈을 것이다. 나는 그 껄끄러운 감정과 싸우느라 아빠가 다녀간 날은 밤새 명치에 모래주머니를 단 듯 묵직한 느낌에 시달리곤 했다. 그런 괴로움이 우리가 한때 정다운 가족이었던 사실을 환기시켰다. 배신은 사랑했던 만큼의 깊은 상처를 준다.

"저마다 타고난 운명대로 사는 거지."

그런 말을 아무렇지도 않게 내뱉는 아빠가 싫었다. 흑염소처럼 감정 없는 눈으로 쏘아보자 아빠가 찔끔 놀라며 눈을 돌렸다. 이래서 죄를 짓고는 못 산다고 하는지. 나는 허등대는 아빠를 보며, 그동안 아빠도 죄의식에 시달렸을 거라고 억지로 이해를 했다. 흰머리가 듬성듬성 섞여 있는 아빠를 보고 있으려니 늙어가는 남자를 더 괴롭혀서 뭐 하나 싶었다. 아빠답게 밤길 조심해서 다니라는 말에 자신을 감당할 만큼은 되니까 걱정하지 말라고 했다. 내 말이 밀어내는 거로 들렸던지 아빠가 서운한 얼굴로 나를 바라보며 말했다.

"너까지 그러면 아빠는 어쩌냐."

"속상해서 그러지." 나는 가는 한숨을 쉬며 말했다.

"염색하고 가세요."

갓난아기 키우려면 억지로라도 젊게 살아야 한다는 말이 입에서 튀어나가려는 걸 참았다. 우리가 아무렇지 않게 만나기 위해서는 시간이 더 많이 필요한 것 같았다. 아빠가 왔다고 전화했더니 엄마는 일을 하다 말고 올라왔다. 엄마는 번번이 찾아올 것 없이 학비를 통장으로 입금시키라 이르고는 부엌으로 가서 국솥에 불을 올렸다. 올라온 김에 밥을 먹고 내려가야겠다고 둘러대지만 아빠에게 저녁을 차려주려는 게 틀림없다. 관성의 법칙 같은 것이다. 해오던 습관대로 엄마는 늦은 점심을 먹고 한 시간 동안 지지고 볶았으면서 아닌 척, 통장으로 입금하고 발걸음하지 말라고 한마디 던진다. 정말 그랬다가는 또 우리 남매

한테 무심하다고 온갖 잔소리를 해댈 거면서. 돈만 부치라는 엄마의 말에 상처를 입었는지 아빠가 볼멘소리를 질렀다. 이혼하고 좋은 친구로 지내는 사람들이 많다면서 너무 그렇게 밀어내지 말라니까 엄마가 코웃음을 쳤다.

"애들하고나 그렇게 해. 무정한 아버지 되지 말고."

이젠 엄마도 마음에 없는 소리까지 할 줄 안다. 주말이면 아침부터 바깥을 기웃거리는 등, 아빠 발자취를 기다리면서 피차 편한 대로 살자고. 오빠 등록금이 든 봉투를 문갑 속에 깊숙이 찔러 넣으며 엄마는 아빠 얼굴을 애써 외면했다. 엄마도 알고 있을 것이다. 아빠가 그 돈을 만들려고 전전긍긍한 사실을. 우선 겉보기에는 청청히 서린 오기만으로도 엄마는 충분히 살아낼 것 같은데 역시 아빠가 문제다. 식당을 개업한 이후 건축 일에도 손을 놓았고, 불고깃집 하는 여자 구슬려 가며 다 큰 아들 등록금 벌어오는 것도 한계가 있는 거고, 더 이상 팔아넘길 땅도 없었다. 엄마 말로는 그렇다. 부모 된 도리로 어떡하든 졸업은 시키겠다고 큰소리치지만 지금으로 봐선 우리들 학비는 고사하고 깡통 찰 날만 남았다고. 엄마의 그 우려 속에는 아직도 아빠를 향한 끈끈한 애정이 묻어 있었다. 그래 봤자 아빠는 이미 항구를 떠난 배였다. 엉킨 실타래처럼 뒤죽박죽이 된 인간관계에 좌절감이 들었다.

아빠가 추레한 모습으로 돌아가고 난 뒤, 엄마는 통닭집 아줌마와 소주를 마셨다. 다윈은 진화론에서 주위 환경에 잘 적응하는 자만이 살아남는다고 했다. 변이는 살아남기 위한 생물들의 바동거림에서 시작된다. 주위 환경에 적응해 가는 속도로 진화가 이루어진다. 엄마는 지금 그런 변이를 겪는 중이었다. 이인삼각 경기에서 탈락한 사람들처럼 서로의 다리에 묶여 있는 끈을 풀어버리는 순간 아빠는 돌아올 수 없는 강을 건너고 말았다.

"이 나쁜 놈아, 내가 너 없이 못 살아낼 것 같지? 두고 봐, 내가 살아내나 못살아내나."

언뜻 보기에 엄마는 정말 아버지 없는 세상을 살아내기로 작정한 것처럼 보였다. 나는 파운데이션을 바르다 말고 손잡이 중간 단추를 눌렀다. 지난번처럼 방으로 쳐들어와서 눈물, 콧물까지 흘려가며 이불에 게우는 꼴은 더 이상 보고 싶지 않았다. 저게 모두 한 사람 뱃속에 들었을까 싶도록 많은 양의 오물과 악취라니. 그 구구절절한 신세 한탄을 듣고 싶지 않았다. 눈썹을 그렸다. 갈매기 날개처럼 유연하게. 왼쪽 눈썹이 자꾸 처져 보이는 것이 외꺼풀의 눈 때문인 것 같다. 방학이 되면 쌍꺼풀수술부터 해야겠다.

엄마가 주먹으로 문을 두들겼다. 꽝꽝 두들겨도 문을 열어주지 않으니 발길로 차며 악을 써댔다. 나는 연보라색 아이섀도를 바르며 라디오 소리를 한껏 높였다. 두두두 쏟아지는 록 음악에 천장이 들썩거렸다. 음악에 맞춰 몸을 흔들었다. 아무리 흔들어도 신이 안 나서 그만두었다.

"야 이 망할 것아, 아비와 한통속이 되어 이럴 거야? 머리 굵어졌다고 엄마한테 막 하고 그러는 거 아냐. 니들이 내 속을 어떻게 알아. 니들이 보기엔 내가 전혀 노력을 안 한 것 같지? 엄마 심정 찢어지는 걸 왜 모르니."

어느 짓궂은 아이가 뜯어놓은 인형처럼 머리는 머리대로, 팔은 팔대로, 제각기 흩어진 구조물처럼 엄마는 자신을 낱낱이 분해했다. 사방에 구멍이 뚫린 참혹한 형상으로. 입술선을 뚜렷하게 그린 다음 연분홍빛 립글로스를 발랐다. 길게 늘어지는 귀걸이까지 달고 화장을 끝냈다. 흰 티셔츠에 검정색 재킷을 걸치고 무릎 찢어진 청바지까지 갖춰 입을 동안 엄마는 내내 횡설수설하고 있었다. 엄마가 지쳐서 안방으로 사라질 동안 음악을 들으며 기다렸다. 감상은 금물이다. 필요 없이 곁을 내주다 보면 남다른 고통을 떠안기 마련이다. 엄마에게 우리 세대가 살아가는 방식까지 일일이 설명해 줄 수는 없는 일이다. 어차피 사람은 타고난 성격대로 살게 되어 있으니.

옛날 한우 불고기 식당.

두꺼운 솜 장갑을 끼고 부지런히 화덕을 나르는 아빠는 그대로 삶에 열중한 가장의 모습이었다. 포마드를 발라 올백으로 빗어 넘긴 머리칼조차 숯불 갈비집 주인으로서의 면모를 그럴듯하게 해주었다. 어딜 봐도 처자식을 버린 사람으로 보이지 않을뿐더러, 풍로로 불을 피우는 일이 마치 오랫동안 해온 일처럼 몸에 척 달라붙는 것이 잘 어울렸다. 무스로 짧은 머리칼을 한껏 치켜세운 까치머리가 컵라면 두 개에 뜨거운 물을 받아왔다. 나는 까치머리를 향해 싱긋 웃어주는 걸로 답례를 보냈다. 까치머리는 걷기 동호회에서 만난 친구다. 그는 '누나, 걷자.' 라며 카톡을 보냈다. 몇 살이냐고 묻기에 두 살 올려서 말했다. 까치머리가 키도 크고 나이보다 성숙해 보이는 나를 누나라고 부르는 걸 모르는 척했다.

아빠는 화덕에다 구멍이 퐁 뚫린 탄을 한 삽 떠넣었다. 발갛게 달은 숯불에 오징어를 구우면 맛있겠다는 생각이 들었다. 예전에 아빠와 함께 살 때는 티브이를 보며 가스불에 오징어를 구워 줄줄 찢어먹곤 했다. 아빠도 나도, 오징어를 좋아했다. 나는 까치머리의 옆구리를 찔러 아빠가 피우는 숯불을 가리키며 오징어 두 마리만 구워오라고 시켰다. 까치머리는 마른 오징어를 들고 도로를 건넜다. 풍로 곁에 쪼그리고 앉은 아빠가 도로를 지나는 차에 가려

보였다 안 보였다 했다. 식당 안에서 파랗게 뜬 연기 사이로 날렵하게 움직이는 여자가 보였다. 걷어 올린 머리에 커다란 집게를 꽂은 여자가 계산대에서 박꽃처럼 활짝 웃었다. 아빠는 목을 젖혀 담배연기를 내뿜었다. 화덕이 벌겋게 달자 아빠는 담배를 끄고, 불이 벌겋게 단 화덕을 들고 갔다. 여자에 비해 아빠가 조금 늙어 보인다는 생각을 하며 퉁퉁 불은 라면을 건져 먹었다.

식당에서 중년 남자들이 우루루 몰려나왔다. 다섯 남자가 이차를 가거나 택시를 타고 뿔뿔이 흩어졌다. 혼자 남은 남자가 비틀거리며 빨간색 자동차에 붙어 섰다. 그는 자동차 열쇠를 꺼내는 대신 바지 앞섶을 헤쳐 풀이 죽은 성기를 꺼낸다. 나는 그에게서 바람개비처럼 스산한 아빠의 모습을 보았다.

"젠장, 다들 가버렸군."

오줌 줄기는 빨간색 자동차 문짝을 적시며 길바닥으로 줄줄 흘러내렸다. 나는 라면을 먹으며 그가 성기를 흔들어 마지막 오줌 방울을 털어내는 것을 눈썹 하나 까딱 않고 쳐다보았다. 남자들의 성기 따위, 내겐 전혀 새삼스러울 것 없는 물건이었다. 일주일에 한 번쯤? 모자를 푹 눌러쓴 성 노출증 환자가 어스레한 골목을 찾아들곤 했다. 아마도 골목 입구에 서 있는 벚나무 탓인 것 같다. 그 남자를 처음

본 날이 벚꽃이 만개한 날 밤이었다. 그는 활짝 핀 벚나무 아래서 사지를 부르르 떨며 자위를 했다. 그 후로 그는 애인을 만나러 오듯이 벚나무를 만나러 온다. 그는 교장댁과 동민이네가 함께 쓰는 골목이 성적 욕구를 해소하는 유일한 탈출구인 줄 안다. 빠른 손놀림에 도취되어 오르가슴에 이르고서야 슬그머니 골목을 떠나는 그에게서 나는 허탈한 외로움을 보았다. 유독 그 사람만 그렇게 외로운 걸까. 아빠처럼 모든 남자들에게서 휴대폰을 빼앗고, 자동차를 빼앗고, 과장이니 대리니 하는 호칭까지 빼면 누구나 알몸인 듯 유약한 인간만 남을 것이다. 그것이 내가 성 노출증 환자를 통해서 바라본 남자들의 본질이다.

아빠는 까치머리가 내미는 오징어를 숯불에 얹어 몇 번이나 뒤집어가며 구웠다. 마주 앉은 까치머리와 아빠가 부자 같았다. 오빠가 저런 부탁을 했다면 아마 아빠는 너무 행복해서 사흘이 멀다 하고 집을 드나들 것이다. 그런데 안타깝게도 그런 오빠조차도 아빠가 떠나는 걸 막지 못했다. 오빠의 배신감이 깊은 것도 그 때문이었다. 까치머리가 오징어를 반으로 쭉 찢어 머리 쪽을 아빠에게 내밀었다. 그리고는 고개를 꾸벅거려 인사를 하고 길을 건너왔다. 아빠가 오징어를 좋아한다는 걸 어떻게 알았는지. 까치머리의 마음 씀씀이가 기특해서 나는 인사치레로 그의 가슴을 한 대 툭 질러주었다. 보기보다 정이 많은 녀석이었다.

아빠는 새로 들어온 손님도 없는데 풍로를 돌려 숯불 피우기를 멈추지 않았다. 오징어를 구워낸 화덕에 탄을 푹 떠 넣었다. 숯불 피우는 일에 색다른 재미를 느낀 걸까, 아니면 벌겋게 달아오른 숯불로 녹여야 할 만큼 마음이 춥거나 외롭거나. 불똥이 튀어 오르다 어둠 속으로 깜박 사라졌다. 파란 상추 같은 식당 여주인은 젊은 남자와 농담을 하며 행복하게 웃고, 아빠는 숯불에 손을 쬐며 달을 보았다. 나는 같은 피를 나눈 사람끼리 느낄 수 있는 육감으로 숯불을 피우는 아빠의 외로움을 알아챘다. 쓸 곳도 없는 숯불을 피우고 또 피우는 아빠를 보며 나는 그 자리를 떠났다.

거울을 보며 파란 칫솔로 이를 닦았다. 까치머리와 한 시간쯤 걸어 다녔다. 플라타너스 마른 잎사귀가 바람에 쓸려 한곳에 모이는 것을 바라보기도 했고, 거리를 오가는 사람들을 지켜보기도 했다. 헤어질 때 까치머리에게 아무것도 묻지 않아줘서 고맙다고 했다. 입 안 가득 치약을 머금고 거울을 보았다. 짝눈이다. 오른쪽 쌍꺼풀은 선명한데 왼쪽이 풀어져서 말썽이다. 칫솔을 입에 문 채 두 손으로 빈약한 가슴을 치올려도 보고 머리를 틀어 올려 부석한 눈을 슴벅거려 보았다. 뚜렷한 입술 윤곽과 채가 긴 눈매는 그대로 아빠 얼굴이었다. 엄마는 아버지의 섬세하고 여성적인 윤곽을 두고 천상 타고난 바람기라고 비아냥거렸다. 웃을 때 눈꼬리에 지는 주름까지 닮을 게 뭐람. 여자로 태어났어야 할 사람이 남자로 태어난 탓에 이름값 하기가 버거워 그렇다던가. 스스로도 감당키 어려운 바람을 한 아름 안고 허공을 지향 없이 떠다니는 풍선같이, 나는 아버지를 그처럼 위태로운 존재로 이해할 수밖에 없었다. 괜한 짜증스러움에 북적북적해댄 칫솔질에 파란 칫솔 자루가 뚝 부러졌다. 나는 하얀 타일 바닥에 떨어진 칫솔 동강과 손에 들린 칫솔 자루를 물끄러미 내려다보았다. 존재가치란 칫솔 자루처럼 언제든 부러질 수 있는 것이다. 나는 부러진 칫솔 자루처럼 슬픔에도 색깔이 있다는 걸 알았다.

안방 문을 열어보았다. 엄마는 울다 잠든 아이처럼 걱정 많은 얼굴이었다. 위로 치켜 올라간 치맛자락 사이로 먹줄을 그은 듯 파랗게 정맥이 도드라져 있었다. 나는 엄마 머리에 베개를 괴어주고 소주병을 굴려서 파랗게 정맥이 도드라진 다리의 긴장을 풀어주었다. 엄마는 괜찮다며 자러 가라고 하면서도 싫지 않은지 엎드려서 마사지하기 좋은 자세를 취했다. 술김에 횡설수설, 그렇게나마 자신을 견뎌내는 방편이 된다면야. 날이 밝으면 엄마는 언제 그랬냐

싶게 밝은 얼굴로 가게 문을 열고 청소를 할 것이다. 마사지를 끝내고 방바닥에 흩어진 귤껍질이랑 물컵을 챙겨 방을 나왔다.

거실의 전등이 꺼졌다. 정전이었다. 뿌옇게 빛을 쏟던 수은등도 꺼지고 24시간 빤히 불이 켜진 모던카페도 캄캄했다. 자동차 헤드라이트를 비추고 지나갔다. 짙은 암청색 하늘에 잘못 찍힌 방점마냥 흰 달이 떠 있었다. 플라타너스 긴 그림자가 창틀에 닿아 있었다. 장식용 초에 불을 붙이고 온 집안을 빛처럼 돌아다녔다. 미미가 내 발치를 따라다녔다. 촛불이 가물거렸다.

나는 신발장에 놓아둔 손전등을 꺼냈다. 다람쥐 둥지를 들고 장독대 계단을 올랐다. 블루문이라서 그런가. 유난히 달이 밝았다. 미미 머리통만 하게 벌어진 국화 송이가 어둠 속에 달처럼 떠 있었다. 내 그림자가 후박나무 그늘에 묻혔다. 쳇바퀴 돌아가는 소리가 고즈넉한 적요를 일깨웠다. 바지 주머니에 든 열쇠를 만졌다. 짱아언니는 걸핏하면 열쇠를 잃어버리곤 했다. 열쇠를 감춰도 그녀는 전혀 눈치채지 못했다. 지문이 닳도록 만져서 손아귀에 닿는 느낌까지 익숙했다. 하이에나는 생전 방문을 잠그는 법이 없다. 짱아언니는 지금 잘살고 있을까. 브래드 피트를 닮은 남자를 깨끗이 잊고 포근히 잠들 수 있는지. 나는 쪽문을 열고 들어가 손전등으로 벽을 차례로 더듬었다. 동그란 불빛은 벽에 걸린 전기 기타와 하이에나를 야성적으로 보이게 하던 까만 가죽점퍼, 그리고 감색 체크무늬가 그어진 목도리를 비추었다. 짱아언니가 하이에나에게 생일선물로 사준 목도리였다.

부르릉, 17번 도로 어딘가에 오토바이가 멎었다. 자동차 부속상회를 하는 동민이 아빠의 오토바이 소리였다. 삑 소리를 내며 열렸던 문이 삑 소리를 내며 닫히고 다시 정적이 찾아들었다. 파란 상추 같은 여자를 만나기 전까지 아빠도 동민이 아빠처럼 어김없이 집을 찾아들던 성실한 가장이었다. 아빠는 까칠하게 수염이 돋은 뺨을 잠든 내 볼에 비비곤 했다. 엄마가 돌아올 줄 모르는 가장을 기다리며 불을 켜놓은 채로 잠이 드는, 그런 그림이 아녔다.

쳇바퀴 위를 내달리는 다람쥐의 줄달음이 부산했다. 부엌 천장 위를 걸어 다니는 고양이의 발걸음이 바람 소리 같았다. 지하묘지가 떠올랐다. 하이에나의 목도리를 당겨 내 목에 감았다. 향수 냄새에 젖은 털 냄새가 섞여 있었다. 오빠 방에 밴 냄새가 어땠는지 생각이 안 났다. 그러고 보니 아빠 냄새도 모르겠다. 잊은 걸까, 아니면 서로의 몸 냄새에 익숙해질 시간을 갖지 못한 걸까. 그을음이 피어오르는 촛불을 들고 마른 꽃 냄새를 맡으며, 나는 어둠 속에 조

그렇게 웅크리고 있었다.

드르드륵, 다람쥐가 귀여운 발로 부지런히 쳇바퀴를 굴렸다. 다람쥐의 바퀴 소리를 들으며 벽에 등을 기댔다. 전등을 높이 들어 방안을 비추었다. 옥수수 식빵과 딸기잼, 금도금이 입혀진 작은 찻숟가락 하나, 우유통, 자색 아이리스 꽃이 그려진 머그잔이 하이에나가 가진 살림의 전부였다. 바퀴벌레 한 마리가 찢어진 벽지 사이로 숨었다. 이어폰을 꽂고 휴대폰을 열어 음악을 들었다. 바람 소리 같은 음악이 뇌파를 울렸다. 음악을 듣다 잠이 들 것 같았다. 하이에나가 내 손가락에 묻은 촛농을 벗겨주는 꿈을 꾸었으면.

해무 海霧

해무

모든 길이 바다로 열린 죽포에도 유일하게 뭍으로 연결된 길이 있다. 사람들은 이 실오라기 같은 외길을 따라 바다를 건넌다.

두어 시간 전, 준희는 아이를 앞세우고 돌산대교를 건너 죽포에 들어왔다. 바다를 내려다보고 서 있는 해장죽이 갯내를 훌훌 털어내고, 마을 뒷산 언덕바지를 가득 메운 동백나무가 잎사귀마다 검푸른 빛 윤기를 흩뿌리고 있었다. 바다 저편을 꺼멓게 덮은 먹장구름 너머로 쪽빛 하늘이 너울거렸다. 삼삼오오 짝을 지은 여인들이 검은빛을 띤 돌바닥에 퍼질러 앉아 그물을 뜯고, 바닷바람에 새카맣게 그을린 아이들은 날이 저물도록 고무줄놀이와 땅따먹기에 열중했다. 준희는 담벼락에 턱을 괴고 서서 달력 속 풍경화 같은 모습을 오랫동안 바라보았다. 마치 그걸 보기 위해 먼 길을 온 것처럼.

머리에 수건을 쓴 아낙은 한낮이 설핏 기울고서야 소쿠리 가득 넘실대는 봄동을 이고 문간을 들어섰다. 아낙은 소쿠리를 받아 내리는 준희를 향해 갓 뽑은 봄동 같은 웃음을 지었다.

"먼 데서 오신 손님을 이래 지달리게 해서 미안혀요. 허던 일을 냅두고 올 수가 없었구먼이라."

"미처 연락도 못 드리고 불쑥 나타나서 놀라셨죠. 제 사정이 워낙 급했거든요."

"참말 야가 종구 아들이란 말인겨?"

"믿기지 않으세요?"

"아녀, 아녀! 선생님 말씀을 못 믿겠다는 말이 아녀라. 갸가 늙은 즈 엄니 팽개치고 객지로 내뺀 지가 원젠데…. 시상에 이런 요상한 일도 다 있소. 행적도 모르는 아부지는 나타나덜 않고 뜬금없이 눈이 새카만 아들만 뿔뿔 걸어서 올까잉."

"수영이 아빠 친구라는 분이 헛걸음하는 셈치고 가보라며 여길 일러줬어요. 어쩌면 할머니나 다른 연고자를 만나게 될지 모른다고요."

"종구 엄니는 시들시들 앓다가 폴세 작년 이맘 때 죽었지라. 자슥이란 거이 즈 엄니가 죽으이 알기를 허나, 배라먹을 놈으 인간."

아낙은 푸른 웃음을 거두고 갯바람에 그을린 얼굴을 돌려 아이를 바라보았다. 내처 잊고 있던 근심 덩어리를 대한 듯 아낙의 얼굴에 잔뜩 걱정이 서렸다.

"모두들 지 입 살기도 바쁜 오지에서 쟈 맡어 키울 사람이 워디 있겠어라. 나이 열댓마 넘기믄 너나없이 입벌이 하러 대처로 나가잖여."

아낙의 안색에 갯가 사람들의 고단한 삶이 엿보였다. 손가락에 굳은살이 박이도록 그물을 뜯고, 허리가 끊어지도록 갯벌에 엎디어 바지락을 캐도 찌들은 살림은 늘 그만그만하고…. 들으랍시고 준희를 상대로 한참 푸념을 늘어놓던 아낙은 아이에게서 눈을 거두고 봄동을 다듬기 시작했다.

갑작스레 뚱하니 입을 다물어버린 아낙을 두고 준희는 담벼락에 턱을 괴었다. 담 높이가 하필이면 팔을 올려 턱을 괴기에 알맞은 높이였다. 담벼락에서 피어오르는 흙냄새와 코에 익숙하지 않은 갯비린내가 코끝을 뭉클 스쳐갔다. 그때, 어디선가 나타난 배추흰나비 한 마리가 창백한 날개를 저어 훨훨 날아올랐다. 이제 준희는 바다를 보지 않고 나비의 뒤만 좇았다. 나비는 흙담 아래 핀 민들레 풀씨를 살짝 건드리다가 갯꽃에 나풀거리며 앉았다.

예전 어느 날, 어린 소녀는 연한 배춧잎에 붙어있던 애벌레의 등에 작은 날개를 달아주었지. 그러자 애벌레는 종이날개를 저으며 거짓말처럼 날았어.

준희는 뒷동산으로 날아가는 배추흰나비의 가벼운 날갯짓을 보다 바다로 눈을 돌렸다. 안개가 서려 시선이 부옇게 흐려졌다. 눈을 끔벅거려 물기를 말렸다. 언제 어느 시에 몸을 뒤챌지 모르는 열정을 감추고 바다가 고요히 숨죽여 있었다. 배를 타고 오는 내내 물결이 잔잔했다.

수영이 할머니가 죽었다. 수영이를 맡길만한 연고가 없다. 준희는 아낙의 말을 곱씹는 동안 마음이 쩍쩍 갈라지는 것을 느꼈다. 논바닥처럼 갈라진 마음이 되물었다. '이제 어떡하니? 끈질기게 매달려오는 저 굵은 매듭을.'

"무신 일로 저 어린것을 내팽기치고 갔는지 몰르것소만, 설마하니 즈 새끼 가르치는 선생한테 얼라를 맺기놓고 영영 안 나타나기야 하겠어라. 세상의 어떤 어미도 새끼 내버리고는 멀리 못 가게 돼있구먼이라. 그거이 에미 심정이니께. 종구 놈도 어데서 뒈지지 않았으므… 즈 엄니 뼈가 묻힌 땅덩어리 영영 발 끊지는 못할겨. 배라먹을 놈. 정 안 나타나면야 워쩌남유, 엇다 맷겨부러야제."

또다시 어른의 얼굴을 한 아이들로 가득 찬 그곳에다 수영이를 밀어 넣으라고? 퍼렇게 멍든 가슴으로 날마다 기다림에 목이 휘다 마른 잎사귀처럼 바삭거리게 하라고. 준희는 아낙에게 영원히 삭여지지 않는 멍 자국 같은 얘기를 들려주고 싶었다. 차마 시려서 가슴에다 재워둘 수밖에 없는 그런 얘기를. 준희는 가슴 밑바닥에 꼭꼭 재워둔 묵은 일기장을 조심스럽게 펼쳤다. 그리움이 풀썩거리며 먼지를 일으켰다.

들꽃을 한 움큼이나 꺾어 쥔 여자아이가 와아 쏟아지는 햇빛 속에 앉아 있었지. 소녀는 날마다 하얗게 비어 있는 길을 보며 누군가를 기다렸어. 기다림에 지친 소녀는 문설주에 기대어 꾸벅꾸벅 졸곤 했어. 얼굴에 검버섯이 가득한 할머니가 흔들어 깨울 때까지 그렇게.

– 야가 또 예서 자고 있네. 아가, 들어가자 더위 먹을라. 넓은 대청마루 다 놔두고 와 어린 것이 청승스레 맨날 문간에 쪼그리고 앉아 이러노. 에구, 가여운 내 새끼!

할머니는 거북이 등껍질처럼 꺼칠한 손으로 소녀의 이

마에 솟은 땀방울을 닦아주었어. 무겁게 혀를 차며. 들꽃이 시들어 고개를 축 늘어뜨렸지. 할머니가 원피스 자락에 묻은 흙을 털어 주셨어. 멀리 삼각 터널을 이룬 버드나무 가로수에선 온종일 귀가 쨍쨍하도록 매미가 울어 젖혔고.

'할머니!' 준희는 목구멍까지 차오른 그리움을 누르며 바람에 너풀거리던 종이꽃과 구슬픈 상엿소리를 생각했다. 초라한 상여였다. 미처 가슴에 묻지 못한 씨톨 하나가 맘에 걸려 할머니는 끝내 눈을 감지 못했다.

먹구름이 먼바다 쪽으로 밀려나며 하늘이 푸른 창을 가득 열어놓았다. 햇살이 물결 위를 나붓이 떠다니는가 하면 얇게 포를 뜬 물살이 갯가로 밀려와 부드럽게 기슭을 핥았다.

아이는 툇마루에 걸터앉아 아이스크림을 먹었다. 입가에 묻은 아이스크림을 혀로 핥으며 주먹으로 이마에 맺힌 땀을 쓱 문질러 닦았다. 먼 길에 시달리는 동안 솜털 켜켜이 앉은 먼지로 땟국이 자르르 흘렀다. 아동보호시설에 끼여 있을 때의 불안과 두려움이 말끔히 가셔 더없이 건강해 보이는 것이 다행이었다. 수용소에서 본 아이는 세상에 던져진 작은 짐승이었다. 시설에 수용된 아이들의 겁먹은 기다림을 통해 자신의 미래를 봐버린 것일까. 아이는 준희가 돌아서서 채 문턱을 넘기도 전에 옷자락을 잡고 자지러졌다. 준희는 제 손으로 시설까지 데려간 아이의 아금받은 손길을 차마 떼어내지 못했다.

아이는 아이스크림을 다 먹고 고개를 끄덕이며 졸았다. 아낙은 나물 다듬던 손을 멈추고 방으로 들어가 베개와 얇은 이불을 가져왔다. 아이는 낯선 이의 손길에 화들짝 놀라 잠을 깼다. 준희는 깔린 이불 한 자락을 당겨 배를 덮어주고 가만가만 토닥여주었다.

"걱정 말고 한숨 푹 자. 선생님 아무 데도 안 갈 테니까."

아이는 졸음에 겨운 눈을 감고 금방 고른 숨을 쉬었다. 준희는 아이의 가슴에 얹어두었던 손을 내렸다. 곁에 의지할 사람이 있다고 믿는 동안엔 편히 잠들 수 있다. 누구나. 떠나는 사람은 모른다. 뒤에 남는 사람의 불안을. 떠나는 사람은 버림받는 사람이 믿을 만한 거짓말을 하고, 남는 사람은 떠나는 이의 거짓말을 믿을 수밖에 없다. 버림받는 이는 거짓 희망이지만 돌아온다는 그들의 말을 믿는다.

잠든 아이를 내려다보고 있는 아낙의 옆얼굴에 수심이 가득했다. 강한 햇빛과 바닷바람에 닳고 닳은 피부 여기저기 성근 주름이 잡혀 소금기가 버석거렸다. 머리 뿌리는 하얗게 새어 있고, 잇새가 넓어 삐드러지는 이빨은 나이보다 여자를 늙어 보이게 하고, 톤이 낮은 목소리는 느긋하고 부드러웠다. 나이를 짐작하기 어렵지만 할머니 소리를 들을 나이는 된 것 같았다. 잠시도 바다를 떠나본 적 없지만 늘 떠나고 싶었단다. 바다는 사람이 믿고 살기에 너무 버거운 상대라고 했다.

가벼운 해풍이 물큰한 갯내를 실어왔다. 처음보다 냄새가 한결 편해졌다. 머리칼이 소금기로 끈끈했다. 준희는 소금기가 버석거리는 머리칼을 손가락 빗으로 빗어 내렸다. 페퍼민트 향의 샴푸로 머리를 감고 가슬가슬한 속옷을 갈아입었으면. 그런 다음 두툼한 요를 깔고 흩가분한 자세로 낮잠을 자고 싶었다. 준희는 정말 아무 걱정 없이 푹 잠들고 싶었다.

생각이 온통 아이에게 머물며 마음자리에 풀기 어려운 마디가 생겼다. 날쌔게 돌아가는 피댓줄에 옷자락이 감겨버린 느낌이랄까. 모래가 낀 듯 눈이 따끔거리며 붉게 핏발이 섰다. 인공눈물을 떨어뜨려 눈망울을 적셨다. 잠들 수 없는 날이 계속되며 안구 건조증이 생겼다. 눈이 눈물을 잃었다.

매연에 찌들어 부옇게 흐려 있던 공단의 새벽, 볼이 발갛게 언 채로 골목 어귀에 내동댕이쳐진 아이들. 수영이는 준희에게 구슬픈 상엿소리와 시든 들꽃 같은 스산한 삽화를 일깨워주었다.

어느 추운 겨울 밤, 술 취한 아비가 무동을 태운 아이와 한 덩어리가 되어 땅바닥에 나뒹그러졌다. 아이가 숨이 넘어갈 듯 울어댔지만 제 몸도 가누지 못할 정도로 취한 아비는 인사불성이 되어 어둠 속을 기어 다닐 뿐이었다. 유아교육과 졸업을 한 달 앞두고 반은 봉사하는 심정으로 도시의 마지막 달동네에 놀이방 간판을 걸었다. 무모한 시도였다. 온종일 길거리에 버려져 있는 아이들을 돌보겠다고 덤빈 것은.

'한가람 놀이방'

자신이 떠나온 도시를 생각하듯 준희는 다소 겁먹은 심정으로 굵은 고딕체의 글귀를 떠올렸다. 고사리손으로 그린 동물 그림으로 놀이방의 벽을 장식하고, 방문을 여닫을 때마다 금속모빌이 경쾌한 소리로 방문객을 맞아들이는 동화 같은 곳이었다. 참! 그렇지, 새가 있었어. 물을 갈아주고 모이도 채워줘야 하는데…. 급하게 나오느라 미처 그 생각을 못 했다.

근 보름 전부터 산란의 기미를 보이던 호금조가 알을 낳기 시작했다. 그래서 막 알을 낳기 시작한 십자매의 둥지에 채란한 호금조의 알을 세 개 섞어두었다. 새 중에도 생리적인 욕구는 가졌으되 종족보존을 위한 기본욕구가 다소 결여된 종자가 있다. 금정조나 호금조, 소문조 등 깃털이 예쁜 대신 번식엔 거의 무책임한 종자들을 대신하여 곧잘 가모로 선택되는 새가 바로 십자매다. 십자매는 가격이 싸고 번식력도 강하지만 관상조류 중 특이하게 남의 알도 서슴지 않고 품을 정도로 모성본능이 뛰어난 새다. 제 둥지에 든 알을 모두 제 것인 줄 알고 품는 어리석은 새이기도 하다. 그 바보는 모이가 떨어져도 알 품는 일을 그만두지 않는다. 어쩌자고 그걸 잊었는지. 남도로 오며 모이 주는 걸 깜박 잊었다.

처음 밝은 창가에다 새장을 걸고, 토끼를 그리고, 사슴과 기린을 오려 붙일 때는 나름대로 빛나는 꿈을 갖고 있었다. 미약한 힘이나마 누군가에게 도움이 되는 삶을 살고 싶었던 꿈. 그러나 지금 준희는 악몽에서 깨어난 것처럼 자기 앞에 커다랗게 입을 벌리고 있는 함정을 들여다보았다. 세상을 향해 뭔가를 할 수 있다고 믿었다. 모든 일에는 준비가 필요하다. 제 속에 남을 위해 퍼낼 만한 사랑이 있는지 먼저 확인했어야 했다. 사랑의 샘에 물이 가득 고일 정도의 시간까지.

옷자락을 쥐고 놔주지 않는 아이가 몸서리치게 무서웠다. 아이는 놀이방 선생님일 뿐인 그녀를 마지막 동아줄쯤으로 여긴 것이 분명했다. 자지러지게 우는 것으로 과감하게 운명에 맞서는 어린 강단에 기가 질려 별다른 대책 없이 아이를 도로 데려왔다. 아이가 평생을 두고 따라다닐 흉터 같았지만 옷자락을 바투 잡고 있는 그 완강한 손을 떼어낼 자신이 없었다. 강단 있는 울음으로 준희의 기氣를 눌러버린 아이는 배낭을 메고 활기찬 걸음으로 놀이방에 되돌아왔다.

씩씩한 걸음으로 놀이방에 돌아온 아이는 더 이상 우는 얼굴을 보이지 않았다. 오히려 지나치게 활달해서 마음이 조마조마할 지경이었다. 장난감으로 친구를 때리고 이빨 자국이 성하도록 팔뚝을 물어놓기 일쑤였다. 얼굴이 새파래져서 따지러 온 학부형에게 죄송하다고 고개를 숙이고 또 숙이는 사이 아이가 점점 걱정스러운 존재가 되었다. 장난감을 던져 창가의 새장을 떨어뜨린 날 준희는 처음으로 매를 들었다.

- 수영아, 약한 동물을 괴롭히는 건 나쁜 짓이라고 했지.

- 시끄럽게 울어요.

- 그건 우는 게 아니고 즐거워서 지저귀는 거야.

- 그래도 듣기 싫어요.

- 전엔 이러지 않았잖아.

- 엄마한테 보내주셔요. 다섯 밤 자면 온다고 했는데…. 순 거짓말쟁이야.

마침내 아이는 참고 참았던 울음을 와앙 터뜨렸다.

- 뚝 그쳐. 아무리 울어도 선생님은 네 눈물을 닦아주지 않아.

- ….

- 울음을 그치면 선생님이 내일 바다 구경 시켜줄게.

바다라는 말에 아이가 울음을 그쳤다. 눈물이 어룽더룽 매달린 아이의 얼굴에 희망이 반짝거렸다. 역을 향하는 아이의 가벼운 걸음을 보며 준희는 '나무관세음보살' 을 읊조리던 어머니를 생각했다. 미움의 근원을 애써 거부하려 들지 말고 그것이 바로 내 부처니 생각하고 받아들이라던가. 어머니는 여러 가지 어려운 법문도 반찬을 골고루 먹어야 건강하다는 식으로 쉽게 풀어주셨다. 왜 절 주워서 키우셨어요? 저 말고도 자식이 둘이나 있는데요. 참 못된 소리도 한다. 난 한 번도 널 주워서 키웠다고 생각해본 적 없다. 그래도 귀찮았던 적 많았을 것 아네요. 대학까지 시켜주시고…. 그 은혜 다 어떻게 갚아야 할지 모르겠어요. 손때에 절어 반질거리는 염주가 어머니의 손아귀에서 빠르게 굴렀다. 뭐 섭섭했던 게 있었나 보구나 그렇다고 에미 마음 이렇게 할퀴는 거 아니다. 나무관세음보살… 나무관세음보살….

먼바다에서 밀려온 파도가 기슭에 흰 물결을 착착 접어

놓았다. 기슭의 훈훈한 공기를 들이마신 물결은 왔던 곳으로 다시 나아가고. 순환은 끝없이 되풀이되었다. 다소 불리하게 느껴질망정 참고 받아들일 자세만 갖추면 전혀 문제가 되지 않는다. 나쁜 상황의 절반은 마음이 만들어내는 것이다. 거센 물살을 한달음에 돌려놓기는 어렵다. 그저 물살의 흐름에 자신을 맡기고 그 속에 융화되어 흐르다 보면 어느새 내 것이 되어 있다.

'내 마음의 부처, 부처!'

미움의 대상을 향하여 허리가 끊어지라고 절을 하며 마음을 닦는다던가. 어머니라면 저 굵은 매듭을 어떻게 풀어낼까. 살아가는 일이 곧 자신이 진 빚을 갚는 과정이라면 지금껏 시린 가슴으로 안고 온 긴 배반의 시간은 도대체 무엇인가. 준희는 체머리를 흔들었다. 온통 뒤죽박죽, 아무것도 알 수 없이 되어버렸다.

작은 고깃배가 흰 선이 일직선으로 그어진 멍게 양식장을 지나 느릿느릿 물결을 헤치고 들어왔다. 어부는 뱃전에 서서 바다에 일직선으로 뜬 부표를 들었다 놓기를 거듭했다. 그에게는 바다를 둘러보는 것이 일이었다. 아낙이 멍게양식장이라고 일러주었다. 뱃전에 서서 양식장을 휘둘러보는 늙은 어부의 왜소한 어깨에 해 그림자가 어른거렸다.

곤히 잠든 아이를 두고 준희는 동백나무가 빼곡하게 서 있는 뒷산 언덕바지를 올랐다. 작은 동산 전체가 해장죽과 동백으로 덮여 있었다. 검은 윤기로 반들거리는 동백잎 사이로 햇살이 비쳤다. 붉은 동백꽃이 싱싱한 모습 그대로 뭉텅뭉텅 떨어져 있었다. 어느 시인은 동백꽃을 두고 짐승을 닮은 꽃이라 했다. 매서운 바닷바람을 맞으며 옹이 박힌 허리를 틀어 꽃을 피우는 과정이 산고를 겪는 짐승을 닮았다던가. 겨우내 안으로 삭여온 눈물과 한숨이 만들어낸 서러운 꽃이라 저토록 붉은 빛을 띤 것인지. 먼 바다를 바라보는 언덕에 방목한 소가 풀을 뜯고 부스럼 딱지처럼 소똥이 꾸덕하게 마르고 있었다. 동백나무가 울창한 언덕바지 양지바른 곳에 나지막한 묘 하나가 엎드려 있었다. 준희는 어림짐작으로 뗏장이 엉성한 붉은 묘가 동네 뒷산에 묻었다던 아이의 할머니 묘가 아닐까 넘겨짚었다.

저만치 아래서 토닥거리며 뛰어오는 발소리가 들렸다. 준희는 발소리를 못 들은 척 앞만 쳐다보았다. 잠을 깬 아이가 헐레벌떡 숨이 차게 뛰어왔다. 아이는 준희의 뒤를 따르며 가쁜 숨을 몰아쉬었다. 가까이 선뜻 다가오지 못하고 누가 가르친 것처럼 눈치를 살피는 여섯 살의 조숙함이 참을 수 없도록 준희를 화나게 했다. 아이가 아이답지 못하고 저 나이에 벌써 애늙은이 흉내를 내는가 싶더니 기어이 눈물을 끌어내고 말았다.

함초롬히 피어난 들꽃을 왁살스럽게 밟으며 준희는 잰걸음으로 산을 올랐다. 뒤따르는 발걸음이 덩달아 빨라졌다. 아이의 무게가 준희의 발치에 묵직하니 매달렸다. 종종걸음으로 따르다 그녀가 획 돌아보자 아이는 불에 덴 듯 움찔 몸을 움츠리며 멈추었다. 그녀는 바닷가의 넓적한 바위 위에 걸터앉았다. 아이는 금세 여섯 살로 돌아가 풀밭을 뛰어다니고 묘를 넘어 다녔다. 아이에겐 '죽은 누구누구의 묘' 라는 개념이 없다. 아이의 눈에는 묘도 나무나 돌과 다름없는 자연의 부속물일 따름이었다. 망아지마냥 묘를 넘어 다니는 무구함이 수영이를 아이 같아 보이게 했다. 아스라이 내려다보이는 벼랑가의 포석 위로 허옇게 물거품이 부서지고 파도에 쓸린 돌이 자그락대며 서로 몸을 비볐다. 해가 녹는 시간이었다. 서편 하늘가에 노을이 덮이며 바닷물에 붉은 해의 잔광이 스며들었다.

수영이는 날마다 속옷과 겉옷, 양말, 손수건이 든 노란 배낭을 메고 다녔다. 배낭은 하루도 빠짐없이 아이의 등에 붙어 다녔다. 매일 아침 일곱 시 십 분 전이면 셔터가 통째로 흔들리며 '텅텅텅텅' 울렸다. 문을 열면 새벽잠을 설깬 아이만 서 있고 아이의 엄마는 통근차를 타기 위해 종종걸음을 치고 있었다. '선생님, 우리 아이 부탁합니다.' 라는 말보다 조급하게 떼어놓는 발소리가 먼저 들렸다. 준희에게 수영이 엄마의 이미지는 조급한 발소리로 기억에 선명하게 남아 있었다. 아이가 목이 휘게 돌아보던 어미의 뒷모습마냥 서글프게.

'색깔 도둑이 색깔을 모두 훔쳐갔어요. 빨간색아, 들어가라 하니까 세상의 모든 빨간색이 색깔 도둑의 자루 속으로 들어갔어요. 이번엔 주홍색아, 들어가라 하니까 귤에서 주홍색이 빠져나갔어요. 귀여운 병아리가 노란 옷을 잃고, 바다가 남색을 잃고, 사과가 빨간색을 잃었어요. 큰일 났죠? 자루 속에 들어간 여러 가지 색깔이 어떻게 되었을까요? 색깔도둑은 남몰래 자루를 살며시 열었어요. 그랬더니 어머나! 자루 속의 색깔들이 모여 아름다운 무지개가 되었어요. 예쁘겠죠, 하늘 높이 걸린 무지개 본 사람 있으면 손들어 보셔요.'

아이는 짧은 동화를 다 읽을 때까지 자리에 앉지도 않고 멀뚱히 서 있었다. 세상을 한 꺼풀쯤 벗기고 보려는 듯 빤히 쳐다보는 아이의 말간 눈 때문에 준희는 가슴이 철렁 내려앉는 듯했다. 저 나이에 벌써 세상을 향하여 경계심을 갖다니, 커다란 눈망울에 유난히 흰 창이 맑은 아이가. 준희는 아이의 눈에서 무지개를 알기 전에 소외감을 먼저 알아버린 인간의 고독한 연민을 보았다. 비슷한 부류끼리는 어디에 섞어놓아도 용케 서로를 알아보는 법이다.

- 원래 저렇게 사람을 뚫어지게 쳐다봐요?

- 소심해서 그럴 거예요. 늘 혼자서 시간을 보내다 보니 눈치만 늘었나 봐요. 진작 이런 델 보내서 다른 애들과 어울리게 해줬어야 했는데 그게 마음대로 되질 않았어요.

- 아빠가 수영이와 잘 놀아주지 않나요?

- …

- 죄송해요. 남의 가정사를 속속들이 알자는 건 아니고 아이를 맡은 이상 집안 사정을 조금 알아두는 것이 아이를 이해하는데 도움이 될까 해서요.

- 그 사람은 역마살이 끼어서 한군데 진득이 붙어 있으면 제 명대로 못 산대요. 점쟁이 말마따나 어느 날 자고 나면 휑하니 가버리고 없어요. 그러다 지칠만하면 거지꼴로 돌아오고. 다니다 싫증나면 돌아오겠죠. 지 새끼 저만큼 큰 것 보고 갔으니까.

여자의 애잔한 눈길이 새장을 들여다보고 있는 아이의 뒷머리를 쓸고 또 쓸었다. 그녀가 내쉬는 한숨마다 심경의 골골에 슬은 시름이 뚝뚝 돋아났다. 준희는 촛불처럼 일렁이던 여자의 눈길이 가끔 떠올랐다. 그런 심약함으로 어떻게 자식을 버리고 살까 싶어서 여자의 눈이 생각날 적마다 마음이 쓰렸다. 가끔 참을 수없이 눈물이 솟구칠 때는 목욕탕에 들어가서 센 물살에 눈물을 흘려보내며, 가슴에 판 공동에 아이의 기억을 묻지 않을지…. 정말 그렇게 살 수 있을까.

아낙은 굳은살이 박인 손으로 아이를 당겨 무릎에 앉혔다.

"아가, 니 이름이 뭣이여?"

"수영이요. 이수영."

"그려어, 이름 참 좋다. 너 바다 첨 봤어?"

"네."

"니 아버지 어디 갔어?"

"돈 벌러 가셨어요. 배 타러 간다고 했어요."

"배도 타고 돈도 벌고, 니 아버진 좋것네."

먼바다로 나간 아비얘기에 향수를 느낀 것일까. 아이는 큰 눈을 반짝이며 아낙을 빤히 쳐다보았다. 아낙은 아이의 머리를 쓰다듬으며 말을 이었다.

"모두 바다를 버리고 훌훌 떠났지만 결국은 되돌아왔지라. 아매 너 아부지도 바다에서 자란 천성을 못 버리고 배를 탔을겨. 그렇지만 널 보고잡으서도 꼭 돌아올겨."

아낙의 말대로 돌아오기나 할까, 수영이 아빠가 정말 돌아올까? 준희는 그 말이 얼마나 막연하게 들리는지 아느냐고 되묻고 싶은 걸 꾹 눌러 참았다. '금방 올게.' 떠나는 사람은 뒤에 남는 사람이 믿을 수밖에 없는 거짓말을 하고 간다. '꼭 올 거지?' 그들은 열 번 물어도 열 번 모두 '그럼, 꼭 오고 말고.' 하며 뒤에 남는 사람을 안심시킨다.

"수영이 두고 갈게요. 생판 낯선 사람들에 섞여 살기보담 그래도 아빠 고향이 낫지 않겠어요?"

"난 아그 키아낼 자신 없으라."

"그럼 어떡해요. 그렇다고 이 어린것을 두 번씩이나 아동수용소에 보낼 수도 없고요. 전 차마 그 짓 못 해요."

"나가 야 좋고모 되는 것은 사실이지만서도 대체 우찌게 감당하믄 좋을지 모르것소잉. 천천히 생각해 보는 거이 좋것구먼이라."

아낙은 못에 걸린 수건을 벗겨 들고 밖으로 나갔다. 열린 문틈으로 캄캄한 마당이 눈에 들어왔다. 잠시 후 철커덕철커덕 펌프질하는 소리가 들렸다. 펌프는 뱃속에서 끌어올린 물을 왈칵왈칵 뱉어냈다. 답답한 속을 찬물로 식히는 중일까. 세수하는 소리가 들렸다. 아낙은 물소리가 잦아들고도 오랫동안 방으로 들어오지 않았다.

아이들은 날마다 버림받는 연습을 하고 떠나는 연습을 하며 자란다. 어른이 되어 떠나면 좋지만 갓난아기인 채로 떠나는 아이들도 있다. 어제도 그제도 역전 대합실에, 베이비박스에, 보육원 문전에, 혹은 거칠기 이를 데 없는 세상의 자갈밭에 아이가 버려지고 비행기에 실려 수출된다. 남의 손에 넘겨지는 순간 아이는 다른 사람으로 다시 태어난다. 그렇게 떠난 아이들은 돌아오기도 하고 돌아오지 않기도 한다.

창가에 여명이 퍼질 무렵 셔터가 마구 흔들렸다. 다른 날보다 특별히 더 세게 두드리는 것도 아닌데 철렁철렁 흔들리는 소리가 귀에 몹시 거슬렸다. 어딘가 애절하면서도 간절한 기원이 담긴 듯 떨리는 목소리까지 달리 느껴지던 아침이었다.

'선생님, 우리 수영이 부탁합니다. 죄송해요. 정말 죄송해요…. 일 갔다 올게요.'

다른 날보다 새벽잠을 조금 일찍 깨운 것이 그렇게 죄송한 일이 되는지 그 여자, 수영이 엄마는 준희에게 죄송하다는 말을 두 번씩이나 했다. 그것도 정말이란 수식어까지 붙여서.

그녀의 목소리에서 어떤 낌새를 알아챘어야 했다. 그렇지만 준희는 그렇게 무방비한 상태에서 아이가 버려질 수 있다는 사실을 생각지도 못했다. 아무리 절박한 심정이라 하더라도 최소한 어떤 실마리, 이를테면 언제고 다시 돌아오리란 희망쯤은 남겨둘 줄 알았다. 설사 그 길이 영영 떠나는 것이 될지언정 실낱같은 희망쯤은 남겨뒀어야 했다. 그건 자식을 버리는 어미가 남길 수 있는 마지막 애정이기에 더욱 필요한 것이었다. 버림받은 자식은 어미가 남긴 희망으로 자신을 지탱하는데 아무런 흔적 없이, 적어도 아이가 어미의 빈 자리를 보고 절망을 느끼게 하지는 말아야 했다.

아이는 어미가 나타나지 않는 날을 울음으로 견뎠다. 한나절을 울어 젖힌 수영이는 밤이 되자 겨우 그친 울음을 또 훌쩍거렸다. 울다 자다, 잠결에 울음을 흘리는 아이를 보며 준희는 부질없는 짓인 줄 뻔히 알면서 '제발 이쯤에서….' 라는 기원을 보냈다. 이미 버림받아본 사람은 빈자리에 감도는 냉기로, 황황히 떠난 사람이 비 맞은 새 꼴로 되돌아오리란 기대가 얼마나 허망한 바람인지 잘 알고 있다. 그렇지만 그들은 기다리는 것을 그만두지 못한다. 준희는 울음을 그치지 못하는 아이를 안고 기억조차 아득한 어느 날처럼 또 기다렸다. 다음날도 그 다음날도. 난데없이 색깔을 잃어버린 세상과 맞닥뜨린 아이는 겨우 잠재워 둔 준희의 가슴을 골골이 헤집으며 지독한 경험을 익혔다. 슬픔이야 시간이 흐르며 차츰 무뎌지겠지만 반쪽 세상을 잃은 참혹한 경험만은 쉽게 잊지 못할 것이다. 준희는 아이의 큰 눈에서 바위덩어리가 굴러도 바닥에 닿는 일이 없는 상실의 깊이를 보았다.

무채색의 암울한 삶을 예감한 아이는 밤새 준희의 앙가슴에 작은 손을 집어넣었다. 그녀는 눈물자국이 남은 아이의 동그란 뺨을 만지며 폭닥하게 먼지가 이는 묵은 일기장을 들추었다.

소녀는 마루에 엎디어 연두색 잎사귀에 붙은 애벌레를 보다 그대로 잠들었지. 애벌레는 어디론가 열심히 기어가고 있었어. 아무리 기어도 푸석하게 먼지가 이는 척박한 땅을 벗어나지 못할 것 같은데도 벌레는 쉬지 않고 꿈틀거렸어. 간혹 천둥처럼 지나치는 발소리와 자동차 소리에 몸을 움츠리면서도 애벌레는 움직이는 것을 그만두지 않았어. 보다 못한 소녀가 애벌레의 등에 고운 날개를 달아주기로 했지. 날개만 있으면 어디든 날아갈 수 있을 거라고 생각했던 거야. 소녀는 조그맣게 색종이를 오려 애벌레의 몸에 달아주었어. 그랬더니 애벌레는 종이 날개를 훨훨 저어 날아올랐어. 그것 봐. 누구나 날 수 있다니까. 이젠 어디든 갈 수 있을 거야. 소녀는 설핏 잠에서 깼다가 다시 혼곤히 잠들었어. 그날 밤, 할머니는 긴 한숨을 뱉으며 밤을 지새웠어. 몹시 고통스런 신음을 뱉으며.

아낙은 긴 밤 내내 한 번도 깨지 않았다. 그녀의 머리맡에 소금기 절은 옷이 놓여 있었다. 구멍이 쑹쑹 뚫린 문살 너머로 파도가 쉴 새 없이 철썩거렸다. 밤새 엎치락뒤치락하며 잠을 설친 준희는 둥지에 엎드려 있을 십자매를 생각했다. 지금쯤 껍질이 수북한 모이통에 머리를 박고 살기 위하여 필사적으로 애쓸 것이다. 몹시 배가 고플 땐 하다못해 알이라도 깨어먹고 목숨을 부지하면 좋으련만 십자매의 끔찍한 본능이 과연 그런 일탈을 허용하기나 할는지. 바보들! 남의 알까지 품고 앉아서 죽을 작정으로 굶주림을 버틸 건 뭔가. 그까짓 알이야 또 낳으면 될 걸.

아낙과 아이는 마주 껴안고 서로의 잠든 얼굴에다 푸푸 입김을 내뿜었다. 인간의 정이 그리운 사람들은 잠결에도 사람의 살을 맞대고 싶은 욕망을 버리지 못한다. 준희는 아이와 아낙의 잠든 모습에서 뭉클하게 가슴을 적셔오는 뜨거움을 느꼈다. 잠결에 껴안아줄 줄 아는 따사로움이면 충분히 아이를 키워낼 수 있다. 잠결에 무심코 취하는 행동이지만 심중의 바탕에 깔린 인간 본연의 정에서 우러난 마음일 터이다. 저 마음이면 절대로 아이를 버리지 않으리란 자신 있는 믿음을 가졌다.

"니 놈이 달고 온 상판대긴 그대로 살아있는 이씨 집안 족보랑게. 부리부리한 눈 하며 네모로 깎은 거튼 이마빼기, 영락없는 니 아부지 얼굴인겨. 그랑게 씨도둑질은 못한다고 했제."

준희는 아이가 잠든 곁에 새우처럼 웅크리고 누워 있다 희부옇게 날이 밝아올 때쯤 살며시 몸을 일으켰다. 발로 차낸 이불을 당겨 배를 덮어주고 한참 동안 아이의 얼굴을 내려다보았다. 가슴 한 자락에 싸한 통증이 일었다. 전혀 예기치 못한 반향이었다. 혼자 몸이면 홀가분하게 떠날 수 있을 줄 알았다. 뒤를 돌아보며 머뭇거릴 이유가 없었다. 그런데도 몸이 마음을 저버리지 못하고 아이 곁을 미적거렸다.

'이제 알겠어. 아이를 버리고 간 어미의 마음을. 떠나는 사람도 그냥 떠나진 못했겠구나. 가벼운 몸무게 때문에 너무나 쉽게 훌훌 떠나버릴 것처럼 보였는데 그런 게 아니었어. 마음에 맺힌 매듭만 풀어버리면 겨드랑이에 날개를 단 듯 몸이 가벼울 줄 알았거든. 그런데 자꾸만 마음에 밟혀오는 이 껄끄러움은 대체 뭔가.'

준희는 오래전 그때, 소녀를 재워두고 황망히 떠난 여인의 모습을 어렴풋이 짐작할 수 있었다. 야멸차게 걸음을 떼어놓지 못하고 내내 문 앞을 서성거렸을 여인의 둔한 발길에 매달린 무게가 느껴졌다.

지금쯤 칠흑같이 검은 바다 위에 새벽달이 기울고 있을 것이다. 준희는 묵직한 머리만큼 무거운 다리를 움직여 마당에 내려섰다. 마당귀를 가득 채운 눅진한 공기를 온몸으로 느끼며, 준희는 크게 한 번 숨을 들이켰다.

'피부에 끈끈하게 와닿는 습기와 검은 바다에서 피어오른 귀기 서린 꽃구름은 바다에서 피어오른 안개였어. 아무도 보는 사람 없는 틈을 타 이슬처럼 는개처럼 촉촉이 내리는, 이게 바로 바다안개였어.'

태양이 뜨면 엷게 흐려져 흔적 없이 사라지지만, 존재하는 것도 존재하지 않는 것도 아닌 미혹. 준희는 바다안개를 온몸으로 맞고 서 있었다. 그녀는 적요 속에 후줄근히 서서 자욱이 밀려드는 안개를 마셨다. 안개는 숨결마다 먼 바다 깊은 곳에서 길어 올린 해초 냄새를 뿜었다. 이처럼 생목이 아리도록 비린 안개는 처음이었다. 그녀는 비린 안개 때문에 눈물이 났다.

준희는 다시 한번 방 쪽을 돌아본 후 가방을 움켜쥐고 몸을 돌렸다.

바람이 불자 안개가 구름처럼 흘렀다. 짙은 안개에 가려 수면이 보이지 않던 바다가 서서히 깨어났다. 안개에 묻힌 바다는 밤의 야성을 잠재우는 대신 뜨거운 해를 품에 안았다. 언덕 위에서 해장죽이 바람결에 마른 몸을 비비며 잎새를 흔들고 동백은 눅진한 안개의 힘을 빌려 마지막 봉우리를 터뜨렸다. 부두에 매인 고깃배는 연한 물살에 채여 가만가만 일렁였다. 저만치 먼 바다에서 오징어 배가 암갈색 바다를 환히 비추며 들어오고 있었다. 오징어 배의 환한 불빛에 안개가 흐르는 것이 보였다. 준희는 짙은 안개 속을 걸으며 바다가 품은 해의 태동을 감지했다. 아침 바다는 또 한 번 고단한 산고를 치르며 탯물이 뚝뚝 떨어지는 붉은 해를 생산할 것이다.

인생이 한 바퀴 뒤집혀 어른이 되고 나면, 웬만큼 혹독한 기억쯤 깨끗이 잊을 희망이 있는 전환기의 나이 여섯 살. 그러나 준희는 여섯이면 하나도 빠짐없이 기억하리란 것을 알고 있다. 이제 준희는 죽포를 떠남으로써 자신의 서럽던 여섯 살에서 벗어나기로 했다. 춥고 시리기만 했던 여섯 살의 기억을 갯가에 가만히 내려놓았다. 그 설움이 그리워지는 날 손님처럼 외길을 다시 건너오리라.

세 밤만 자고 나면 정말 할머니가 데리러 올 줄 알았다. 날마다 하얗게 비어있는 길을 보며 엄마를 기다리던 것처럼 할머니를 기다렸다. 보육원 담장에 붙어서 기다린 사흘이 세 번, 또 세 번이 지나도 할머니는 나타나지 않았다. 그러던 어느 날, 청송 할머니가 헐레벌떡 달려와 소녀를 데리고 갔다. 문간을 들어서며 벌써 반가움에 울음보가 터져 '할머니! 할머니!' 라고 목청껏 불러댔다. 그런데 할머니는 숱한 원망과 슬픔을 바리바리 쌓아둔 채 서글픈 상엿소리와 초라한 상여로 준희를 맞이했다. 무덤가에 핀 들꽃 같은 그리움과 푹 삭은 한숨을 등짐처럼 지고 간 외롭고 삭막한 인생. 그렇게 갈 거면 끝까지 곁에 두기나 하지 왜 어설픈 종이 날개 따위를 달아줘서 세상을 믿지 못하게 했을까. 할머니를 용서하지 않겠다고 무섭게 다짐했던 여섯 살이었다.

이제부터는 잊을 게 많다. 준희는 하나하나 손가락을 꼽듯이 헤아려 나간다. 때 묻은 인형을 안고 찢어진 치마폭 사이로 허연 속살을 드러낸 여인의 머리에 꽂힌 꽃송이를 잊어야 하고, 가식적인 웃음을 흘리며 새로 만난 남자의 가슴팍으로 기어드는 의혹에 찬 눈빛을 잊어야 하고, 자신의 생명을 파묻을 수밖에 없는 사람들만의 무덤과 차마 눈을 감고 죽지 못한 할머니의 애달픈 삶을 이해하지 않으면 안 된다. 서러운 여섯 살의 기억을 버리고 황망히 떠나는 사람은.

준희는 갑자기 가벼워진 등짝이 미심쩍어서 자꾸만 휘청거렸다. 뜻밖에도 무게의 중심이 흔들리며 허방을 짚 듯 자꾸만 발이 헛놓였다. 끝내 벗어나지 못할 줄 알았던 여섯 살이 저만치 안개 속에 묻혔다.

'다 끝났어. 정말 이젠 다 끝난 거야.'

준희는 더딘 걸음을 재촉했다.

이른 새벽, 갈매기가 낡은 뱃전을 기웃거리고 늙은 어부는 어깨에 그물을 메고 바다를 향한다.

모든 길이 바다로 열린 죽포에 실오라기 같은 외길이 있고, 한시도 바다를 떠날 수 없는 사람들이 살고 있다. 그들은 그 외길을 따라 외발로 길을 건넌다. 준희는 이슬비처럼 번지는 눈물을 닦을 생각도 않고 안개에 휩싸인 돌산대교에 발을 올렸다.

* 색깔도둑: '유아의 문자언어 교육을 위한 쉬운 책' 에서 발췌

섬

섬

당신은 지금 흰 천을 물들이려 한다. 땅에 묻어놓은 커다란 항아리에 염색물이 가득 담겨 있다. 천을 염색물에 담그자 금세 어린 잎사귀 빛깔로 변한다. 당신의 손도 쪽빛에 물들어 푸르다. 세 번 물들인 어린 잎사귀 빛깔의 천이 빨랫줄에서 너울너울 춤을 춘다. 당신은 물감이 똑똑 떨어지는 천의 구김살을 펴고 있다. 평행선처럼 길게 그어진 두 개의 빨랫줄이 당신과 나를 갈라놓는 경계선 같다. 빨랫줄 아래 보이는 조그만 발이 비밀의 문을 여는 암시 같아서 나는 천 아래의 발만 안타깝게 바라본다. 깊은 바다를 닮은 쪽빛 천에 얼굴을 묻고 싶다.

바다가 깊을수록 쪽빛이 짙은 것처럼 염색물에 두 번 담근 천과 세 번 담근 천의 빛깔이 확연히 다르다. 물을 들여서 햇볕에 말리고, 다시 염색물에 담그는 번거로운 과정을 여러 번 반복하고 나서야 비로소 고운 색상이 나온다던 당신의 말이 귓가에 맴돈다. 온종일 황토를 거르거나 마리골드, 쪽, 잇꽃 등의 꽃을 따고 삶고 물들이며 하루를 보내는 당신. 천연염색 하는 과정이, 지난한 역경을 겪으며 깊어지고 넓어지는 인간사와 같다고 했던가.

당신은 염색물에서 꺼낸 천을 들고 옥상으로 올라간다. 빳빳하게 마른 천을 걷고 거기에 세 번 물들인 천을 널어놓는다. 마른 천을 안고 내려오던 당신이 헛발을 딛고 허공을 난다. 바람에 흩날리는 쪽빛 물결. 당신은 천을 감고 가파른 계단을 구른다. 당신의 몸을 감은 쪽빛 천에 붉은 얼룩이 진다.

"엄마!"

당신을 안는다. 어처구니없도록 쉽게 부서진 당신. 지금 당신은 부서진 쪽배에 몸을 싣고 바닷속으로 한없이 가라앉는다. 나는 어찌할 바를 모른 채, 서둘러 당신의 배에 발을 올린다. 쪽배의 밑바닥에 물이끼가 파랗게 끼어 있다. 배가 바다 밑바닥에 닿자 흙먼지 같은 앙금이 자욱하게 인다. 배에서 먼저 내린 당신이 내 손을 잡아준다. 해파리나

참돔, 상어가 쪽배로 몰려온다. 호기심 많은 물고기가 우리 팔에 입을 대고 지나간다. 수초를 헤치고 나아가던 당신이 희게 빛나는 모래를 가리키며 말한다.

"조심해, 움직이는 모래란다."

당신의 손을 잡고 은빛 모래밭을 조심스레 걷는다. 모래밭 양쪽에 서 있는 두 개의 기둥 같은 암석을 지나자 청회색 어둠 속에 거대한 섬이 숨을 쉬고 있다. 기원전 8500년대에 지각 변동으로 사라진 섬이라고 당신이 귓속말로 일러준다. 고도가 높은 산 정상에 맑은 강이 흐르고, 바다에 이르는 섬 주변에 해초가 두텁게 자란다. 흰색 석조 건물과 말을 탄 기사의 조각상이 움직이는 모래에 뒹굴고 있다. 비옥한 들판과 무지갯빛 보석이 많았던 신비의 섬. 한때 부귀영화와 찬란한 문명을 자랑하던 그 섬이 물고기의 안식처가 되어 바닷속에 조용히 잠들어 있다. 당신은 움직이는 모래를 지나서 섬으로 나를 이끈다.

"이 섬 때문이었어요?"

다급하게 떠난 이유를 묻자 당신의 얼굴에 당혹스러움이 떠오른다.

"예측 못 한 여행이었어."

"여기 섬이 있는 걸 어떻게 아셨어요?"

"언제나 그렇듯이, 운명이 나를 이끌었어."

당신은 모래에 끌리는 치맛자락을 여미며 삶과 죽음의 경계가 궁금했다고 한다. 청동의 흉상이 모래에 누워 웃고 있다. 당신은 산호초와 해초밭을 건너 섬 안의 어느 집 마당으로 들어간다. 거기서 나는 볼 것을 보고 만다. 그 집의 뜰에, 쪽빛 물감에 흰 천을 담그고 있는 당신과 당신을 많이 닮은 딸이 화사한 햇빛 아래 마주 보고 있다. 뜰 저편으로 멀리 들판이 보이고 티 테이블 위의 카세트에서는 스팅의 음악이 흐르고 있다. '그는 명상하듯 카드를 돌려요. 숫자들이 춤을 추네요… 난 여러 얼굴을 가진 사람이 아니에요….' 나는 당신의 귀에 대고 가만히 속삭인다.

"여기서 엄마와 함께 살고 싶어."

내 말을 듣고 있던 당신이 쓸쓸하게 웃으며 말한다.

"아마 네 딸도 너와 같은 생각을 하고 있을 거야."

딸!

그 말에 나는 너무 당황해서 얼굴을 붉히고 만다. 딸을 잊고 있었다. 죄책감으로 마음이 무겁다. 당신은 내 손을 잡으며 미안하다고, 몇 번이나 미안하다고 말한다. '지금의 너처럼… 나도 너를 잊고 있었어. 그게 미안해.' 엄마의 그 말에 나도 모르게 털썩 주저앉고 만다. 엄마의 부재를 견디고 있을 딸을 생각하면 가슴이 무너지는데도 코로 입으로 피를 뿜던 여자, 그녀에게는 정말 돌아가고 싶지 않았다.

*

수술 부위에 염증이 생겼다. 음식을 삼킬 때마다 칼로 베듯 목이 아프고, 통증으로 온몸에 열이 후끈거렸다. 목이 아파서 아무것도 먹지 못했다. 배가 고프다 못해 속이 쓰렸다. 목이 아프다고 멀쩡한 뱃속을 마냥 비워두는 게 공정하지 못한 것 같아서 냉동실에 얼려두었던 피자를 녹였다. 치즈가 흰 고무줄같이 죽죽 늘어나는 피자를 최대한 오래 씹어서 삼켰다. 하필이면 혀뿌리 쪽인지. 암 중에서도 가장 질이 나쁜 암이었다. 음식을 마음대로 먹지 못하게 된 것이 지독한 형벌 같았다.

피자가 주린 배를 자극했는지 먹기 전보다 더 배가 고팠다. 밥을 먹고, 두유를 먹었는데도 허기진 배는 만족을 모르는 짐승처럼 으르릉대기만 했다. 배고픔을 잊기 위해 뭔가를 해야만 했다. 욕실 바닥에 신문지를 깔았다. 항암치료를 받으면 어차피 빠지게 될 머리를 내 손으로 잘랐다. 잘라낸 머리를 보지 않으려고 눈을 감았다. 개털을 밀기 위해 사두었던 이발기로 남은 머리를 말끔하게 밀어냈다.

윙 하는 기계음을 듣고 온 걸까. 남편이 할 말을 잊은 듯 나를 물끄러미 바라보았다. 뭐하냐고 묻지도 않았다. 상심으로 그늘진 그의 얼굴이 허한 공동 같았다. 그는 베란다로 나가서 담배를 뻑뻑 피워댔다. 그가 나를 도와줄 수 없듯이 나 또한 그를 도와줄 방법이 없었다. 갑작스런 삭발에 그가 느꼈을 혼란과 분노를 짐작했다. 차라리 목전에 닥친 죽음의 위협이 두렵다고 살고 싶다고 솔직하게 털어놓는 편이 나았다. 그래봤자 달라질 게 없겠지만 서로 단단해질 필요가 있었다.

머리카락을 쓸어내고 책을 집었다. 책갈피에 커피를 흘린 자국이 남아 있었다. 콜롬비아의 향이 배어 있을 테지만 냄새를 맡아보지는 않았다. 그의 어깨에 머리를 기대고 밤하늘에 치솟은 달을 보고 별을 보았다. 청청하도록 맑은 날이어서 별이 더 밝게 빛나는 밤이었다. 뭉클하게 가슴을 적시는 것이 뭔지 몰랐다. 양치질을 하기 위해 욕실에 들어갔다. 고개를 젖혀 입을 헹구는데 목구멍으로 뜨거운 것이 넘어갔다. 꿀꺽 삼키던 그것을 세면기에 뱉었다. 검붉은 피의 분출이었다. 분화구에서 불이 치솟듯 피가 왈칵왈칵 쏟아졌다. 욕조의 거울에 비친 얼굴이 두려움에 질려 있었다.

"젠장, 이게 뭐야."

암 수술을 받는 것으로 내 생의 나쁜 순간이 모두 지나간 줄 알았다. 욕실 문을 돌아보았다. 욕실 문을 잠그고 삼십 분만 있으면 모든 것이 끝난다. 잠긴 문 너머로 딸의 노랫소리가 들렸다. '그럴 리가 없어.' 이불을 덮어주고 딸의 이마에 굿 나잇 키스까지 해준 걸. 비명을 질렀는지 잘 생각이 나지 않는데, 욕실 문이 열리고 그가 얼굴을 들이밀었다. 두 손으로 피를 받는 나를 보며 그가 짧은 외마디 비명을 질렀다. 피를 멈추게 할 방법을 몰랐다. 구급차를 불렀다. 온통 피, 피! 간신히 지혈되었을 때 창이 훤히 밝아오고 있었다. 응급실에서 사흘을 보내고 입원실로 올라갔다. 겨우 물을 마시고 미음을 넘기기 시작할 무렵 다시 피가 터졌다. 역시 첫 번째처럼 세면장에서 양치질하던 중에 일어난 일이었다. 아물려 있던 열매가 팡 터지는 느낌이었다. 목구멍이 따끔한 것과 동시에 뜨거운 것이 마구 쏟아졌다. 흐르는 피의 양이 그저께와 달랐다. 수도꼭지를 가장 세게 틀어놓은 것처럼 피가 무섭게 솟구쳤다.

'설마 이렇게 끝나려고.'

불쑥 머리를 들고 일어나는 배반감은 또 무엇인지. 딸이 겨우 열 살이었다. 엄마 없이 살 수 있는 법을 배우기엔 너무 어리지 않은가. 아직은 엄마가 필요할 때이고 사랑을 듬뿍 받아야 할 나이였다. 신의 사랑을 증명하는 유일한 존재가 엄마이고, 사람의 형상으로 세상에 온 어린 천사들을 잘 키우라는 사명을 갖고 태어난 이가 '엄마' 인데, 적어도 자기가 낳은 아이가 완전히 자랄 동안 곁에서 지켜줘야 하는 것 아닌가. 신에게 물어보고 싶다. 내게서 엄마를 떼어내는 것도 모자라서 또다시 내 딸에게서 엄마를 떼어내려는 의도가 무엇인지. 지난 한 달 동안 내게 가한 횡포가 악마의 짓인지 신의 짓인지. 엄마가 떠날 때나 지금이나 신은 여전히 우리 모녀에 대한 배려가 없었다.

그날, 나는 창가에 선 채로 사라진 섬에 관한 글을 읽고 있었다. 여행 작가가 꿈이었고, 섬에 애착이 많았던 나는 전설의 섬 아틀란티스에 관한 책을 읽고 있었다. 섬에 관한 글을 쓰려는 계획으로 자료를 모으던 중이었다. 섬의 가장 높은 부분에 강이 흐르고, 붉은 안개가 감돌고, 주변의 섬까지 통치하던 엄청난 세력을 가진 아틀란티스가 바닷속으로 홀연히 사라지고 만 신화 같은 추정들이 내 호기심을 자극했다. 무려 오천만 년 전의 얘기를 쓰기 위해 나는 섬에 관련된 책을 모았다.

구름 한 점 없이 맑은 날, 엄마는 흰 천에 쪽빛 물을 들이고 있었다. 푸른빛이 감도는 대기로 창끝 같은 햇빛이 내리쬐고 있었다. 염색물에 손을 담그는 엄마를 보며 스팅의 음악에 귀를 기울였다. 밖으로 달려나가고 싶은 충동을 애써 누르고 있으려니 어디선가 나타난 새가 엄마 머리 위를 지났다. 엄마의 머리 위로 새가 커다란 날개를 펼쳐 훨훨 날아가고 있었다. 짧은 컷처럼 새가 금방 시야에서 사라졌다. 나는 창에 기대어 책을 두 손으로 떠받친 자세로 쪽빛에 물든 천이 바람에 일렁이는 것을 바라보았다. 엄마는 마른 천을 안고 내려오다 계단을 굴렀다. 머리를 부딪친 그녀를 안아서 무릎에 뉘었다. 계단에 부딪친 부분이 커다랗게 부풀었다.

"오, 하느님!"

엄마는 앰뷸런스를 타고 가던 중에 숨을 거두었다. 피멍이 든 엄마의 가슴에 쪽빛 천을 안겨주었다. 불귀의 길을 떠나는 그녀에게 애장품 하나쯤 챙겨주고 싶었다. 엄마는 저녁 해처럼 바다에 잠긴 섬처럼 그렇게 사라졌다. 섬에 관한 책들은 언제까지나 책상에 그대로 얹혀 있었다. 그날 이후 섬에 관한 책을 만지지도 않았다.

'실이 뚝 끊기는 느낌?'

핏줄이 터지는 순간 목구멍이 따끔했다.

'나 왜 이러는 거야?'

칫솔을 던지고 두 손으로 피를 받았다. 손바닥에 고여 있던 피가 세면장 구멍 속으로 물과 함께 흘러내렸다. 내 이름을 부르는 그의 목소리가 멀어지며 의식이 가물거렸다.

'신이든 악마든, 아무도 나를 건드리지 마.'

목구멍까지 차오른 말이 피가 되어 끝없이 쏟아졌다. 어쩌면 딸과 헤어질지도 모른다는 생각에 이르자 살아야 한다는 생각이 맥박처럼 뛰놀았다. 피, 피! 간호사! 발소리와 말소리로 주위가 부산했다. 간호사와 의사가 달려왔다. 두 번째는 첫 번째보다 더 지독했다. 첫 번째는 정맥이 터졌고, 두 번째는 동맥이 터졌다. 첫 번째는 지혈로 피가 멎었지만 두 번째는 수도꼭지를 열어놓은 듯해서 당장 수술실로 가지 않으면 안 되었다.

"혈압이 떨어지고 있어요, 목을 찢어, 수혈, 수혈! 혈관이 잡히지 않아요…."

여러 가지 말이 귓전에서 와글거리다 사라졌다. 침대에 두 팔이 묶였다. 암 수술을 받을 때도 이렇게 곤혹스럽지는 않았다. 그때는 설마 죽기야 하려고, 라는 막연한 믿음이 있었다. 누군가 내 목구멍을 뚫고 인공호흡기를 달았다. 입안은 거즈로 채워지고, 기계의 도움으로 호흡을 했다. 의식을 잃기 전, 튜브가 주렁주렁 달린 거치대와 나를 둘러싼 의료진들의 초조한 얼굴을 잠깐 보았다. 티브이에서 본 장면 같았다. 그 소란의 틈새로 물이 빠지듯 의식이 새나갔다. 빛이 흐려지며 사방에 어둠이 들어차고 적막이 나를 에워쌌다. 두 명의 간호사가 두 손으로 혈액과 수액

주머니를 꾹꾹 눌러 짰다. 수액과 혈액이 빠른 속도로 흘러들었다. 팩이 바뀌고 또 바뀌었다. 다른 한 명의 간호사가 바쁘게 뛰어다니며 혈액 전용 아이스박스로 피를 날랐다. 거즈를 물고 있는 여자는 다리와 팔이 묶여 있는 제 모습을 내려다보았다.

"환자를 수술실로 옮겨…."

세 번째 수술이었다. 불과 한 달 사이에 일어난 혼란을 이해하지 못했다. 정맥과 동맥이 연이어 터지는 순간 나는 엄마를 떠올렸다. 엄마도 수술을 받았으면 살았을까. 엄마는 수술실에 들어가기도 전에 숨을 거두었다. 그 예쁜 눈을 꼭 감고.

유체이탈한 영혼이 수술대에 누운 여자를 바라보았다. 피로 얼룩진 여자의 손과 발을 깨끗이 씻어주고 싶었다. 인공호흡기가 대신 숨을 쉬어주고, 혈관에 낯선 피가 들어갈 동안 여자는 주먹을 움켜쥔 채로 속수무책의 시간을 견뎠다. 나는 욕실 문을 잠그는 대신 비명을 먼저 질러버린 여자에게, 빨리 끝낼 수 있는 순간을 놓친 불운한 여자의 귀에 스팅의 음악을 들려주었다.

'내가 쓴 가면은 하나랍니다. 두려워하면 지는 거죠….'

여자의 눈가에 한줄기 눈물이 흘러내렸다.

'내 딸을 지켜야 해….'

대답의 이면에 남아 있는 공백을 말없음표로 남겨두었다. 가슴을 누르는 압력과 물속으로 한없이 가라앉는 느낌에 나를 맡겼다. 손아귀의 힘을 풀어버리자 이상할 정도로 마음이 편해졌다. 불빛 아래 결박된 여자의 이마에 내 차가운 손을 얹었다. 여자의 이마에 푸른 실핏줄이 비쳤다. 무력하기 이를 데 없는 그 몸에 아직도 생명의 불씨가 파닥이고 있다는 사실이 놀라웠다. 정말 몰랐다. 인간이 유리그릇처럼 이리도 쉽게 부서지는 존재였던 것을 꿈에도 생각지 못했다.

혀뿌리 쪽의 암이 발견되기 전까지 내 삶은 온통 자신감에 차 있었다. 나는 아직 사십 살이 되지 않았고, 아이는 잘 자라고, 통장은 알맞게 살이 쪄 있었다. 그 자잘한 평온함을 갖기 위해 남다른 욕심을 부린 적도 없고, 도둑질도 하지 않았고, 남의 가슴에 칼을 들이댄 일도 없다. 내가 진정으로 바랐던 건 언제까지나 소박한 그대로 살았으면 하는 것이었다. 성당 첨탑의 십자가를 생각했다. 고사리손을 모으던 시절부터 함께 한 사이라면, 그동안 쌓은 정을 생각해서라도 신과 나 사이에 적어도 약간의 배려는 있어야 했다. 암 수술 중에 레이저가 핏줄을 피해 가게 하는 정도의 배려, 염증 없이 수술 부위를 아물게 하는 정도의 배려를 기대한 것이 그리도 과한 바람이었을까. 모르겠다. 신이 인간에게 허용한 거리가 얼마만큼이고 사랑의 깊이가 어느 정도인지. 아니면 인간은 일방적으로 신을 사랑하기만 해야 하는 존재인지.

신의 역할이 인간의 삶에 개입하지 않고 다만 지켜보는 것이라면, 세상이 생긴 이후 인간이 신에게 경배를 바친 수많은 기도와 정성은 무엇이었을까. 인간은 전지전능한 신의 능력을 믿으며 경배하고, 신은 자신을 닮은 인간들이 평화롭게 살기를 바란다고 믿은 것이 인간의 일방적인 환상에 불과한 것이었는지. 신과 인간의 관계가 두 개의 벽처럼 그렇게 막막한 것이라면, 극단의 고통에서 기어 나온 인간이 신의 재단에 엎드려 두 손을 모을 때 신이 어떤 얼굴로 인간을 바라보는지.

불빛 아래 누운 여자가 채집통에 핀업된 잠자리 같았다. 가슴에 박힌 바늘 때문에 잠자리는 가늘고 긴 몸통을 까딱거리다 움직임을 멈추었다. 잠자리는 이른 아침 들녘으로 달려가는 꿈을 꾸었다. 풀잎에 매달린 이슬이 발목을 적셨다. 이슬! 파열된 혈관에서 흘러내린 것이 맑은 이슬이었다면 내게 다가온 상황을 좀 더 담백하게 받아들일 수 있었을지. 너무 붉어서 무섭기까지 한 그것이 내 몸을 이루는 근원이고, 생명에 대한 집착이 그 붉디붉은 선혈에서 비롯된 것을 깨닫는 순간 나는 그 뜨겁고 진한 것이 싫어졌다. 할 수 있다면 몸속의 피를 모두 이슬로 바꾸고 싶었다. 피가 꼭 붉어야 할 이유는 없었다. 흰색 피도 괜찮고 푸른색 피도 괜찮을 것 같았다. 피가 어떤 색이든 두려움이나 연민에 사로잡히지 않고 날개를 펼쳐 창공을 날 수 있으면 되는 것이다. 풀은 이슬을 먹고도 짙푸른 몸을 만들어냈다.

구석의 바구니에 던져놓은 환자복이 진동으로 부르르 떨었다. 열 번 스무 번. 딸이 학교에서 돌아올 시간이었다. 문자메시지를 보내도 응답이 없으니까 딸이 전화했다. 엄마와 연락이 닿을 때까지 번호를 누르고 또 누를 딸의 불안한 얼굴이 생생하게 떠올랐다. 숨을 헐떡이며 달려와 재잘재잘 수다를 떠는 딸의 청결한 숨결을 맡을 수 있으면 악마에게 나를 던져주어도 좋다고 생각했다. 댄스곡에 맞춰 춤을 추는 아이. 신주머니와 가방을 흔들며 뛰어오는 아이. 큰소리로 일기를 낭독하는 아이. 그 아이를 생각하며 나도 모르게 엄마를 찾았다. 신이 아닌 엄마를.

"엄마, 내 아이와 나를 지켜줘요."

나를 두고 떠나던 그 순간, 엄마는 남편도 딸도 아닌 신을 불렀다. 엄마의 그 탄식이 나를 절망의 나락에 떨어뜨렸다. 그때 분명히 깨달았다. 인간끼리의 사랑은 살아 숨쉬는 동안에만 유효한 계정인 것을. 그걸 알면서도 벼랑

끝에 매달린 나는 신을 찾지 않고 엄마를 찾았다.

*

"얘, 그만 일어나. 날이 밝았어."

당신의 목소리가 멀리서 아련하게 들린다. 청회색의 고요 속에 침잠한 바다. 그 깊은 곳에 창과 방패를 든 석상이 서 있다. 단아해 보이는 석조건물과 우람한 기둥, 벽으로 모자반이나 바다호랑가시 등의 해초가 자라고, 물고기들이 해초 사이에 알을 낳는다. 고래가 흰 석조건물의 기둥 사이로 잔물결을 일으키며 지나간다. 당신은 고래의 등을 쓰다듬는다. 고래가 뿌웅~ 노래를 부른다. 고래의 노랫소리가 당신의 위로 같이 들린다.

저길 봐.

당신이 한 무리의 고기떼를 가리킨다. 섬의 가장자리로 북태평양의 청잣빛 바다에서 돌아온 연어가 무리를 지어 다닌다. 현호색을 띤 어미 연어를 가리키며 당신이 말한다.

"어머니의 강으로 돌아가는 중이란다."

"알을 가득 품고 있겠죠."

"연어에게는 그게 살아야 할 이유이기도 하고 죽어야 할 이유이기도 해."

죽음으로 운명에 맞서는 귀향. 거친 물살을 가르며 어머니의 강에 알을 낳을 때까지의 힘겨운 여행에 온 생애를 건 연어의 행렬이 장엄하다 못해 위엄 있어 보인다. 물살을 헤치고 가는 연어에게 길을 비켜준다. 아름답지? 하고 묻는 당신의 눈이 반짝거리며 빛난다.

"쟤네들에겐 생의 마지막 여행이 될 거야."

"알에서 깨어난 새끼들은 죽은 어미의 살을 뜯어 먹으며 자라고?"

"어미는 본래 그런 운명을 타고난 존재란다."

"자신 없어요, 난."

당신은 내 볼을 어루만지며 가장 절실한 것을 위해 기도하라고 한다. 내게 가장 절실한 것. 혼자서 엄마의 부재를 견디고 있을 내 딸, 딸을 포옥 안아주고 싶다, 그 작은 몸에 밴 젖내를 맡으며 따사로운 체온을 느껴보고 싶다. 먼 길을 돌아서 내게 걸어온 엄마. 내가 다시 기도란 걸 하게 된다면 가장 먼저 당신을 위해 하게 될 것이다. 당신은 내 손에 상어의 등뼈로 만든 묵주를 쥐여준다. 그냥 흐르는 대로 순리에 따르라고 한다. 힘을 빼고 자신을 풀어놓을 때 비로소 자유로워진다고.

말을 마친 당신은 암석으로 된 두 개의 기둥이 있는 곳까지 나를 배웅해준다. 나는 쪽배를 타고 노를 젓는다. 바닥으로 물이 스며드는 작은 배가 물이끼 덮인 섬을 떠난다. 당신은 쪽빛 옷자락을 끌며 해초가 덮여 있는 석조건물 안으로 사라진다. 당신의 치맛자락이 뿜은 푸른빛이 채 사라지기도 전에 바닥의 모래가 움직인다. 섬을 지키던 두 개의 기둥과 흰 석조건물이 움직이는 모래 속으로 쑤욱 빨려든다. 거대한 왕의 입상이 모래의 소용돌이 속으로 사라진다. 남은 건 청회색 어둠뿐.

돌아오는 길이 너무 멀고 쓸쓸했다. 엄마의 머리칼과 하얀 맨발이 잠깐 떠오르다 사라진다. 가슴이 답답하다. 주먹으로 가슴을 두드리고 싶은데 팔이 움직이지 않는다. 몸을 움직여 보려고 몸부림을 치다 눈을 뜬다.

"환자가 깼어요."

성급하게 다가온 얼굴 하나가 나를 보며 묻는다.

"내가 누군지 알겠어?"

까맣게 잊고 있었던 사람. 내 아이의 아버지. 그를 안다고 고개를 끄덕이려고 해도 목이 움직여지지 않는다. 몸이 젖은 나무토막 같다.

"중환자실이야."

그가 일러주지 않아도 냄새로 이미 알아챘다. 후텁지근

하고 혼탁한 죽음의 냄새로. 깊이 잠들어 있는 동안 나를 대신한 인공호흡기가 무수히 많은 운동으로 그 공기를 빨아들였을 것이다.

마지막으로 잘라낸 세포에서는 암 조직이 발견되지 않았다고 그가 검사결과를 일러준다. 이제 죽음의 사슬에서 풀려났고, 잃은 체력만 회복하면 된다는 말이 어쩐지 나와 상관없는 얘기 같이 들린다. 아슬아슬하게 매달려 있던 절벽에서 구원받았다는 말이 어째서 축복으로 들리지 않는지. 수술실 문이 열리는 것을 보았던가 못 보았던가. 물큰한 피 냄새에 정신이 혼미해진다.

“환자분, 눈을 깜박거려 보세요.”

사흘 만에 깨어났다고 간호사가 친절하게 일러준다. 피를 멎게 하는 과정에서 혹시 뇌에 손상이 갔을지도 모를 경우를 대비해서 약으로 재웠다던가. 나도 모르는 사이에 지나간 시간. 그 사흘을 나는 모른다. 얼핏 생각나는 것이 내 무릎에 머리를 뉘고 있던 엄마, 당신의 모습이다. 죽을 각오로 돌아오는 연어의 사투를 생각하며 당신을 마음에서 내려놓는다. 이제는 당신을 보낼 수 있을 것 같다.

“눈을 감으세요, 뜨세요, 발가락을 움직여 보세요, 손가락을 움직여 보세요….”

간호사가 여러 가지 주문을 한다. 말이 하고 싶은데 목소리가 나오지 않는다. 그의 손을 당겨 손바닥에 글씨를 쓴다.

"오늘이 무슨 요일이에요?"

내 물음에 그가 대답한다.

"금요일이야."

사흘 만의 부활이라며 농담을 하는 그의 손바닥에 딸의 이름을 쓴다. 너무 어려서 딸을 병원에 데려오지 못했다고 한다. 딸을 보려면 내가 살아서 병실을 걸어 나가는 수밖에 없다고. 초췌한 얼굴에 떠오른 웃음이 가엾다. 손아귀에 움켜쥐고 있는 것을 만지작거린다. 알이 열 개인 그것은 손목에 끼는 작은 묵주다. 꿈에 엄마가 상어 등뼈 묵주를 쥐어주던 생각이 난다. 묵주를 언제부터 쥐고 있었는지 생각이 나지 않는다. 어머니의 강을 찾아가던 연어 떼가 눈에 선하다. 세 번쯤 물을 들인 어린 잎사귀 빛깔의 천이 빨랫줄에서 너울너울 춤을 추고, 두 개의 빨랫줄 사이에서 있던 엄마가 쪽빛에 파랗게 물든 손을 흔든다.

'섬이 보고 싶어. 어딘지 모를 바닷속의 그 섬이.'

그의 손을 당겨 글씨를 쓴다.

'섬을 보았어….'

나는 하고 싶은 말을 끝까지 쓰지 못하고 잠에 빠져든다. 되돌아온 것이 다행스럽기도 하고 슬프기도 하다. 모

래에 묻혀 있던 흰 맨발,

'엄마, 당신의 작은 맨발이 그리워요. 두 번 다시 보지 못할 그 발이.'

작은 배가 쪽빛 물결을 헤치고 다가온다. 작은 배는 바닷새처럼 자유롭다. 나는 물이끼가 덮인 배 밑바닥에 신발을 가지런히 놓고, 배를 왔던 길로 돌려보낸다. 파도에 몸을 맡긴 배는 저 홀로 출렁대며 바다 안개에 묻힌다. 해초가 빽빽이 자란 섬 하나가 신기루처럼 나타나다 사라진다.

물에 뜬 그림자를 보다

말문트기 게임

굴러온 돌 하나

방울 소리를 따라가다

날개 부러진 모형 비행기

그의 나라는 너무 멀어

잃어버린 목마

비와 바람만이 아는 대답

1

말문트기 게임

종합복지관이 언덕 위에 의연하게 서 있었다. 해를 듬뿍 받고 있는 건물이 따사로워 보였다. 한 무리의 참새가 수선을 떨듯이 이 나무 저 나무로 옮겨 다녔다. 제법 많은 수가 몰려다니는데도 나무에 앉으면 처음부터 없었던 것처럼 참새가 눈에 띄지 않았다.

보호색으로 감춰진 참새를 찾아 나뭇가지를 더듬었다. 강의실 문을 밀고 들어가자 북과 북채가 눈에 들어왔다. 케어복지 7강의 음악치료시간에 쓸 소리북이었다. 소가죽을 씌운 북통에 고운 나무무늬가 물결치고 옹이진 마디가 생생하게 도드라졌다. 북채와 북통이 손때로 반들거렸다.

북 한가운데 채궁자리가 하얗게 바랜 것으로 누군가 오래도록 어루만진 물건인 것을 한눈에 알아보았다.

일찍 온 스무여 명의 요양보호사들이 차를 마시고 있었다. 요양보호사 보충교육이 있는 날이었다. 좌석배치가 여느 날과 달랐다. 책상을 뒤로 밀치고 의자만 둥글게 놓아 스무 명이 서로 얼굴을 마주 보게 되어 있었다. 거짓말을 하면 안될 것 같은 배치도였다. 유영이 비어 있는 옆자리를 가리켰다. 창가의 탁자에서 봉지커피를 뜯어 유리컵에 부었다. 창으로 새든 햇빛이 눈부시게 맑았다. 햇빛이 반가웠다. 복지관의 언덕으로 흰색 자동차가 들어오고 있었다. 자동차는 주차장을 두 바퀴나 맴돌았다. 케어복지 교육이 있는 날은 주차장이 복잡했다. 흰색 자동차에서 스포츠웨어를 입은 남자가 내렸다. 셔츠의 흰 빛이 눈부셨다.

화이트보드에 '말문트기 게임' 이 씌어 있었다. 말문트기 게임은 제 속에 쌓인 응어리를 놀이로 풀어내는 음악치료의 한 방법이라고 강사가 설명해주었다. 게임으로 패총처럼 굳은 말의 무덤을 풀어내는 놀이. '그게 가능할까?' 세상을 믿지 않은 지 오래였다. 요양보호사들이 간병 경험을 풀어놓으며 잡담을 즐겼다. 막 일을 시작한 막내 요양보호사가 난처한 표정으로 말했다.

"제가 돌보는 노인은 거기를 자꾸 주물럭거려요."

늙으나 젊으나 남자들에게는 그것이 장난감인가 보다며 동료들이 못 본 척하라고 조언을 해주었다. 만지건 말건 모른 척하라는 말에 호응을 못하겠는지 막내 요양사가 또 물었다.

"불쑥 꺼내 보이면 어떡해요?"

난감해하는 막내 요양보호사의 말에 '엄마' 라는 애칭을 가진 유영이 시원하게 답안을 제시했다.

"울 아버지 꺼하고 똑같네, 하고 눙치면 되지 뭐가 걱정이야."

'우리 아버지 꺼' 라는 말에 모두들 와하하 웃음을 터뜨렸다. 보충교육을 받는 날이면 으레 이야기꽃이 피었다. 같은 일을 하기 때문에 서로의 고충도 잘 알거니와 이해의 폭도 넓어서 할 얘기가 많았다. 유영은 그녀 특유의 밝은 성격으로 분위기도 살리고 동료들도 잘 챙긴다고 '엄마' 라는 별명을 얻었다. 나를 요양보호사로 만들어준 사람이 유영이었다. 여자도 직업이 있어야 힘을 쓸 수 있다며 요양보호사 교육을 받으라고 권했다. 몸만 건강하면 퇴직 걱정 없이 일을 할 수 있고 늙어서 연금도 탈 수 있다고.

강의실 문이 열리며 창으로 보았던 흰 셔츠의 남자가 들어왔다. 강사는 오늘 특별히 참석하게 된 손님이라고 그를 소개했다. 오 년 동안 아내를 간병한 사람이라고. 그의 흰 셔츠를 보며 커피를 한 방울 떨어뜨리면 어떨까, 하는 생각을 했다. 흰 셔츠에 커피가 꽃잎처럼 퍼지는 상상을 하던 중에 남자가 내 옆자리에 앉았다. 속으로 주문을 걸었다. '커피야, 떨어져라. 한 방울만.' 천천히 맛을 음미해가며 커피를 마시던 남자가 마지막 한 방울에 사레가 들어 흰 셔츠를 적시고 말았다. 단추 부분에 떨어진 커피가 흰 옷을 적시며 옅게 번졌다. 당황해서 얼굴을 붉히는 그에게 물로 씻기 전에 베이킹파우더와 주방세제, 식초를 섞어 문지르면 깨끗이 진다고 말해주었다.

음악치료의 강의 도구는 북과 북채 두 개가 전부였다. 북을 중심으로 두 사람이 북채를 하나씩 들고 마주보면 게임의 준비는 끝이다. 두 사람이 번갈아가며 마음에 쌓아둔 말을 하고 북을 울리면 되는데, 강사는 마주보고 있는 상대가 자신을 가장 힘들게 하는 사람이라고 생각하면 입 열기가 쉬울 거라고 했다. 스무 명의 수강생이 두 명씩 조를 지어 게임을 진행했다. 속말을 뱉어내는데 익숙하지 않아서인지 게임이 진지해지지 않았다. 기어 들어가는 목소리로 겨우 한마디 던지고 비칠비칠 웃음을 흘리며 서로 눈치보기에 바빴다. 강사는 입 떼기가 어려우면 산, 들, 바다, 하늘, 어머니, 사랑 등의 단음절부터 시작하라고 귀띔해주었다. 누군가 처음으로 단음절을 벗어난 문장을 외쳤다.

"나는 지진이 싫다."

두웅- 울리는 북소리에 이어 '나는 남편이 더 싫다.' 고 해서 웃음꽃이 피었다. 웃고 나니 분위기가 한결 부드러워졌다. 동료들과 다툰 얘기, 고부간의 갈등, 담배를 피운 딸에게 보내는 메시지, 아기를 버리고 간 며느리에게 보내는 원망, 삼십 대에서 오십 대까지 연령층이 다양해서 갖가지 얘기들이 쏟아졌다. 세상의 불만이 한자리에 모인 듯싶었다. 게임이 활기를 띠며 진행 속도가 빨라졌다. 손사래 치며 물러난 사람을 건너뛰어 내 차례가 되었다. 내 파트너는 스포츠웨어를 입은 남자였다.

"이규형입니다."

복지회관에 볼일을 보러 왔다가 음악치료 게임에 참여하게 되었다고 어색한 만남에 대한 운을 뗐다. 그럴 수 있다고 생각했다. 언젠가 나도 기차를 타고 가다 간이역에서 내린 적 있다. 갓길의 코스모스가 아름다웠고 뜨거운 우동이 먹고 싶었다. 기차가 나를 내려놓고 쏜살같이 달려갔다. 처음 보는 사람들에게 자신을 열어 보이겠다는 그의 용기가 남달라 보였다. 간단하게 인사를 나누고 내가 먼저 대화의 첫 문장을 열었다.

"눈에 보이지 않으니 살 것 같네."

그의 눈에 배젖씨처럼 서 있는 내가 보였다. 그 눈 속의 나를 응시하며 북을 힘껏 두드렸다. 둥. 북소리가 강의실의 긴장된 공기 속으로 울려 퍼졌다. 제희가 집을 나가자마자 아이와 살림살이를 어머니에게 보내고 케어복지 강의를 신청했다. 혼자서 아이를 키우며 살아갈 방법을 찾아야 했다. 여행 가방 하나 들고 원룸을 찾아다니던 생각을 하고 있으려니 두더지처럼 할 말이 솟아올랐다.

"눈앞에서 당신을 치우는 게 소원이었어."

두웅—.

…….

북소리가 잠잠해지도록 규형은 두 팔을 늘어뜨리고 있었다. 난 그가 한시바삐 물 위로 올라오기를 기다렸다. 하나, 둘, 셋— 그가 쉽게 입을 열지 못했다. 혼자서 게임을 진행하다 보면 따라올 거라고 여겼다. 게임이 끝나도록 입을 열지 않는다 해도 어쩔 수 없는 일이었다. 중요한 건 내 속의 응혈을 얼마나 시원하게 풀어내느냐 하는 것이었다. 도둑괭이처럼 옮겨 다닌 여러 번의 이사와 빚쟁이들의 욕설, 제희를 향한 원망. 그 외 커피 찌꺼기 같은 쓸쓸한 시간들. 어둡고 침울한 구멍에 숨어 있던 단어들이 게임기 속의 두더지처럼 얄밉게 톡톡 튀어 올랐다.

"식구들이 죽건 말건 혼자 그러고 다니니 좋기도 하겠다."

두웅—.

내 말이 북소리에 섞여 공허하게 울려 퍼졌다. 나는 생전 열리지 않을 것처럼 견고하게 다물려 있는 그의 입술을 바라보며 말이 나오기를 기다렸다. 찰흙으로 빚은 듯 질감이 느껴지는 입술이었다. 하나, 둘, 셋. 좀체 열리지 않는 그의 입술을 바라보며 다음 말을 이었다.

"피한다고 자신의 잘못이 없어질 것 같아?"

힘껏 북을 내리쳤다. 북이 울릴 때마다 바늘구멍만큼씩 속이 뚫리는 느낌이었다. 하나와 둘을 헤아리고 나자 그가 말을 이었다.

- 얼마나 더 기다리게 할래?

그가 얼마나 어렵게 말을 끌어내고 있는지, 떨리는 목소리가 일러주었다. 혼자서 게임을 끝내면 어쩌나 하는 걱정이 사라졌다. 혼잣말이 불러일으키는 공허함이 싫어서 북채를 놓으려던 참이었다. 그가 첫 발언을 터뜨렸으니 그쯤이면 게임도 할만 했다.

"그 쓸모없고 나쁜 손은 없는 게 나아."

두웅—.

- 아이가 어떻게 자라는지 궁금하지 않아?

북소리 대신 침묵이 자리를 메웠다. 그를 대신해서 내가 북을 울렸다. 꾹꾹 눌러두었던 감정이 한꺼번에 머리를 들고 일어섰다. 마음을 비추는 거울 앞에 선 듯 내 속에 가시를 품고 피어난 악의 꽃이 보였다. 가시를 뽑듯이 침묵으로 견뎌온 말을 내뱉었다.

"도박에서 손 떼라는 말을 왜 무시해?"

- 얼굴도 잊었어.

"가족을 길거리로 내쫓는 병신은 살 가치도 없어."

- 제발! 그만 자고 일어나라, 영애야.

두 번, 세 번. 그가 북을 마구 두드려대는 통에 게임이 중단되었다. 심장이 두근거리고 말보다 기가 센 어떤 기운이 저 혼자 미쳐 날뛰었다. 사업을 하다 망한 건 얼마든지 이해할 수 있다. 최선을 다 했는데도 뜻대로 안되는 일이 있으니. 허나 도박은 인간을 폐인으로 만든다는 점에서 수많은 외도 중 가장 나쁜 것이다. 우리 팀이 주고받은 팩트가 너무 강해서일까. 강의실에 무거운 침묵이 깃들었다. 그 긴장을 깨듯이 내가 북을 탕 내리치자 모두들 화들짝 깨어나 박수를 쳤다. 강사가 어려운 걸 해냈다며 긴 시간을 가지고 시원하게 풀어내면 즐거운 홍이 우러나는데 도중에 그쳐서 아쉽다고 했다. 북소리의 여운이 심장을 마구 두드렸다. 채 풀어내지 못한 감정이 남아서 신경을 긁어댔다. '말해, 다 말해버려!' 뱃속에서 와글대는 아우성을 들으며 내 안에 언제 저런 것이 자리를 잡았나, 깜짝 놀랄 지경이었다. 고슴도치처럼 날카롭게 돋아 있는 가시를 어떻게 뽑아야 할지 몰랐다. 강의가 끝나고 사람들이 뿔뿔이 흩어졌다. 유영에게 먼저 가라고 했다. 북을 두드리며 속을 좀 풀고 가겠다니까 유영이 그러라며 서둘러 케어활동을 하러 갔다.

계단을 내려가는 동료들의 발소리가 멎기를 기다렸다. 책상에 놓여 있는 북을 보며 생각에 잠겼다. 남아 있는 말을 다 뱉어버려야 편안하게 숨을 쉴 것 같았다. 고수처럼 북채로 가죽과 북통을 차례대로 쳐보았다. 북통의 각과 매화점에서 튕겨 나오는 소리가 좋았다. 고수는 소리의 악절이 시작될 때 북채로 오른편 가죽을 세게 치고, 소리가 일어날 때 반각자리와 매화점자리를 굴려 치는 것으로 북치는 방법을 달리했다. 고수처럼 신명을 불러일으켜 내 속의 응혈을 다 풀어내고 싶었다. 도마뱀이 꼬리를 자르듯이 제희를 내 삶에서 시원하게 잘라내고 싶었다. 꼬리를 깔끔하게 잘라냈다고 믿은 적이 있었다. 정신을 차려보니 새 꼬리가 자란 것처럼 그가 여전히 내 삶을 압박하고 있었다.

혼자서 게임을 시작하려던 중에 문이 드르륵 열렸다. 집으로 간 줄 알았던 게임 파트너가 되돌아왔다. 깜짝 놀라서 북채를 떨어뜨리고 말았다. 부끄러운 짓을 하다 들킨 것처럼 얼굴이 화끈 달아올랐다. 나도 모르게 그를 째려보았다. 그러자 그가 강의실 문턱에 한 발을 걸친 채 얼음이 되었다. '얼음땡' 하고 풀어주지 않으면 언제까지나 얼음인 채로 서 있어야 할 것처럼. 왜 왔느냐는 물음에 그가 두 팔을 들며 방해할 생각은 없었다고 했다.

"기다려도 내려오지 않아서 와봤어요."

"저를 왜 기다려요?"

"왜냐하면… 우린 게임 파트너니까요."

백당나무 가지에 앉은 딱새 두 마리가 수다스럽게 재잘거렸다. 어디선가 키보드를 두드리는 소리가 들리는가 하면, 과일장수의 외침이 다가오기도 했다. 노란 햇살이 내 손등을 만졌다. 그가 다시 한 번 게임을 해보자고 했다. 절벽을 내려다보는 듯 가팔라 보이는 눈길을 오래 쳐다보았다. 내가 그렇듯 그 역시 가슴에서 끓는 말의 소란에 들볶여 그냥 갈 수 없었던가 보다.

"제대로 한번 해봅시다."

"자신을 완전히 풀어놓지 않으면 게임하는 의미가 없어요."

"그렇게 하려고 되돌아왔어요."

"전 할 말이 많아서 오래 못 기다려요."

"금방 따라가겠습니다."

견고하게 다물린 남자의 입술을 쳐다보았다. 튼 입술에

각질이 일고 있었다. 돌아오지 않는 아내를 기다리는 남자. 그는 몇 마디 말로 바윗덩어리 같은 삶을 깰 수 있다고 믿는 걸까. 마른 먼지 풀썩이는 심연에 바늘이 꽂혀 피가 뚝뚝 떨어진다면, 어느 누구라도 쉽사리 걸음을 옮기지 못할 것이다. 그가 뽑아 던지려는 바늘이 어디를 향하고 어떤 형태를 띠고 있을까, 의문을 품다 각피가 인 남자의 입술에 키스를 하고 싶은 충동에 사로잡혔다. 서 푼어치의 가치도 없는 말 따위 저만치 밀쳐버리고 짐승처럼 서로의 몸을 할퀴고 물어뜯으며 한바탕 뒹굴었으면 좋겠다는 야만적인 충동으로 숨이 가빴다. 눈길을 돌려 흰 채궁자리를 응시하며 참았던 말을 끄집어냈다.

"가족이 그렇게 귀찮으면 혼자 살았어야지."

그냥 북만 두드려도 응어리가 풀릴 것처럼 소리북의 중후한 울림이 내게 위안이 되어주었다. 북소리를 듣고 있으려니 갑자기 말이 부질없게 느껴졌다. 도박은 하나의 현상에 불과할 뿐, 생각해보니 나를 힘들게 한 것은 도박이 아니라 우리 부부 사이에 가로놓인 시퍼런 강물일지도 모른다는 생각이 들었다. 그가 오래 기다리게 하지 않고 말을 받았다.

- 난 언제쯤 당신 웃는 얼굴을 볼 수 있을까.

"우리 사이에 사랑 대신에 책임과 의무만 존재했던 걸

나만 모르고 있었어."

- 더 기다리게 하면 당신이 살아 있는 걸 잊을지도 몰라.

북이 한 차례 울릴 때마다 뱃속 어딘가 손이 닿지 않는 곳이 가려웠다. 손톱을 세워 가려움이 이는 곳을 시원하게 긁고 싶었다.

"당신은 아이가 태어나고, 막 삶이 시작되려는 순간에 노선을 갈아탔어."

- 나를 그만 놓아주면 안 될까?

"두고두고 아이에게 미안해하며 살아야 할 거야."

- 다른 사람을 사랑하게 되더라도 원망하지마.

"돌아올 길을 끊어버린 건 당신이지 내가 아니야."

- 하루를 살아도 사람답게 살고 싶어.

차마 북채를 들지 못하는 그를 대신해서 북을 두드렸다. 할 말을 다 했다. 그 정도면 충분하다. 더 길어지면 가슴에 묻어두었던 말에 더하여 피 묻은 생살이 뚝뚝 떨어질지 모른다. 한동안 우리는 말을 잊고 북채만 휘둘렀다. 강의실에 남아 있었던 진짜 이유가 북을 두드리는 것이었던 것처럼. 북을 두드리는 동안에 강사가 말하던 흥이란 게 살아났다. 흥의 끝은 공허였다. 언어로 바꿀 수 없는 현실이 공허했다. 그가 북채를 놓으며 후련하냐고 물었다.

"가슴이 다 비어버린 것 같네요."

"이게 우리가 추구하는 인간 본연의 모습이겠죠. 아무 것도 갖지 않는 것."

조상들이 고단한 농사일을 잘 해내기 위해 노래를 불렀던 것처럼 그렇게라도 흥을 내고 싶었는지도 모른다. 파트너가 되어줘서 고맙다며, 그가 길을 잃은 적 있느냐고 물었다. 네 살 때 길을 잃었다고 했다.

"혹시 기억나는 게 있어요, 그때 일이?"

"다 기억해요. 그날 이후 엄마와 집을 모두 잃었거든요."

"아!"

그의 탄성이 까맣게 잊고 있던 목마를 생각나게 했다. 그에게 내 깊은 곳에서 울리는 방울소리를 들려주기로 했다. 세라이모 아닌 누구에게도 하지 않았던 유년의 동화였다. 아침마다 집 앞으로 목마가 동요를 울리며 지나갔다. 이상하게 내 기억 속에는 그 동요가 딸랑거리는 방울소리로 남아 있었다.

'아가, 여기를 봐! 딸랑딸랑.'

엄마가 딸랑이를 흔들며 나를 부르는 소리가 환상처럼 기억에 남아 있었다. 그 풍경이 실제의 것인지 내가 만들어낸 것인지 알 수 없었다. 가끔 목마가 꿈속에도 나타나 방울소리를 울리며 뛰어다녔다.

"그 얘기 해줄 수 있어요?"

"오래 전의 일이라 생각이 분명하지 않아요. 내가 상상으로 만들어낸 기억일지도 모르고."

"괜찮아요. 그냥 생각나는 대로 해봐요. 얘기하는 게 괜찮으면."

"여섯 마리의 목마가 실린 큰 수레였어요. 백동전 한 닢을 내면 동요를 들으며 이십 분쯤 말을 탈 수 있는데 그날은 돈이 없었어요. 다른 아이들이 말을 타는 동안 말 구루마에 매달려 구경만 했죠. 오래오래 붙어 있으면 목마 할아버지가 공짜로 말을 태워줄 줄 알았어요. 가끔 그랬는데 그날은 아무리 기다려도 말을 태워주지 않는 거예요. 말 구루마를 졸졸 따라다녔어요. 어딘 줄도 모르고 따라다니는 동안에 날이 저물었어요. 무서운 생각이 들어서 주위를 돌아보았을 땐 전혀 모르는 곳이었어요. 지금도 가끔 목마를 따라 걷는 꿈을 꾸곤 해요."

"목마를 다시 타면 어떨 것 같아요?"

"세상 어디에도 없어요. 그 작은 말은."

"강가의 폐쇄된 랜드에 그런 말이 있어요. 랜드가 새 주인을 만나지 않았으면 그대로 있을 거예요."

원하면 지금 당장이라도 목마가 있는 곳으로 갈 수 있다고 했다. 나중에 마음의 준비가 되면 부탁하겠다고 했다. 아직은 그 기억을 돌아볼 용기가 나지 않는다고. 요양보호사 일을 하게 된 계기가 있느냐고 그가 물었다. 아내를 간병인에게 맡겨두었으니 케어복지에 관심을 갖는 게 당연했다. 케어복지 보충교육에 직접 참여했다는 사실이 그가 심리적으로 얼마나 큰 부담을 안고 있는지 말해주었으니. 내게 쉽게 꺼낼 수 없는 기억이 있듯이 그에게도 말로 꺼내기 어려운 부분이 있었다. 상처로 얼룩진 기억 대신에 요양보호사가 된 과정을 말해주었다. 그는 간병인을 쓰는 사람이고 나는 간병을 직업으로 삼은 사람이었다. 제희가 큰 빚을 안겨주고 가출한 이후 아이를 지키기 위해서라도 일이 절실히 필요했다. 여기저기 일자리를 구하러 다니던 중에 유영에게서 전화가 왔다.

"엄마가 위독한데 사흘만 도와줄래?"

"어떻게 도와줄까?"

"내가 케어하는 아이를 사흘만 돌봐줘."

"자격증도 없고 일도 모르는데."

"하루만 같이 해보면 일은 금방 배워, 마음가짐이 중요하지."

"아이를 돌보는 일이면 해보지 뭐."

"그냥 아이가 아니고. 장애 1급에 나이는 스무 살."

"가르쳐주면 해볼게."

친구에게 부탁받은 아이가 근이었다. 근은 스무 살이나

된 청년이지만 어릴 때 뇌병변증을 심하게 앓고 장애인이 되었다. 친구와 하루를 보내며 일을 배웠다. 12시에서 오후 6시까지 근이와 지내며 밥도 먹이고 경기를 일으키지 않게 돌봐주면 되었다. 근의 집에 도착해서 친구가 준 열쇠로 문을 열고 들어갔다. 인기척을 들은 근이 소리를 질러댔다. 날마다 같은 시간에 밥을 먹는 배꼽시계의 반응이었다. 식탁에 아이의 점심이 차려져 있었다. 밥과 반찬을 차려서 먹였더니 밥을 씹지도 않고 넘겼다. 찌개국물에 밥을 비볐다. 반찬을 얹어서 숟가락 가득 떠주자 넙죽 받아먹었다. 밥을 한 그릇 비우고 방울토마토와 수박을 잘라서 입에 넣어주자 근이 벙글벙글 웃으며 받아먹었다. 아이의 감정 표현은 그것이 전부였다. 식사가 끝나면 언제 무슨 일이 있었냐는 듯 근은 다시 고개를 젓거나 패드를 꾹꾹 씹어댔다.

운동을 시켜줄 생각으로 두 손을 맞잡고 거실을 걷게 했다. 실제 나이가 스무 살이나 된 청년이고 보니 근을 일으키고 앉히고 걷게 하는 일이 여간 힘든 게 아녔다. 근이 조금만 힘을 보태주면 일이 쉬울 텐데 근은 온종일 침대에서만 생활하는 아이였다. 뼈가 굳어서 마음대로 움직이지 못하는 근을 걷게 하려면 튼튼한 남자의 힘이 필요했다. 어쩌다 근이 침대에서 내려와도 제 의지로 올라가지 못하기 때문에 뒤에서 밀어 올려야 했다. 식사 후의 운동을 포기하고 말았다.

유영이 근을 돌본 게 팔 년이었다. 유영은 밥을 제때 챙겨주고 기저귀만 잘 갈아주면 그리 어려운 일은 없을 거라고 했다. 혹시 경기를 일으키면 고개를 옆으로 돌리고 목을 뒤로 살짝 젖혀서 기도가 막히지 않게 해주면 된다고 했다. 장애인 활동보조를 하다 보면 그보다 더 어려운 경우가 숱하다고 했다. 밥 먹고 잘 싸는 일, 하루 한시도 거르면 안 되는 그 일을 위해 근에게 사람이 필요했다. 스무 살이라는 근의 생태적 나이가 확인시켜주듯이 코밑으로 다리로 수염과 털이 덮이고, 키와 골격과 성기가 그 나이에 맞게 자라고 있었다. 의식이 활동을 하지 않는다고 육체적 성장까지 멈춘 건 아녔다. 정상인이었으면 한창 친구를 좋아하고, 게임과 음악을 좋아하고, 캠퍼스 생활에 심취해 있을 나이지만 그 애는 그런 것과 너무나 멀리 떨어져 있었다.

근의 방에 온종일 라디오가 켜져 있었다. 라디오 채널은 근을 돌보는 사람의 취향에 따라 이 방송 저 방송으로 옮겨지기 일쑤지만 그 애는 그런 것과 상관없이 놓여 있었다. 라디오의 소음 사이로 이 가는 소리가 잡음처럼 들리고 패드를 씹어대는 아이의 침 냄새가 비릿하게 떠돌았다.

소음이 싫어서 라디오를 껐다가 이 가는 소리가 거슬려서 라디오를 다시 켰다.

온종일 고개를 좌우로 돌리거나 엎드렸다 일어났다 하는 단순한 동작만 반복하는 근의 볼을 두 손으로 싸안고 이를 갈지 말라고 말해 보았다. 그러자 근이 맑은 눈으로 나를 무연히 바라보다 벙긋 웃음을 지었다. 머리를 쓰다듬어주면 쳐다보았고 방울토마토를 입에 넣어주면 톡톡 터뜨려 먹었다. 의식을 가지고 상황을 인식하는 것처럼 방긋 웃을 줄 아는 그 아이가 어째서 쇠도 녹일 나이에 방에만 있어야 하는지.

사고능력이 있든 없든 근의 몸은 자라서 성인이 되었다. 맛있는 걸 먹으며 즐겁게 웃을 줄도 알지만 근의 현실은 요양보호사와 보내는 몇 시간으로 사회와 간접접촉을 할 뿐이었다. 사흘은 금방 지나갔다. 한 사람의 생을 이해하기에 사흘은 너무 짧은 시간이었다. 일을 마치고 집을 나서는데 뒤가 켕기듯 그 아이가 마음에 묵직하게 걸려 있었다. 문밖에 다른 세상이 있는데 영원히 그것을 모르고 살아야 하는 사람이 있다는 사실이 고통스러웠다. 사람을 돕는 일이 바로 그 고통을 감당하는 것으로 시작된다는 유영의 말을 듣고 울었다.

'사람을 돕는 일.'

근이와 사흘을 보낸 후 장애인 활동보조에 필요한 모든 교육을 받았다. 자격이 주어져야 일을 할 수 있었다. 유영의 말대로 돈도 안 되고 소신을 가지기도 어려운 일이지만 누군가에게 도움이 되는 일을 해보고 싶었다. 게다가 간병인은 여자가 가장 접근하기 쉬운 분야였다. 자격만 갖추면 노인 케어와 장애인 케어로 가정방문은 물론이고 요양병원에 취업을 할 수도 있었다. 아이를 키우는 동안 사회적으로 고립된 데다 고급인력이 넘쳐나는 세상에 아기엄마가 발붙일 곳이 그리 많지 않았다. 쓰임새가 많지 않은 내게 요양보호사는 선택의 여지가 없는 길이었고, 게으름을 피우지 않는 한 구조조정으로 잘려나갈 위험이 없다는 점에서 안심이 되었다. 결혼하기 전까지 명망 있는 회사의 직원이었지만 아이를 가지며 일을 그만두었다. 다시 회사에 취업을 해볼까 생각해보았지만 철저한 계급 사회에서 위아래로 쫓기며 전투적인 일에 종사하는 게 싫었다. 일에 쫓기기보다 즐기고 싶었다.

세상은 흰색과 검은색이 한데 어우러지는 곳이었다. 물이 있나 하면 불이 있고, 적이 있나 하면 아군이 있고, 어두운 밤이 있나 하면 해가 뜨는 아침도 있다. 다행히 내게는 건강한 몸이 있으니 나를 필요로 하는 사람들을 위해 일을 할 수 있겠다는 용기가 생겼다. 절박해서 시작한 일이었다니까 얘기를 듣고 있던 그가 진지하게 물었다.

"적성에 맞던가요?"

"일이 필요하다는 것 이상의 조건은 없다고 봐요."

"다행이군요. 자신감에 차 있으니."

"근이 두려움을 걷어내게 해주었어요."

간절히 바라면 보이지 않는 힘이 나서서 돕는다고 믿었다. 우리는 북을 가운데 놓고 세 시간을 마주앉아 있으면서도 더 이상 게임에 관한 얘기는 하지 않았다. 아픈 곳은 불씨처럼 다독거려 덮어두는 게 옳다. 나중에 그것이 사랑으로 완성되는 날까지. 우리에게는 상처에 딱지가 앉고 아픔이 휘발될 동안의 시간이 필요했다. 그가 식물인간 상태의 환자가 앓는 우울증에 대해서 말했다. 멀쩡한 사람만 우울증을 앓는 것이 아니라며, 식물인간도 때로는 우울해 한다는 얘기가 새롭게 들렸다. 그런 날은 그의 아내가 소리 없이 눈물을 흘린다던가. 예전에는 아내를 가만히 안고 있으면 슬픔이 가라앉곤 했는데 이젠 그게 잘 안된다고 했다. 오 년 동안 밤낮없이 아내를 돌보다 잠시 쉬고 싶어서 다른 사람에게 맡겼는데 이젠 병실로 돌아가는 게 어렵게 되었다고 털어놓았다. 둥지를 떠난 새는 살던 곳으로 되돌아가지 않는다. 그것은 새가 드넓은 세계를 보았기 때문이다. 나는 생에서 잠시 비켜 앉고 싶었던 그의 마음을 온전히 이해했다. 햇빛에 젖은 몸을 말리고 싶은 그런 때가 내게도 있었다. 지금도 수시로 그런 충동에 휘둘리고 있으니. 그가 다음 주에는 먼저 와서 자리를 맡아놓겠다고 했다.

"또 오시려고요?"

"아내에게 친구를 만들어주겠다고 약속했거든요."

"친구?"

"책을 읽어주고 다정하게 말을 걸어주고 일상의 얘기를 들려주는 친구 말입니다."

"옳아. 진짜 친구가 되어줄 사람을 원하시는군요."

"마음에 드는 적임자가 있어서 몇 번 더 오려고요."

2

굴러온 돌 하나

사흘 전에 씻어 말린 이불이 베란다에 나와 있었다. 설사를 했는지 흰 이불이 누런 얼룩에 푹 젖어 있었다. 또 쌌느냐고 눈을 부라리자 젬마는 간밤에 응급실로 실려갈 뻔했다고 엄살을 떨었다. 베이컨 들어간 식빵을 야식으로 먹었는데 그게 체했는지 밤새 속이 거북하고 설사가 나더라고 했다. 기저귀를 해도 소용없더라는 변명을 도중에 끊으며 사흘 전에도 똑같은 말을 했는데 기억나느냐고 물으니 생각 안 난다고 잡아뗐다. 일부러 그런 게 아니면 홑이불도 아닌 솜이불을 사흘이 멀다 하고 적셔낼 턱이 없다고 했다. 말이 길어지자 대답이 궁색한지, 일하러 온 사람이 시키는 대로 하면 되지 아픈 사람을 몰아세우는 법이 어디 있느냐고 냅다 고함을 질렀다. 젬마의 딸에게 전화를 했더니 받지 않았다.

"치매라는 말은 없었는데."

센터에 전화해서 물어봐야겠다고 했더니 젬마가 설사 조금 한 걸로 누굴 치매 노인 취급이냐며 눈을 하얗게 치떴다. 분노로 입술이 파르르 떨리는 노인의 얼굴을 가만히 쳐다보았다. 앉은자리에서 오줌 싸고 똥 싸고 밥까지 받아먹으면서도 치매 노인 취급받는 건 싫은가 보았다. 치매도 아니면서 왜 치매 노인 행세를 하느냐고 따졌더니 노인이 성가시다는 듯 돌아누우며 대꾸했다.

"아, 일어나는 게 귀찮아서 그랬어."

두꺼운 솜이불을 발로 밟아서 빠는 사람의 노고는 생각하지 않느냐고 대들자 노인이 그런 일을 하려고 오는 것 아니냐며 정색했다. 일을 하러 온 건 맞지만 요양보호사를 가사도우미로 착각하는 불합리한 노동은 받아들이기 어렵다고 했다. 요양보호사는 신체활동이 부자유스러운 환자를 도와주는 사람이지 시키는 대로 움직이는 노예가 아니라니까 노인은 그게 그거지, 하며 입을 실룩거렸다. '치매 노인은 저렇게 뻔뻔스럽지 않아.' 힘자랑 할 데가 없어서 요양보호사를 상대로 갑질이냐고 빈정거리다 생각하니, 지금까지 나를 중심으로 돌아가는 세상일이 하나같이 내게 불리하게 작용했다는 사실에 생각이 닿았다. 꼭 적개심을 갖고 나를 괴롭히기로 작정한 것처럼 마음먹은 대로 풀리는 일이 하나도 없었다. 남달리 내가 인내심이 없어서 그런가, 하고 주위를 살펴봐도 나만큼 괴롭게 사는 사람은 드물었다. 매사에 잘 풀리는 사람은 일을 저질러도 살림이 일고 도와주려는 사람만 모이더구만 어쩐 일인지 나는 움직일 때마다 불운이 따라다녔다. 오죽하면 내 손으로 남편을 감옥에 집어넣었을까.

제희는 내 불운의 시작이었다. 사랑이라 믿고 결혼했더니 얼토당토않게 노름에 빠져 어렵게 마련한 집을 노름판에 던졌다. 마음 도사려 먹고 일을 시작했더니 치매 아닌 치매 노인이 아귀처럼 나를 뜯어먹으려 들고, 사방팔방 다 둘러봐도 믿을 사람이라곤 시어머니뿐인데 근래 들어 눈에 띄게 상한 모습이 어딘가 중병이 든 듯싶었다. 하나뿐인 아들이 돈을 있는 대로 긁어서 노름판에 갖다 붓는데 속이 멀쩡한 게 이상한 거지. 시어머니가 아프면 당장 아이를 맡아줄 사람이 없어서 걱정이었다. 언제까지나 하루하루를 전쟁하듯이 살 수 없어서 불운의 싹을 자르는 심정으로 숨어다니는 그를 유치장에 집어넣었다.

젬마를 맡은 지 보름 만에 이적을 고민하기에 이르렀다.

일을 그만두더라도 오늘 하루만 더 참기로 했다. 자신의 한계를 극복하는 것이 삶의 불운과 맞서서 이기는 길인지 어떤지 모르지만 오늘은 차질 없이 일을 마치기로 했다. 무거운 솜이불을 들었다 놓았다 하던 중에 허리가 삐끗거렸다. 순간적으로 온몸이 경직되며 나도 모르게 숨을 멈추었다. 뜨끔거리는 허리를 잡고 잠시 숨을 골랐다. 통증이 심해서 숨을 크게 쉬어도 아팠다.

"오늘만 참자!"

욱신거리는 허리를 짚고 창밖을 내다보았다. 짙푸른 하늘이 유난히 푸르고 드높았다. 이런 날은 바다도 하늘빛을 닮아서 끝없이 푸를 것 같았다. 날마다 일에 붙들려 사느라 지척에 바다를 두고도 눈길 한 번 건넬 짬을 못 냈다. 오늘은 일을 한 시간 일찍 마치고 바다를 만나기로 했다. 뭔가 중대한 결정을 내려야 할 때 바다를 보고 있으면 좋은 방안이 떠오르곤 했다. 누구에게나 힘이 되어주는 위로의 장소가 있을 것이다. 내게는 바다가 그런 곳이었다. 바다는 제희를 피해다니다 찾아낸 나만의 안식처였다. 처음부터 결혼하지 않았던 것처럼 남편과 아이를 버릴 작정으로 찾아간 곳이었다. 결의가 필요했던 그때처럼 직업을 바꾸든 케어대상자를 바꾸든 양단간에 결론을 내려야 할 것 같았다. 하루 여섯 시간에 내 전신의 에너지를 바닥까지

고갈시키며 살 수 없으니.

치매도 아니고, 멀쩡한 정신으로 사흘이 멀다 하고 이불을 지린내로 적셔놓는 건 아무리 생각해도 심하다. 계속 이러고 살다간 돈을 벌기도 전에 디스크로 입원하게 생겼다. 세탁기에 들어가는 이불로 바꾸자고 해도 노인은 굳이 솜이불만 덮으려 했다. 솜이불은 세탁기에 들어가지도 않는다. 아이들 수영장만 한 고무통에 이불과 요를 담고 다섯 번이나 물을 갈아가며 밟아서 빨았다. 뜨끔거리는 허리를 두드려가며 겨우 탈수를 시켜놓고 한숨을 돌리려는데 젬마가 잠시 쉴 틈도 주지 않고 다리를 주무르라고 보챘다. 하루에 열 걸음도 걷지 않는 다리가 마른 장작개비처럼 뻣뻣했다. 다리를 주무르며 졸았다.

젬마는 걷는 것도 싫어하고 움직이는 것도 싫어했다. 경로당에 가는 것도 싫어하고 집으로 찾아오는 친구도 없어서 그녀는 늘 혼자였다. 온종일 침대에 누워서 입으로 일을 시키고 요양보호사를 달달 볶는 것이 유일한 낙이었다. 잠조차 없어서 낮잠을 자라고 아무리 주문을 걸어도 눈조차 감지 않았다. 그녀에게 배당된 시간이 여섯 시간인데 무려 네 시간을 물빨래로 보냈다. 세탁기는 때가 가지 않는다며 손빨래를 시키는 것도 모자라서 삶은 빨래까지 방망이로 두들겨 빨게 했다. 보름째 계속된 고행에 완전히 지치고 말았다. 허리와 손목에 파스를 감으며 잠시만 쉬겠다고 했다. 그러자 젬마는 금세 다리에 쥐가 난다고 엄살을 떨었다. 참다못해 한마디 했다.

"너무 하시네요. 어떻게 자기 입장만 생각하세요?"

"남의 돈을 날로 먹으려니 그러지."

"쉬지 않고 일하는 것을 보셨잖아요."

"그만큼도 안 하고 돈 받아먹어?"

"할머니가 제 월급 줘요?"

"내가 주는 건 아니지만 우리 때문에 돈 벌어먹는 거 맞잖아."

"도움을 받는 입장에서 하실 말씀은 아니죠."

젬마는 직원 교육을 어떻게 시키기에 이렇게 말이 많으냐며 센터에 전화해서 따져야겠다고 어깃장을 놓았다. 남의 도움을 받는 처지에 고마워할 줄도 모르는 안하무인이 어이없어서 노인에게 휴대폰을 내밀며 당장 전화하라고 했다. 보름이면 많이 참았다. 전임자들이 한 달을 못 넘겨 바뀌는 이유를 알 것 같았다. 일을 시켜주면 고맙다고 인사라도 해야 할 판국에 고개 빳빳하게 쳐들고 덤빈다며, 자기 딸이었으면 머리카락 하나도 남지 않았다고 노인이 독설을 했다. 나도 참지 않고 대들었다. 우리 엄마였으면 진작 요양원으로 쫓아버렸다고. 근로기준법에도 쉬는 시간이 주어져 있다니까 노인은 배부른 소리 하고 자빠졌다며 입에서 나오는 대로 거친 말을 내뱉었다. 노인을 피할 요량으로 일어서는데 갑자기 어지럼증으로 비틀거리다 벽에 머리를 부딪칠 뻔했다.

"어머, 내가 왜 이러지?"

벽을 짚고 한참 서 있었다. 기립성 빈혈증이 있긴 하지만 이 정도는 아녔다. 보름 동안 노인의 극성에 너무 무리를 한 모양이었다. 벽을 짚은 채로 노인을 보며 말했다.

"할머니도 저만한 손녀딸까지 있으면서 너무 그러는 거 아녀요."

"내가 뭘 어쨌다고 야단이야."

"쓰러질 뻔했어요."

"그게 내 탓이야? 몸이 부실해서 그런 걸."

팔순 노인을 상대로 싸우는 것도 못난 짓이어서 젬마의 일을 그만두기로 마음먹었다. 벌어먹는 게 급해서 시작한 일이지만 몸으로 때우는 일은 한계가 있었다. 젬마를 거절한다고 센터에서 일을 안 주면 병원 간병인으로 들어가면 그만이었다. 무슨 일을 하든 이보다 심할까 싶었다. 센터에 전화를 하려고 휴대폰을 여는데 폭발물이 터지듯 소름 끼치는 굉음이 들렸다. 건물이 부르르 떨며 흔들리자 젬마가 비명을 질렀다. 4.5초 정도의 들썩임으로 벽에 걸린 사진틀이 떨어지고 티브이 옆에 있던 화분이 굴러 떨어졌다. 푸른 잎사귀를 출렁이던 난이 허연 뿌리를 드러냈다. 난을 주워서 빈 화분에 담아주고 싶은데 그럴 여유가 없었다. 젬마가 겁먹은 아이처럼 비명을 질러댔다. 부엌에서 그릇 깨지는 소리가 연이었다. 부엌으로 가보니 바닥이 꺼지고 싱크대가 기울어져 있었다. 기울어진 싱크대의 문이 열려 덜렁거리고 사기그릇이 흘러내려 산산조각 났다. 방금 전까지 기세등등하던 폭군은 어디 가고 젬마가 숨이 넘어가는 시늉을 했다. 너무 시끄러워 젬마의 이불을 식탁 밑으로 끌고 왔다. 얼굴에 전등이라도 떨어지면 큰일이었다.

북쪽 6km지점에서 5.4의 지진이 일고 여진이 계속된다는 경보가 연이어 날아들었다. 젬마를 일으켜 패딩점퍼를 입혔다. 밖으로 나가자니까 다리가 아파서 못 간다며 업어 달라고 보챘다. 허리가 안 좋아서 못 업는다고 했다. 앉아서 죽게 할 셈이냐고 따지지만 그녀를 감당할 만큼 내 허리가 튼튼하지 못했다. 노인을 식탁 밑에 앉혀두고 밑에 내려가서 사람을 불러오겠다니까 혼자 달아나려 한다며 내 옷자락을 붙잡았다. 그녀의 손을 딱 때려서 떼어냈다. 내게는 지진보다 그 손이 더 무서웠다. 금방이라도 부러질 듯 휘청거리는 다리로 내려가기엔 오층 아래의 계단이 너무 많았다. 창으로 고개를 내밀어 소리를 질렀다.

"도와주세요. 아픈 사람이 있어요."

아파트가 텅 비어버린 듯 허공으로 내 목소리만 왕왕 울려 퍼졌다. 2차 지진이 염려되었다. 젬마에게 살고 싶으면 계단을 내려가자니까 다리가 아파서 못 간다고 버텼다. 엄살 부리면 혼자 간다고 위협했더니 젬마가 구급차를 불러달라고 했다. 지진으로 구급대원들이 많이 바쁠 텐데 일없이 사람을 부를 거냐는 내 말에 그녀는 불안하게 집에 있느니 응급실에 누워서 영양제나 맞겠다고 했다. 이런 위기 상황에 응급실을 생각해낸 발상이 기막혔다. 어떻게 그런 생각을 했느냐고 물으니 늙은이들이 많이 쓰는 방법이라고 했다. 전화만 하면 냅다 달려오는 구급대가 자식보다 낫다는 말에 더 이상 대꾸할 말을 잃었다. 연이은 여진에 장식장의 술병이 쓰러졌다. 통 안에 든 채로 병이 깨졌는지 술이 흘러내렸다. 젬마가 빨리 구급대원을 부르라고 다그쳤다. 이러고 있다 죽으면 책임질 거냐는 닦달에 못 이겨 긴급전화를 누르고 말았다. 차마 응급환자가 있다는 거짓말이 나오지 않아서 젬마에게 휴대폰을 넘겨주었다. 그러자 그녀가 다 죽어가는 목소리로 살려달라고 애원했다. 전화를 끊자 언제 그랬냐는 듯 태연하게 구급차가 곧 나타날 거라고 했다. 평소 그녀가 알뜰히 챙겨둔 가방을 쥐어주었다. 그 안에 몇 개의 통장과 집문서, 도장, 주민등록,

여권, 현금, 팬티, 수건, 양말까지 그녀가 중요하게 여기는 물건이 다 들어 있었다. 젬마가 딸에게 연락을 해보라고 보채지만 통화가 되지 않았다. 함께 사는 맏딸 아래로 아들과 딸이 더 있다는데 연락을 끊고 사는지 전혀 왕래가 없었다. 함께 사는 식구라고 해봐야 환갑을 넘긴 딸 안나가 전부다. 안나는 재래시장에서 옷가게를 하기 때문에 귀가시간이 오후 여덟 시 이후다. 젬마를 응급실에 넣어두고 퇴근하면 된다. 어머니와 진우가 어쩌고 있는지 걱정이 되는데 통화가 차단 되었다.

구급차가 달려왔다. 조금 전까지 멀쩡하던 노인이 들것에 누워서 다 죽어가는 시늉을 했다. 사람은 어떻게든 상황에 맞춰 살아가게 되어 있나 보다. 노인을 쳐다보고 있기가 민망해서 시선을 피하다 알몸으로 뒹구는 난을 발견했다. 난을 가방에 넣었다. 구급대원이 병원까지 동행해달라고 했다. 구급차의 긴 의자에 앉았다. 젬마가 나를 보며 웃었다.

"이러면 되는 걸. 뭐가 어렵다고."

"오래 사는 이유가 있네요."

"살고 봐야지."

팔순을 넘긴 나이에도 무서운 게 있느냐니까 젬마는 밤에 혼자 자는 것도 무섭고 죽는 것도 무섭다고 했다. 아침에 못 깨어날까 봐 딸이 옆에 눕기 전에는 잠을 못 들인다고 했다. 죽음에 가까워질수록 생의 애착이 커지는지. 얼마나 오래 살아야 죽음을 자연스럽게 받아들일까. 죽기 싫어서 잠드는 것도 무섭다는 노인이 가엾어야 하는데 보름동안 시달린 끝이어서 그런지 삶에 대한 그 아집이 역겹기만 했다. 노인은 응급실에서 링거를 달고 잠들었다. 잠들기 전에 애처로운 목소리로 손을 잡아달라고 했다. 노인이 잠든 것을 보고 안나에게 문자를 넣었다. 버스를 기다리던 중에 안나에게서 전화가 왔다. 금방 갈 테니까 기다려달라는 걸 버스를 탔다고 둘러댔다. 젬마를 맡지 않겠다고 마음먹었기 때문에 더 이상 안나와 얼굴 맞대고 얘기를 나누는 것도 귀찮았다. 길게 얘기해봐야 혼자서 자식 셋을 키운 가엾은 노인을 잘 보살펴달라는 뻔한 얘기를 듣게 될 터였다. 가엾기로 따지면 엄마와 떨어져 지내는 아이보다 더 가여운 이가 있을라고. 진우가 마음에 밟혔다.

병원 앞 정류장에서 복지센터에 전화를 했다. 내일부터 젬마의 집에는 가지 않겠다니까 사회복지사는 젬마를 맡아줄 사람이 나올 때까지만 수고해달라고 애원했다. 일을 더 해주고 싶어도 당장 허리와 손목에 무리가 와서 일을 할 수 없는 상태라며, 젬마와 보낸 시간을 세세하게 보고하고는 내가 감당할 수 있는 사람이 아니라고 했다. 그 늙은이를 어떡하면 좋으냐며 사회복지사가 한숨을 쉬었다.

"김 선생님까지 손을 놓으면 젬마를 케어할 사람이 없는데 어떡해요?"

"우리 사정도 좀 봐줘요."

내일 당장 대타를 못 구한다고 해도 젬마의 케어는 그만두겠다고 했다. 무거운 솜이불 들어 올리느라 허리를 삐었다니까 사회복지사도 더 강요를 못했다. 다른 일을 달라는 내 부탁에 사회복지사는 푹 쉬고 내일 아침에 다시 얘기하자며 결론을 미루었다.

집으로 갈까 진우에게로 갈까 망설이다 좀 걷기로 했다. 해지는 바다를 보러 가렸는데 젬마 때문에 시간을 놓쳤다. 강이든 바다든 어둠에 잠긴 물은 혼자 보고 싶지 않다. 자칫 귀기 서린 물속으로 끌려들어갈 것만 같다. 골목을 걸으며 지진이 지나간 거리풍경을 살폈다. 입주민들이 통째로 집을 비운 아파트 마당에 스산한 기운이 감돌았다. 주민들이 안전진단 위험 판정을 받은 아파트를 버리고 체육관으로 피신했다. 빈 아파트가 전쟁 중에 버림받은 괴물 같아 보였다. 사람을 잃으면 저리도 혼 빠진 허수아비 꼴이 되는 게 집인지. 지진이 나기 전만 해도 창마다 흰 빨래가 널리고 놀이터에 아이들이 뛰어놀았을 텐데 불과 반나절 만에 폐허가 되었다. 빈 아파트와 빌라 입구를 공익요

원들이 지키고 있었다.

걷다 보니 집 앞이었다. 빵집 직원들과 슈퍼마켓 주인, 앞치마를 두른 식당아줌마 등, 아이 어른 할 것 없이 입은 채로 뛰쳐나와 마트 앞에 오종종 모여 있었다. 여진이 계속되고 있어서 사람들이 집에 들어갈 엄두를 내지 못했다. 갈 곳이 마땅찮은 이들이 동네 막창 가게와 생삼겹살 구이집에 모여 술추렴으로 저녁시간을 보냈다. 집에 있던 차림으로 나온 사람이 있는가 하면 재킷에 가방까지 챙겨온 사람이 있고 그 와중에도 여행 가방에 귀중품까지 챙겨온 사람이 있었다. 식당주인은 지진으로 유리창이 깨졌다 증언하고, 고층아파트에 사는 주민은 아파트가 쓰러질 것처럼 흔들렸다며 고개를 설레설레 저었다.

"오늘 밤에 또 흔들리면?"

"꼼짝없이 깔려 죽는 거지."

"땅덩어리가 부글부글 끓나 보다."

"천연가스 때문이 아닐까?"

사람들은 얼른 불의 정원을 떠올렸다. 폐철도 부지에 공원을 만든다며 관정을 파던 중에 거대한 폭발이 일어났다. 시공추의 마찰열로 일기 시작한 불길이 일 년이 지나도록 꺼지지 않고 타올랐다. 전문가들은 땅속에 천연가스가 깔려 있어서 불길이 계속 치솟는 거라고 했다. 포항이 먼 신생대에 바닷속으로 가라앉았다 떠오른 땅이라는 신문기사를 읽은 적 있다. 그 머나먼 신생대처럼 땅이 다시 움직이기 시작한 것인지. 술꾼들은 지구도 사람처럼 속앓이를 하는 거라고 우스갯소리를 했다. 땅을 마구 파헤쳐 지하수를 멋대로 뽑아 쓰니까 지구가 속이 터져서 한 번씩 분통을 터뜨리는 거라며 지진을 안주 삼았다. 주민들이 잠자리 걱정을 하며 체육관으로 몰려갔다. 그 중 몇 명은 텐트를 가져갔다.

'집에서 자도 될까?'

벽돌더미에 깔려 죽더라도 이부자리에 편안하게 눕고 싶었다. 팔다리와 허리 구석구석 아프지 않은 곳이 없고 몸이 녹아내릴 듯 피곤했다. 어머니와 통화가 되었다. 어머니는 지진으로 집이 조금 흔들리긴 했지만 아무렇지 않다며 오히려 내 걱정을 했다. 위험한 곳에 있지 말고 집으로 오라는 어머니에게 내진설계가 되어 있는 집이어서 안전하다고 둘러댔다. 진우가 보고 싶지만 너무 피곤해서 못 가겠다.

"자다가 무서우면 갈게요."

타고 난 명대로 살다 가는 거지. 불운으로 뭉쳐진 삶이어서 당장 멈추어도 아쉬울 게 없지만 어린 진우가 엄마 없는 아이로 자라는 건 내가 죽는 것보다 더 싫었다. 진우를 봐서라도 악착 같이 살아야 했다. 원룸이 진원지와 가깝긴 하지만 될 대로 되라는 심정이었다. 밤에 큰 지진이 일어 또 다시 집이 흔들릴지 모르지만 깔려 죽을 팔자라고 저승명부에 기록되어 있으면 무슨 수로 그 운을 피하랴 싶었다. 체육관으로 피신했는지 곳곳마다 불이 꺼진 집이 많아서 거리가 사뭇 을씨년스러웠다. 빈 화분에 난을 옮겨 심었다. 뿌리 하나가 떨어졌다. 난에게 살아날 힘이 있다면 뿌리의 상처를 극복하리라 믿었다.

호주머니에 든 돌을 꺼냈다. 검고 네모난 돌이었다. 골목 모퉁이를 돌던 중에 발에 툭 차이는 돌을 주웠다. 둥글넓적한 모양새로 보아 누군가가 깻잎 짠지를 담글 때 누르려고 주워온 돌이라고 짐작했다. 돌이고 사람이고 결국엔 혼자가 되어 버려진다. 돌이 있는 곳을 올려 보니 축대였다. 돌이 빠진 자리에 틈이 생겼을 것 같았다. 축대에 틈이 생기면 거기로 빗물이 흐르며 틈이 점점 넓어져 마침내 축대가 무너지기에 이른다. 작은 돌의 가치가 축대 전체의 안전과 맞먹는다고 생각하니 돌이 갑자기 소중하게 느껴졌다. 돌을 축대 어디에 끼워 넣어야 할지 몰라서 내가 갖기로 했다. 땅바닥에 굴러다니는 돌의 처지가 나와 닮았다. 삶이 지옥 같다는 생각은 뒷전이고 배가 너무 고프고 잠이 쏟아졌다. 주린 배부터 채우고 안식을 원하는 육체의 요구를 들어주기로 했다. 정신의 요구와 육체의 요구는 항상 동일하다. 배가 불러야 육체와 정신이 함께 행복하고, 잠을 푹 자고 나야 육체와 정신의 에너지가 회복된다. 버섯을 가득 넣고 순두부찌개를 끓였다. 김밥 한 줄로 점심을 때웠더니 허기가 나를 집어삼키려 했다. 찌개를 후후 불어먹으며 드라마를 한 편 보았다. 드라마가 끝나자마자 자리에 누웠다. 원룸 식구들이 지진을 피해서 캠핑이라도 갔는지 집이 조용했다. 평소 같으면 계단이 쿵쿵 울리고 창으로 음악소리가 들릴 시간이었다. 오층 건물에 나 혼자 남은 듯싶었다. 집은 사람이 모여 살 때 의미가 주어지는 것인지, 인기척 없는 집이 덩치 큰 무덤 같았다. 무덤 속에서 눈을 감고 외쳤다.

'또 한 번 흔들어보라구.'

사람이 살고 있을 때 지구도 존재가치가 있는 거지, 땅덩어리가 아무리 넓은들 그 가치를 알아줄 사람이 없으면 무슨 소용이람. 지진이든 빚쟁이든 맘대로 해보라는 배짱이 생겼다. 실은 집이 무너지지 않을까, 하는 염려보다 내일 또 젬마에게 시달리는 상황이 생길까봐 그게 더 걱정이었다.

"다른 일을 찾아야 하는데."

파스를 붙였는데도 허리가 욱신거렸다. 잠이 달아날 정

도로 아팠다. 머리맡에 둔 돌이 생각났다. 벌떡 일어나 가스레인지에서 돌을 구웠다. 뜨겁게 달군 돌을 수건에 싸서 허리에 댔다. 체했을 때마다 등을 쓸어주고 바늘로 따주던 어머니 손이 생각났다. 구운 돌이 정 깊은 어머니의 손인 듯 따뜻했다. 아들을 잘못 키워서 미안하다고 한 사람. 어머니는 세상에서 돈 손해가 가장 작은 손해라며 돈은 잃어도 가족은 잃지 말라고 다독였다. 어머니의 말을 순수하게 받아들이기에는 내 상처가 너무 깊었다. 뜨거운 돌이 허리의 아픔을 풀어주었다. 뜨거우면서도 시원했다.

땅이 흔들리는 꿈을 꾸었다. 전등과 벽시계가 흔들리고 장롱이 쓰러졌다. 비명을 지르며 깨고 보니 온몸이 땀에 젖어 있었다. 눈을 감았다 떴는데 어느새 아침이었다. 찜질용으로 구웠던 돌이 싸늘하게 식어 있었다. 꿈속처럼 집이 다시 흔들리지는 않았다. 창문과 전등이 제자리에 붙어 있고, 여행가방도 벽에 붙여놓은 그대로였다. 짐이라곤 달랑 가방 하나여서 나를 덮치고 위험에 빠뜨릴 물건은 없었다.

문 두드리는 소리가 들렸다. 밖을 내다보니 집주인이 서 있었다. 집주인은 무슨 피해를 입지 않았느냐고 물었다. 아무 일 없었다니까 집주인은 자기 집이 부서진 데 없이 멀쩡한 것은 비싼 돈 들여 내진설계를 했기 때문이라며,

계약이 끝나면 집세 이십 퍼센트 인상이 불가피하다는 언질을 주었다. 집세 올리기 전에 다른 곳으로 이사를 가게 될 거라는 말은 하지 않았다. 설마하니 집주인이 입주인 걱정이 되어 가가호호 방문을 했을까. 집세를 올릴 의도라고 해도 입주인이 안부를 물어주는 건 고마웠다. 가족도 챙기기 어려운 판국에 괜찮으냐고 물어주는 게 어딘가. 집주인이 가고 나자 안나에게서 전화가 왔다.

"어제 많이 힘들었죠."

"오늘 다른 선생님이 가실 거예요."

"왜요? 어머니는 선생님을 마음에 들어 하시던데."

"허리를 삐끗해서 잠시 쉬어야 해요."

안나가 한숨을 푹 쉬었다. 선생님을 한 번만 더 바꾸면 양로원에 보낸다고 겁을 주었다며, 어머니를 계속 맡아달라고 애원했다. 젬마는 양로원에 보낸다는 말을 가장 무서워했다. 양로원도 사람이 사는 곳이지만 젬마는 딸과 헤어지는 것을 죽기보다 싫어했다. 또한 젬마는 딸이 자신을 양로원에 보내지 않을 거라는 사실도 잘 알고 있었다. 다시는 일하는 사람을 괴롭히지 않겠다는 약속이 무슨 소용인가. 젬마가 달라지지 않으면 그만인 걸. 요양보호사가 알아서 일을 하도록 가만히 내버려두라고 안나가 간섭을 하면 젬마는 '내가 시체야?' 하고 반박했다. 젬마는 갖가지 요구로 자신이 살아 있다는 확인을 하는지 모르지만, 일하는 사람으로서는 그녀의 극성스러운 요구가 성가실 뿐이다. 안나는 집안일을 잊고 어머니와 놀아주기만 하면 된다지만 그건 젬마가 일하는 사람을 어떻게 부리는지 몰라서 하는 소리다. 아니면 알면서 모른 척하거나. 따지고 보면 안나도 공범이다. '가엾은 우리 어머니!' 하며 하늘 아래 둘도 없는 효녀 코스프레를 하지만 정작 우리가 필요해서 전화하면 받지 않는다. 안나의 과장된 효녀놀이가 젬마의 독선을 키운 거나 마찬가지인데 그녀는 시종일관 모르쇠였다.

"선생님 사정은 알겠는데 사람이 바뀌면 불안해하는 환자 생각도 좀 해주셔야죠."

"오죽하면 보름 만에 병원 신세를 지겠어요."

"그렇다고 갑자기 손을 놔버리면 우린 어쩌라구요."

"다른 사람 간다고 했잖아요."

"어머니가 다른 사람은 싫다고 하세요."

"저도 요양보호사를 노예로 아는 사람하고는 함께 못 있어요."

안나의 목소리가 금방 달라졌다. 노인이 좀 극성맞기로 일하러 오는 사람이 참아야지 그 정도의 인내심도 없이 일하러 다니느냐고 따졌다. 젬마를 다녀간 사람이 다섯 명인 걸 기억하라며, 요양보호사는 케어가 필요한 사람을 도와주는 사람이지 노예가 아니라고 일침을 놓았다. 인내심도 몸이 허락하는 한계 안에서 이루어지는 작용이라며, 손목 인대가 늘어나고 허리까지 삐끗했기 때문에 지금은 돌아가신 아버지가 와서 부탁해도 들어줄 수 없다니까 안나가 화를 버럭 냈다.

"사람이 참 너무하네. 그 만큼 사정하면 양보하는 척이라도 해야지."

노인을 이해해달라는 안나에게 내가 책임지고 있는 식구가 네 명이라고 했다. 네 사람을 지키려면 내가 건강해야 하는데, 내 모든 에너지를 젬마 한 사람에게 쏟고 매미 허물처럼 바스러지면 우리 어머니와 아이는 누가 책임지느냐고 되물었다. 안나가 잠시 할 말을 잊고 머뭇거렸다. 내가 그만둬도 센터에서 사람을 보낼 거라 이르고 통화를 끊었다. 전화를 잡고 있으면 끝이 없다.

육체의 요구와 정신의 요구가 일치하지 않는 것, 내 딜레마가 그것이었다. 마음 같아선 잠을 줄이더라도 일하는 시간을 늘리고 싶은데, 마음과 달리 몸이 알아서 브레이크를 건다. 일정한 수입이 있어야 어머니와 진우를 돌봐줄 수 있는데 내 능력 이상의 희생을 요구하는 사회의 불합리한 상황과 균형을 이루기 어렵다는 사실이 암담하기 그지 없다. 나뿐만 아니라 미혼모와 이혼녀, 싱글맘 등의 사회적 약자들이 다들 그런 타협의 딜레마에 갇혀 있다. '참자, 오늘만 참자.'고 끝없이 자신을 다독이며. 당장 일을 그만둔다고 굶어죽기야 하랴. 사회가 바뀌지 않으면 사회의 요구에 나를 맞춰야겠지만 서툴러서 연신 허방만 짚고 다닌다.

불합리한 상황을 더 참지 않으려고 이혼까지 했는데 또 벽에 부딪쳤다. 뚫을 수 없는 벽을 쳐다보는 심정이 너무 고단했다. 소장은 내 완강한 반대에 부딪쳐 결국 젬마의 케어를 다른 사람에게 넘겼다. 소장의 시선이 곱지 않지만 그게 무슨 대수랴. 만약 일을 그만둬야 할 상황이 생기면 요양병원에 일자리를 구하면 된다. 나는 진우의 엄마니까 아이를 위해서라도 강해져야 한다.

3

방울 소리를 따라가다

원룸이 밀집된 거리에 어둠이 깔리고 있었다. 방이 비어 있어서 가방만 들고 가면 되었다. 몇 번째 이사인지 잊었다. 곰팡이와 얼룩이 끼지 않은 방을 찾아서 세 시간이나 돌아다녔다. 육 개월 방값을 주고 열쇠를 받았다. 주인이 사는 오층 아래로 층마다 방이 세 개씩이었다. 방범창이 되어 있는 이층 가장자리 방으로 캐리어를 끌고 들어갔다. 더 버릴 것이 없도록 간단한 이삿짐이었다. 몰래 이사를 다니는 동안 자연스럽게 정리되었다. 옷과 책 몇 권, 이불 베개 등, 한 인간이 살아가는데 필요한 짐이 겨우 여행 가방 하나 분량이라는 사실에 놀랐다.

2,5톤짜리 트럭을 가득 채웠던 이삿짐은 방과 거실을 채우기 위한 용도에 지나지 않았다. 사진 찍는 친구를 따라 몽골에 간 적이 있다. 그때 다른 초원을 찾아가는 유목민의 이삿짐을 보았다. 이삿짐이라고 해봐야 차곡차곡 접은 게르와 바닥에 깔 매트, 작은 난로, 주전자, 물통, 옷가방 같은 짐을 야크의 등에 실으면 되었다. 그들은 야크의 등에 이삿짐을 싣고 풀이 많은 초원을 찾아다녔다. 가축을 데리고 초원을 옮겨 다니는 유목민들은 언제든 접어서 떠날 수 있게 짐이 간단했다. 짐을 줄여보니 알겠다. 그동안 우리가 꼭 필요하다고 여긴 것들이 살림의 군더더기였음을. 유목민들이 초원을 찾아가듯이 나도, 내 초원을 찾아서 짐을 부렸다. 세 시간 만에 찾아낸 방이었다. 이불 보퉁이와 여행 가방 하나뿐인 짐을 두고 밖으로 나왔다. 내가 살게 될 동네를 돌아보는 것으로 이사 첫날 저녁시간을 보내기로 했다.

셔터를 내린 은행 앞에 인도 청년이 붉은 보자기를 펼치고 액세서리를 정리하고 있었다. 피리 그림이 든 시디와 조개껍질 목걸이, 가죽으로 만든 액세서리 몇 점, 무릎이 낡은 청바지, 티셔츠 두 장이 가지런히 놓여 있었다. 허수아비처럼 팔을 벌려놓은 티셔츠와 낡은 청바지는 팔기 위한 것이라기보다 보자기를 풍성하게 보이기 위한 전시품인 듯했다. 그가 팔고 싶은 것이 뭘까 생각해보니 비닐 커버에 싸여 있는 시디였다. 팔찌와 목걸이 사이에 시디 다섯 장이 가지런히 놓여 있었다. 그가 피리를 가리키며 아라비아의 갈대피리 네이Ney라고, 서툰 한국말로 설명을 덧붙였다.

그가 피리를 불기 시작했다. 구경꾼이 모였다. 끊어질 듯 말 듯 이어지는 피리 소리를 들으며 광활한 평야를 걸어가는 목동을 생각했다. 음악을 듣는다는 생각 없이 피리 소리에 귀를 기울이는 동안 떠돌이처럼 살 곳을 찾아다니던 심정이 조금 누그러졌다. 목동의 발걸음과 뜨거운 태양, 쓸쓸한 바람소리가 담긴 피리 소리에 사람들이 모여들어 보자기 좌판을 빙 둘러쌌다. 음악이 끝날 즈음 빗방울이 떨어졌다. 그의 연주를 들으며 시디와 가죽 팔찌 하나를 집었다. 그가 손가락 한 개를 폈다. 그의 손에 파란 지폐 한 장을 놓았다. 여행 도중에 돈이 필요해서 배낭을 다시 풀게 되더라도 손때 묻은 갈대피리만은 소중하게 간직하기를 바랐다. 자신이 꼭 지켜야 할 것을 갖고 있으면 좌절하지 않는다. 손때 묻은 갈대피리라든가 어린 진우의 젖내 밴 땅콩 베개 같은 것.

노트북을 꺼내어 시디를 넣었다. 갈대피리 소리가 방안에 은은하게 울려 퍼졌다. 이삿짐이랄 것도 없는 두 개의 가방을 밀쳐두고 맨바닥에 드러누웠다. 배가 등가죽에 달라붙었는데 너무 피곤해서 꼼짝하기 싫었다. L.H 단지의 종구할매가 음식을 잘못 먹고 설사를 하는 통에 오후 내내 바닥에 엉덩이 한 번 붙여보지 못했다. 기저귀를 했는데도 설사가 흘러내려 몇 번이나 옷을 갈아 입혔다. 늙은이를 이리저리 굴려가며 엉덩이 밑에 비닐을 깔고 씻겨서 옷을 갈아입히느라 온몸의 진이 다 빠졌다. 누워서 쉬고 있으려니 요양센터의 소장에게서 전화가 왔다. 젬마에게 다른 사람을 보냈더니 아픈 사람 허락도 받지 않고 맘대로 요양보호사를 바꾸는 게 어디 법이냐고 펄쩍 뛰더란다.

"저녁에 전화 올 거예요."

그 사람들을 돌보는 게 우리 일인데 우리가 그들을 이해해줘야 하지 않겠느냐고 소장이 조곤조곤 타일렀다. 일의 수위를 조절해주겠다고 했으니까 얘기를 잘해보라며 소장이 젬마를 내게 떠맡겼다.

"젬마가 신혜 씨 아니면 싫대요."

"아시잖아요, 인대 늘어나면 금방 가라앉지 않는 거."

"알지, 아는데 그냥 옆에 있어만 달랜다."

젬마가 다급하긴 한가보다 짐작하면서도 나는 겉 다르고 속 다른 늙은이의 제안을 믿지 않았다. 젬마가 교활한 늙은이이긴 하지만 소장의 부탁까지 거절하기는 어려웠다. 소장은 내게 언니 같은 사람이고 어려울 때 일자리를 주며 도와주었다. 이왕 참아온 김에 한 번만 더 참아보라는 소장의 간청에 못 이겨 몸살이 좀 가라앉으면 가겠다고 했다. 온 뼈마디가 다 쑤시고 열까지 화끈거리는 것이 자고 일어나도 괜찮을 것 같지가 않았다. 엎드려 있으니 바닥으로 한없이 가라앉았다. 만약 다시 젬마를 맡는다면 내가 할 수 있는 만큼만 일을 할 참이었다. 그래도 불만이 많으면 젬마 일을 접으면 된다.

센터의 소장은 일을 그만두겠다는 내 말이 공허한 메아리인 것을 알고 있었다. 일을 찾아 나선 여성들 중에 특히 의지할 곳 없고 보호받을 곳 없는 이혼녀와 미혼모, 그 밖의 결손가족의 여성들은 일자리를 옮겨 다니는 것이 쉽지 않다. 그녀들은 웬만큼의 불합리한 조건도 인내하며 견뎌내는 쪽을 택한다. 피치 못할 사정으로 혼자가 된 그녀들은 냉정한 사회에 맞설 보호벽이라곤 오로지 자기 자신뿐인 것을 알기 때문에 더욱 강해져야 했다.

재료상에서 사온 초콜릿 덩어리와 데커레이션에 필요한 부속물을 방바닥에 늘어놓았다. 버너에 냄비를 얹고 초콜릿을 넣었다. 새파랗게 불꽃이 피어오르자 초콜릿이 녹기 시작했다. 초콜릿으로 말이 일곱 마리인 회전목마를 만들려던 참이었다. 내일이 진우 생일이어서 밤을 새워서라도 회전목마를 완성시켜야 했다. 중탕으로 녹인 초콜릿에 물엿을 넣고 휘저었다. 알맞게 굳은 초콜릿을 비닐과 비닐 사이에 놓고 밀대로 얇게 밀었다. 컵을 엎어서 초콜릿 회전판을 만들던 중 전화가 왔다. '이규형입니다.' 저음의 그 음성이 음악치료 시간의 게임 파트너였던 걸 금방 기억해냈다. 친한 듯이 뭐하고 있느냐는 자연스러운 물음에 아들 생일선물을 만든다고 대답했다. 하던 일을 멈추고 창에 기대어 섰다. 열린 창으로 빗물이 튀었다. 창 아래 차가 서 있었다. 빨간 미등이 고왔다. 그가 아들을 위해 어떤 선물을 준비하느냐고 물었다.

"초콜릿으로 말을 만들어요."

"회전목마?"

"말이 일곱 마리예요."

"우리 딸도 일곱 살인데."

그의 딸이 진우와 동갑이었다. 태어나서 한 번도 엄마 품에 안겨보지 못했다던 그 아이의 이름이 주연이었다. 엄마와 떨어져 사는 것이 싫어서 진우도 만날 때마다 눈물바람인데, 주연은 그 어린 것이 엄마 정이 얼마나 그리울까. 엄마가 돈을 벌어야 하기 때문에 진우는 초등학교에 들어갈 때까지 할머니와 살아야 한다고 말했다. 내 말이 끝나기도 전에 진우가 울음을 터뜨렸다. 주말의 짧은 만남을 끝내고 아이가 잠든 틈에 빠져나오곤 했다. 아이는 잠결에도 어미의 손을 놓지 않았다. 진우는 한밤중에 잠이 깨어 무작정 울어대는 것으로 엄마 아빠의 부재와 그리움을 견뎠다. 어머니는 아이가 너무 울어서 병이라도 날까 걱정이라고 했다. 아이를 위해서라도 함께 살아야 한다는 어머니의 간청을 못 들은 척했다. 아이 때문에 제희의 삶에 다시 얽혀드는 건 생각도 하기 싫었다. 아이를 맘껏 안아주지 못해서 미안했다. 돈 많이 벌어오겠다는 어미의 약속을 믿고 아이는 휴일만 손꼽아 기다렸다. 그 아이가 일곱 살이었다. 그에게 전화한 이유를 물으며 녹은 초콜릿을 말 모형의 거푸집에 부었다. 수레에서 맴도는 일곱 마리의 말이 만들어졌다. 말의 갈기를 빗고 있을 때 그가 말했다.

"어제 간병인이 일을 그만뒀어요."

빗소리에 섞인 그의 말이 음울하게 들렸다. 환자는 깨어날 기미를 보이지 않고, 간병에 지친 남자는 아내에게 친구가 되어줄 간병인을 찾아서 케어복지 교육관을 기웃거렸다. 직원을 채용하듯이 간병인의 면접을 보고 서로 적응해야 하는 어려운 과정을 그가 몇 번이나 더 반복해야 할까. 환자에게나 간병인에게나 보호자에게나, 낯선 이에게 적응하는 일이 가장 부담스럽다.

"당장 사람을 구해야 해요."

"지난번에 적임자가 있다고 하지 않았어요?"

"그래서 왔어요. 도와달라는 부탁을 하려고."

"그 적임자가 저예요?"

"제 아내의 친구가 되어줘요."

"저는 중환자를 돌본 경험이 없는 걸요."

그는 능숙한 직업인을 원하는 게 아니고 진심으로 친구가 되어줄 사람이 필요하다고 했다.

"친구가 될 만한 사람을 찾았다고 했어요."

죽은 나무나 다름없는 사람에게도 친구가 필요하지 않겠느냐는 규형의 말소리가 웅성거리며 떠돌았다. 처제가 결혼한 후 여러 명의 간병인이 다녀갔지만 너무 심심해서 그런지 오래 견디는 사람이 없다고 했다. 아내에게 친구를 만들어주는 건 그가 해줄 수 있는 단 하나의 선물이라고 했다. 때맞춰 새로운 일이 생긴 걸 기뻐해야 할지. 오래 생각하지 않고 그의 제안을 받아들이기로 했다. 일단 일자리 찾아다닐 걱정 없이 오래 일할 수 있다는 점이 나를 안심시켰다. 젬마가 다시 전화를 할지 어떨지 모르지만 말동무 정도로 일의 수위를 낮춰주겠다는 약속이 별로 미덥지 않았다. 사람은 잘 바뀌지 않는다. 팔순 노인이 바뀌기를 바라는 건 강물이 거꾸로 흐르길 기다리는 거나 마찬가지다. 나는 마음을 단단히 먹고 그에게 물었다.

"제가 어떻게 하면 되죠?"

"보통 친구들과 똑같이 대해주면 돼요. 아이 키우는 얘기, 장바구니 얘기, 화장품 얘기…. 친구들끼리 나누는 수다 말예요."

환자와 친구가 된다. 영혼을 통한 교감도 있으니, 꼭 말을 주고받는 것만 대화가 아니지 않은가. 스스로에게 물었다. 누군가의 영혼과 만날 준비가 되어 있는지. 친구가 되어준다는 것은 환자의 목에서 가래를 뽑고 물수건으로 몸을 닦아주는 기본적인 업무뿐만 아니라 자는 것도 깨어 있는 것도 아닌 식물상태의 여자에게 말을 걸어주고, 삼십대 여자들이 나눌 법한 일상의 얘기를 들려주고, 책을 읽어주고, 날씨의 변화에 더하여 함께 음악을 들으며 그녀에게 살아 있다는 사실을 일깨워주는 것을 말한다. 그가 바라는 것이 그런 정도라면 별로 어렵지 않다. 난 혼자서도 자신과 대화를 나누고 있으니.

"노력은 해보겠지만 영혼에 깃든 외로움까지 채워줄 자신은 없어요."

"손만 잡아줘도 안심이 될 겁니다. 체온을 느낄 테니까요."

시간에 방치된 사람. 삶과 죽음의 경계에 집을 지은 사람. 풀잎에 맺힌 이슬 같은 사람. 예측할 수 없는 미래에 유예된 삶. 식물인간 상태의 환자는 운동감각과 정신작용의 동물적 기능이 정지되고 순환대사, 체온조절 등의 식물기능만 살아 있어 목에 뚫어놓은 구멍으로 미음을 마시고 생명을 유지한다. 영애를 맡기엔 내 간병 경력이 턱없이 미약하지만 그녀의 손을 잡아주기로 했다. 그녀에게는 도와줄 사람이 필요하고 내게는 은신처가 필요했다. 아무도 나를 찾지 못하는 곳. 제희와 관련된 어떤 것과도 마주치지 않도록 나를 깊숙이 숨기고 싶었다. 젬마에게 가지 않아도 된다는 사실이 내게 안도감을 주었다. 더는 외줄을 타듯이 비틀거리며 살지 않기로 했다. 병실까지 안내하겠다는 규형에게 혼자 가겠다고 했다. 이제 그 병실은 내 일터가 되었다. 휠체어를 타거나 지팡이를 짚은 환자들, 외래진료를 받으러 온 환자로 북적대는 대기실을 지나 엘리베이터에 발을 올렸다.

영애의 병실은 5층이었다. 간호사실에서 왼쪽으로 꺾어 들어 복도의 마지막 병실이었다. 두 개의 침대 중 하나는 비어 있고 창 가까운 침대에 '정영애'란 이름이 씌어 있었다. 창에 커튼이 드리워져 있고 영애의 머리맡에 놓인 가습기가 더운 김을 불어내고 있어 온실에 들어온 듯 공기가 눅진하고 후텁지근했다. 잡지를 뒤적이던 여자에게 명함을 주며 영애 씨를 도우러 왔다니까, 방금 연락을 받았다며 나를 반겼다. 언니와 친하게 지냈으면 좋겠다는 말에 그러겠다고 했다. 나는 들고 온 프리지어 다발을 영애의 가슴에 안겨주었다.

"신혜라고 해요. 꽃다발이 마음에 들었으면 좋겠어요."

'내 남편이 나를 어떻게 소개하던가요?' 그렇게 묻기라도 하듯 영애는 흰자위만 드러난 눈을 깜박거렸다. 영애의 손을 잡고 물었다.

"예전에 그림을 그렸다죠?"

"아이들도 가르치고 그림도 그렸어요."

동생이 대답을 대신했다.

"아직도 아틀리에가 있다면서요. 어서 일어나서 그림을 그려야죠."

나중에 일어나면 내 자화상을 한 장 그려달라고 했다. 그녀의 눈망울이 바삐 움직였다. 그 눈동자의 움직임이 영애의 뇌가 깨어 있어서 내 말에 귀 기울이고 있다는 것을 말해주었다. 건강한 사람도 자신이 좋아하는 얘기를 들으면 눈을 빛내지 않는가. 언젠가 식물인간 상태의 환자 뇌가 살아 있음을 증명하는 글을 읽은 적 있다. 식물인간 상태의 환자에게 말을 걸어주면 정상인과 다름없이 뇌가 움직이며 운동영역이 활성화되는 과정이 자기공명영상장치에 감지되더라는 연구 보고서였다.

그 연구 보고서에 의하면, 교통사고로 전혀 의식이 없는 환자에게 테니스를 친다, 천장에서 대들보가 삐걱거린다거나 기타를 친다는 말을 걸어주면 운동영역이 활성화되며 뇌의 움직임이 자발적으로 검사에 참여한 정상인들과 같은 반응을 보이더라고 했다. 모든 식물환자가 같은 반응을 보일 거라고 믿기 어렵지만 인간의 가장 깊은 곳에 자리 잡은 무의식이 소리에 반응하더라는 의견에 믿음이 갔다. 사물을 인식하지 못해도 열려 있는 청각과 피부감각으로 말귀를 알아듣는다지 않는가. 연구 보고서에 의하면 인간에게 마지막까지 살아 있는 게 청각이라고 했다. 그렇다면 그녀는 지금 내 손의 감각을 느끼고 내가 하는 말을 듣고 있다는 말이다.

"언니가 프리지어 좋아하는 걸 어떻게 아셨어요?"

잡지를 접어서 탁자 위에 놓으며 영애의 동생이 물었다.

"아내가 어떤 꽃을 좋아하느냐고 이 선생님께 물어봤어요."

영애의 동생은 섬세한 배려가 고맙다며 꽃다발에 얼굴을 묻었다. 꽃향기를 맡는 여자의 뒷목이 사슴처럼 가늘고 길었다. 언니에게 묶여 있는 동안 가슴 깊이 쌓아둔 슬픔이 퇴적암처럼 굳어버렸는지 그녀는 미래의 꿈에 한껏 부풀어도 될 때에 신혼의 단꿈에 젖은 신부답지 않게 지쳐 보였다. 그녀는 꽃다발을 유리병에 꽂아서 영애의 머리맡에 놓았다. 그녀는 당장 일을 시작할 수 있겠느냐고 물었다. 그러려고 준비하고 왔다니까 그녀는 두 시간마다 환자를 돌려 눕히고 욕창이 생기지 않게 하고 몸을 닦아주는 등의 기본적인 간병상식을 꼼꼼하게 일러주었다. 집이 멀어서 자주 올 수 없다며 간병일지를 기록해달라고 했다.

"유일한 흔적이잖아요."

그녀의 말에 공감했다. 영애처럼 내일을 기약할 수 없는 환자의 간병일지를 기록한다는 것은 그녀의 자서전을 대필하는 것이나 마찬가지다. 7년이나 병석에 누워 있으니 할 말이 얼마나 많을까. 간병일지를 받는 것으로 간병인의 인수인계 절차가 끝났다. 그녀는 전화번호를 남기고 서둘러 병실을 나갔다. 잠시 후 여자가 되돌아와서는 밤에 교대할 간병인이 좀 늦게 오더라도 기다려달라고 했다. 다른 간병인과 주야로 나누어서 근무하는 2부 교대였다. 그러겠다고 했다. 집에 바삐 가봐야 기다리는 사람도 없고 갈 곳도 없었다. 일을 하고 있는 동안엔 구겨진 내 삶을 잠시 잊을 수 있어서 특별한 볼일이 아니면 병실을 지킬 참이었다. 나를 필요로 하는 여자가 거기 쓸쓸하게 누워 있었다.

간병일지를 뒤적였다. 노트의 첫 장에 벚나무 아래서 활짝 웃고 있는 여자의 사진이 붙어 있었다. 사진 아래에 영애의 이름과 나이, 별자리, 취미 등의 사소한 버릇까지 빠짐없이 기록되어 있었다. 각 장마다 날씨의 변화와 환자의 하루 변화가 짤막하게 기록되어 있었다. 간혹 일기나 편지가 씌어 있기도 했다. 병실이 비어 있는 것처럼 고요하지만 가만히 귀를 기울이면 여러 가지 소리가 들린다. 움직이는 모든 것이 소리를 낸다. 살아 있다는 건 소리를 내고 소리를 듣는 것으로 존재감을 드러낸다. 소리 너머에 존재하는 타인의 자취에 안도감을 느끼며. 나는 간병일지에서 한 대목을 골라 읽기로 했다. 결혼으로 병실을 떠나게 된 동생이 언니에게 남기는 편지였다. 간병일지에 기록된 동생의 편지를 읽어주겠다니까 영애의 눈동자가 분주하게 움직였다.

8월 15일 금요일 아침 맑음, 창에 잠자리가 앉다.

언니, 실잠자리가 날아왔어. 실잠자리가 동심원을 그리며 맴돌다 창에 사뿐 내려앉았어. 빨간 꽁지가 간당거리는 모습을 보고서야 여름이 지나가고 있는 것을 알았어. 잠자리는 가을보다 빨리, 축전처럼 날아들거든. 정말 하기 어려운 말인데, 가을이 온다함은 내가 언니 곁을 떠날 때가 되었다는 말이기도 해. 가을이 되면 그 사람이 나를 데려가겠다고 했거든. 나도 기꺼이 그러겠다고 했어. 그 사람의 부모님이 너무 연로하셔서 무작정 기다리지 못하니까. 그 사람을 잃고 싶지 않아서 결혼 날짜를 잡으라고 했어. 이제 그 약속의 가을이 온 거야. 언니, 결혼을 하면 가장 먼저 가을 하늘처럼 눈이 맑은 아이를 두 명 가질 생각이야. 아이들과 산으로 들로 뛰어다니며 고추잠자리를 잡고 싶어. 꽃도 가꾸고, 맛있는 요리도 하고, 쇼핑도 하며 언니와 상관없는 서른 살 여자의 삶을 살려고 해. 멀리 가면 다니러 오기 어려울 거야. 마비되었던 감각이 돌아오면 발가락이 가장 먼저 움직인다고 했는데, 언니의 발은 모양만 갖춘 의족처럼 움직일 줄 모르네. 발가락이 움직이는 날이 오긴 할지, 이러다 언니가 덜컥 죽어버리는 것이 아닐까, 하는 불안이 치밀 때면 한시라도 빨리 병실을 떠나고 싶어져. 그저께 방송에서 식물상태의 환자를 간병하는 가족의 인터뷰 기사를 보았어. 환자가 깨어날 것을 믿느냐는 물음에 환자의 아들이 확신하듯이 대답했어. 꼭 깨어날 거라고. 미안하지만 언니, 내게는 그 사람이 가진 그런 확신이 없어. 믿음이 자꾸 무너지고 있는 게 너무 슬퍼. 인간이 태어난 이유를 묻게 되네. 나도 모르게….

나는 노트를 접어놓고 영애의 손을 잡아주었다. 시간이 흐르듯 사람도 물처럼 흘러간다. 인간이 슬픈 것은 버려야 할 것을 제때 버리지 못하고 떠나는 이를 얼른 놓지 못하기 때문이 아닐지. 내가 제희의 손을 놓은 것은 물처럼 잘 흐르기 위해서다. 그는 내 지나친 관심과 간섭이 그의 앞길을 가로막는다고 했다. 그 말을 듣고 그의 손을 놓았다. 줄줄이 새는 돈을 막아보려는 내 노력이 사소한 간섭으로 비쳤다는 사실이 너무 기막히고 허망했다. 가는 사람은 가도록 내버려두고 남아 있는 사람끼리 친하게 지내자며 영애와 악수를 했다. 여름이 가고 가을이 오듯이 사람도 늘 오고 가는 존재가 아니냐고. 오늘 처음 만났지만 좋은 친구가 될 것 같았다.

"장미로 따지면 우린 서른다섯 송이나 되는 동갑내기예요."

채집상자에 핀업된 잠자리처럼 시간의 풍화작용을 견디는 영애의 머리를 쓸어 올렸다. 내가 그녀를 지켜보고 있으면 그녀도 내게로 다가와 나를 보게 될 것 같았다.

"당신 눈을 보며 얘기하는 날이 왔으면 좋겠어요."

스프링 노트에 오늘 날짜를 기록하고 '첫 만남' 이라고 썼다. 시선을 맞추고 속 깊은 얘기를 나눌 수는 없지만 오감으로 만나는 관계도 나쁘지 않았다. 따뜻한 체온보다 미더운 것은 없으니. 영애의 손을 잡고 당신이 나가라고 할 때까지 이 자리에 있겠다고 했다.

"그러니 내 목소리를 듣고 따라오세요."

4

날개 부러진 모형 비행기

강에서 피어오른 안개가 새떼처럼 날아다녔다. 가로등과 자동차 불빛에 너울대는 안개가 춤을 추는 듯했다. 안개 속을 걸어 역전 지하도로 갔다. 기차가 지나갈 때마다 지하도 천장이 왕왕 울렸다. 지하도 계단과 구석진 곳 여기저기 돗자리를 둘둘 말거나 신문지를 덮은 노숙자들이 자고 있었다. 검은 옷을 입고 움츠린 노숙자 가까이에 다가섰다. 신문지 아래 드러난 신발이 제희의 것과 똑같았다. 뒤축이 삐딱하게 닳아 있고 구두코가 벗겨져 있었다. 신문지를 들추어 보았다. 술을 먹었는지 푸푸 내쉬는 숨결에 시큰한 냄새가 났다. 팔베개를 하고 자던 남자가 눈을 번쩍 떴다.

"뭐요?"

"미안해요. 아는 사람인 줄 알았어요."

신문지를 덮어주고 그 자리를 물러났다. 불안한 눈길로 두리번거리던 남자가 점퍼 깃을 목까지 올리고 잠을 청했다. 이제 곧 출근시간이 되고 지하도를 지나는 행인의 발길이 잦아지면 모두 일어나서 어딘가로 자리를 옮겨야 할 것이다. 공원의 나무 그늘이나 무료급식소로 하루의 생을 이어갈 곳으로. 제희가 아녀서 다행이었다. 막상 그러고 있는 꼴을 보면 겨우 가라앉은 분노로 또 속이 뒤집어졌을 터이다. 집에 있으나 가출을 하나 마음에 걸리기는 마찬가지였다. 어머니가 찾아보라고 들볶지만 않아도 그가 어디서 어떻게 살건 상관 않겠는데. 진우를 맡겨둔 죄로 또 본의 아니게 그를 찾아다녔다. 여름이라지만 시멘트 바닥에서 냉기가 차오를 것이다. 거기서 자는 사람들이 모두 제희로 보였다. 어머니가 나 모르게 그의 주머니를 채워주지 않은 다음에야 무슨 수로 비박을 면할까.

나는 역전 지하도를 벗어나 재래시장으로 갔다. 버스가 한산한 새벽거리를 내달려 역에 닿았다. 기사가 창에 기대어 졸던 사람들을 깨웠다. 보따리를 들거나 장바구니를 든 사람들이 서둘러 버스에서 내렸다. 마른 낙엽 냄새 같고

비에 젖은 짐승의 털 비린내 같은 안개 냄새가 장터에 비릿하게 감돌았다.

푸들푸들한 배추를 산더미처럼 실은 차, 고깃덩어리를 어깨에 짊어진 정육점 직원, 하루 품팔이 나온 노점상과 이른 장을 보려는 사람으로 재래시장이 흥청거렸다. 여름이 끝물인데도 더위가 꺾일 줄 몰랐다. 일자리를 찾아 온 십여 명의 인부가 인력시장에 오종종 모여 있었다. '이슬을 맞고 나온다더니….' 봉고가 멈추고 운전석에 앉아 있던 사람이 '양파밭 다섯 명!'을 외쳤다. 늙수그레한 남자와 여자 다섯 명이 우르르 달려가자 운전사가 그들을 차에 태웠다. 봉고가 가고 나자 검은 승용차가 다가와 차창을 열고 여관 청소할 사람을 찾았다. 두 여자가 일을 하겠다며 나섰다. 동생은 한국에 처음 온 언니를 여관 같은 곳에 넣어주려고 애썼다. 한국어에 능숙한 동생이 여관주인과 섭외를 하지만 여관주인은 나이도 많고 말까지 어둔한 언니보다 젊은 동생을 쓰고 싶어 했다. 여관주인이 제시한 월급이 너무 적었던지 동생은 다른 일을 찾아보겠다며 거절했다. 그가 나를 쳐다보며 월급을 더 올려주겠다고 했다. 나는 고개를 저으며 장 보러 왔다고 했다. 그가 어깨를 들었다 놓으며 다른 사람에게 얘기를 건네 보지만 역시 가지 않겠다고 하자 승용차를 몰고 가버렸다.

채소를 산더미처럼 실은 트럭이 들어왔다. 트럭에 달린 확성기가 파, 무, 시금치, 미나리를 외쳐댔다. 장을 보러 온 사람들이 채소더미로 몰려들었다. 서로 인사를 나누는 것으로 보아 식당을 운영하는 사람들인 것 같았다. 그들은 채소를 종류대로 사서 자동차 트렁크에 실었다. 채소장수는 쉬지 않고 채소를 담아내며 삼십 분마다 오십 미터씩 앞으로 나아갔다. 한자리에서 계속 떠들면 상인들이 시끄럽다고 고함을 지르기 때문이었다. 채소는 물 빠지듯 팔려나가는데 대기하고 있던 일꾼들은 줄어들 기미를 보이지 않았다.

시장 곳곳을 다니며 조기와 표고버섯, 고기, 아이가 좋아하는 수제소시지, 튀김재료를 샀다. 아들의 일곱 번째 생일상을 차릴 재료들이었다. 여름이 다 지났다고 해도 목덜미로 땀이 흐르는 건 여전했다. 햇살이 퍼지며 인력시장에 서 있던 일용직 근로자들이 뿔뿔이 흩어졌다.

버스에서 내려 어머니 집으로 가는 골목길을 걸었다. 아들을 위해 상을 차리고 케이크에 일곱 개의 초를 밝혀 생일잔치를 할 생각이었다. 또각거리는 말발굽 소리가 들리는가 싶더니 길 저편에서 솜뭉치 같은 것이 굴러왔다. 회색빛 털을 가진 그것은 사슴 크기의 애완용 말이었다. 꼬마말의 회색빛 갈기가 9월의 햇빛과 바람에 포시시 날렸다. 저벅저벅 다가온 말이 커다란 눈망울을 들어 나를 바라보았다. 윤기가 흐르는 말의 잔등을 만지려 손을 뻗는 순간 검은 그림자가 덮칠 듯 머리를 스쳤다. 큰 새의 날개 같은 그것은 모형비행기였다. 모형비행기는 내 머리를 스쳐 놀이터의 상공을 맴돌았다. 비행기가 날아온 곳을 쳐다보았다. 이층집 옥상에서 쥐색 비니를 쓴 청년이 조종기를 누르고 있었다. 놀란 가슴을 채 가라앉히기도 전에 비행기가 다시 날아왔다. 파란 하늘을 이고 있는 청년이 뛰어, 하고 명령하자 흰 말이 나를 따라왔다. 비행기의 모터소리와 청년의 웃음소리가 내 뒤를 따랐다.

비행기를 피해서 빠른 걸음으로 걸었다. 비행기의 모터소리가 귀에 가까웠다. 조종기 없이는 앉은자리에서 옴짝달싹 못하는 장난감에 불과한데도 쌩하니 바람을 일으키고 지나가는 비행기의 날갯짓에 심장이 쿵쾅거렸다. 대문 앞에서 걸음을 멈추었다. 여름의 마지막 햇빛이 이마를 태웠다. 목으로 등으로 땀이 흘러내렸다. 바람 한 점 일지 않고 햇볕조차 뜨거운데 남쪽에서는 태풍이 몰려오고 있었다.

어느 집 옥상에 흰 이불이 펄렁거렸다. 빈집이 한두 집씩 늘었다. 동네가 나날이 비어가는 데도 어머니는 제희가 돌아오기 전에는 움직이지 않겠다고 했다. 동네에 남아 있는 주민들 대부분 마땅히 갈 곳 없는 사람들이었다. 코딱지만 한 집이라도 깔고 앉아 있을 때는 아무도 나가라고 하지 않는데 재개발이 진행되며 그들은 불시에 집 없는 사람이 되었다. 아파트 기둥뿌리 하나 살 수 없는 보상금으로는 살 집을 구하기가 어려웠다.

대문을 열자 구문초 향기가 나를 맞았다. 마당에서 놀고 있던 진우와 어머니의 얼굴이 해바라기처럼 활짝 피었다. '엄마!' 진우가 쏜살같이 날아와 안겼다. 화단에 채송화와 맨드라미가 가득 피어 있었다.

"아침에 까치가 울어쌌디만 니가 올라고 그랬는갑다."

어머니가 내 손에 든 것을 받았다. 땀이 끈적한 아이를 욕실로 데려가 미지근한 물로 씻겼다. 아이의 등과 엉덩이로 비누거품을 듬뿍 발라주었다. 흐르는 물로 거품을 씻어 내리자 진우가 간지럽다며 웃음을 멈추지 못했다. 어머니가 진우의 생일국을 끓여두었다. 점심 때 맞춰서 내가 올 줄 알았다며 제희도 아무 일 없는 듯이 들어왔으면 좋겠다고 했다. 진우는 유치원 친구와 꼬마 말에 관해 쉬지 않고 떠들었다.

"엄마, 흰둥이가 누군지 알아맞혀봐."

"사슴? 염소? 개?"

"염소보다 조금 커."

집으로 오던 중에 보았던 꼬마 말이 떠올랐지만 모른 척 했다. 동물원에 있는 짐승 이름을 모두 가져와도 진우는 고개를 흔들며 깔깔 웃기만 했다. 아이가 즐거워 보여서 기뻤다. 날마다 웃게 해주어야 하는데 그렇게 못해줘서 미안했다.

"흰둥이는 조그만 말이야. 요만 해."

진우가 말을 사달라고 졸랐다.

"나중에 돈 많이 벌면 사줄게."

"그때가 언제야?"

"아빠가 돌아오고, 우리가 함께 살게 될 때."

"그게 언제냐구."

"생일선물로 회전목마 만들어 왔는데, 볼래?"

진우에게 초콜릿 상자를 내밀었다. 초콜릿으로 만든 회전목마를 시큰둥한 얼굴로 바라보던 아이가 상자를 내동댕이쳤다.

"이런 거 말고 진짜 말을 사달란 말이야."

초콜릿으로 만든 회전목마가 엉망으로 부서졌다. 새벽잠을 설쳐가며 만든 것이었다. 울컥 하는 마음을 누르지 못하고 진우의 엉덩이를 때렸다. 아이가 울음을 터뜨리며 할머니 품에 뛰어들었다.

"일주일 만에 만났는데 매질이냐?"

우는 아이를 내버려두고 장바구니를 풀었다. 점심이라도 세 식구가 함께 먹고 싶었다. 옆 침대의 간병인에게 좀 늦을지도 모른다고 메시지를 보냈다. 그녀는 놀이공원에 가서 재미있게 놀다 오라며 늦으면 들어오지 않아도 된다고 했다. 잔뜩 토라져 있는 진우를 불렀다. 엄마의 화난 모습이 서먹한지 아이가 다가올 생각도 않고 시무룩한 얼굴로 쳐다보았다. 아이를 당겨서 품에 안았다. 볼을 만지고 머리를 쓰다듬었다. 아이를 얼마나 만지고 싶었는지 모른다. 젖내 같은 아이의 냄새가 너무나 정겨워서 부드러운 머리칼에 얼굴을 묻었다. 사는 게 바빠서 이 냄새를 잊고 있었다. 아이가 어미의 품에 머무는 시간이 그리 길지 않은데 그 격의 없는 시간을 못나게 신경전으로 허비했다. 가슴을 붙이고 서로의 심장 소리를 듣는 동안 아이의 화가 풀렸다. '엄마 냄새 너무 좋아.' 아이의 속삭임에, 엄마도 우리 아들 냄새가 너무 좋다고 말해주었다. 아이의 얼굴에 환한 웃음이 떠올랐다. 노릇하게 구운 전을 입에 넣어주자 진우가 귀여운 입을 오물거렸다. 아이의 볼에 입술을 대며 도시락 싸서 놀이공원에 가자니까 아이가 눈을 빛내며 언제? 하고 물었다.

"지금 당장."

"아빠는?"

"일이 바빠서 못 오시니까 우리끼리 가자."

"김밥도 쌀 거야?"

"통닭, 유부초밥, 잡채까지 할 건데."

아이가 와, 하고 함성을 질렀다. 진우에게 예쁜 여자 아이를 한 명 초대하면 어떻겠느냐고 물었다.

"누구?"

"어머니가 보살피는 환자의 딸인데 엄마랑 놀이공원에 한 번도 못 가봤대."

"가엾어."

"부를까?"

"좋아, 같이 가자고 해."

영애의 딸을 놀이공원에 데려가면 어떨까, 하는 생각이 떠올라 규형에게 전화했다. 진우 생일이어서 놀이공원에 가려는데 딸이 가고 싶다면 일일어머니가 되어서 함께 데려갈 수 있다니까 그가 정말이냐며 반문했다. 아들이 와도 좋다고 허락했다니까 그가 딸에게 물어보겠다며 전화를 끊었다. 딸이 '일일어머니' 이벤트를 무척 좋아하더라고 했다. 무엇을 준비하면 되느냐는 그의 물음에 아무것도 준비하지 말라고 했다. 김밥을 한 줄 더 싸면 되고 물통을 하나 더 준비하면 된다니까 그는 아이들이 좋아하는 피자와 통닭을 준비해서 놀이공원 앞에서 기다리겠다고 했다.

대공원에 가자고 노래를 하는데도 사는 게 바빠서 아이의 청을 들어주지 못했다. 그게 뭐 그리 어려운 부탁이라고 아이의 청을 못 들은 척하고 살았는지. 아마도 마음의 여유를 잃은 탓일 것이다. 뒤돌아보면 살아온 모든 시간이 자책과 반성을 필요로 했다. 짧은 시간이나마 아이가 원하는 즐거움을 주고 싶었다. 도시락을 준비할 동안 곁에서 쉬지 않고 재잘대던 아이가 흰둥이를 보고 오겠다며 나갔다. 어머니에게 놀이공원에 함께 가자고 했더니 정기검진 예약증을 보여주었다. 장바구니를 펼치는 어머니에게 혹시 흰둥이가 조그만 말이냐고 물었다. 동네 사람들이 이사를 가며 두고 간 말인데 뛰어다니는 모습이 흰 사슴 같아서 동네 사람들이 '흰둥이'라는 이름을 붙였다고 했다.

"골목에서 잠깐 봤어요."

"그 말이 동네 애들 노리개다."

어머니는 얼굴색이 안 좋다며 굶고 사느냐며 나무랐다. 내가 보기엔 어머니 얼굴이 더 많이 상했다. 눈앞에 닥친 위기를 헤쳐 나가기 바빠서 어머니를 잊고 있었다. 잘못은 아들이 했는데, 어머니가 벌을 받는 것처럼 눈자위가 퀭하고 후줄근히 살이 빠지고 있었다. '혹시 몹쓸 병이?' 생각만으로 가슴이 철렁 내려앉았다. 당장 아파서 입원을 한다 해도 병원에 가져갈 돈이 없었다. 살이 빠지고 안색마저 창백한 어머니에게 어디 아프냐고 물었다. 어머니는 밥도 잘 먹고 잠도 잘 잔다며 내 건강이나 잘 챙기라고 했다. 어딘가 많이 아파보이는 얼굴인데 한사코 아니라며 잡아떼는 것이 미심쩍었다. '어떡하나. 아직 아프면 안 되는데.' 어머니는 내 걱정스런 얼굴을 모른 척했다.

"일이 고단하나 피곤해 보인다."

어머니는 줄곧 내 걱정이었다. 병원 일이 익숙하지 않아서 그렇다고 둘러댔다. 환자의 안부를 묻는 어머니에게 하루에 세 번 미음을 마시며 잘 지내고 있으니 언젠가는 깨어날 거라고 했다.

"젊은 사람이 가엾네."

"훌훌 털고 일어나면 좋겠는데 쉽지 않은가 봐요."

"그 집 식구들 마음고생이 이만저만 아니겠다."

"아픈 사람에 비할라구요."

"그러게 말이다. 뭐니 해도 아픈 사람이 젤 고생이제."

제희는 어쩌고 있는지 연락이나 듣고 사느냐고 어머니가 물었다. 전혀 소식을 듣지 못한다고 했더니 어머니는 서운함과 노여움이 서린 얼굴로 마당을 내다보았다. 담 너머의 하늘에 흰 구름 한 덩어리가 떠다녔다. 말로는 내 걱정이나 하라지만 그녀의 얼굴에 제희를 모른 체하는 것에 대한 원망이 가득했다. 그를 버리지 말아달라는 영혼의 메시지를 읽으며 당신의 아들과 나는 더 이상 가족이 아니라는 말을 차마 뱉지 못했다.

“사람이 나가서 안 들어오마 찾아보기는 해야지. 키우던 개가 나가도 궁금할 낀데.”

어머니는 그가 제 발로 나갔다는 사실을 왜곡되게 받아들였다. 흡사 내가 그를 내쫓기나 한 것처럼. 자식을 향한 무조건적인 사랑은 진실도 왜곡시키는 습성이 있으니. 많이 아파보이는 게 마음에 걸려서 제희를 찾아보겠다고 했다. 어머니의 마음을 편안하게 해주고 싶었다. 그녀는 아들이 지진으로 다치지나 않았는지 모르겠다며 속을 태웠다. 소용없는 걱정이었다. 살아 있는 사람은 소식을 전하지 않아도 죽은 사람은 소식을 전한다는 옛말이 괜한 것이 아녔다. 어머니는 불철주야 아들 걱정으로 날이 새지만, 어머니를 마당에 메다꽂은 불한당 같은 아들은 가출하고 한 달이 넘도록 전화 한 통 없었다. 일을 저질러놓고 돌아오지도 못하는 마음이 오죽하겠냐며 어머니는 내가 맺은 마음을 풀어야 못 이기는 척 돌아올 거라고 믿는 눈치였다. 그가 내 눈치 보느라 못 돌아오는 것처럼. 제희가 저러고 다니는 것도 마음에 병이 들었기 때문이라고. 그를 아픈 사람으로 봐주자는 부탁은 어머니여서 가능한 타협안이었다. 세상에 아무 조건 없이 헌신적일 수 있는 사람은 어머니뿐이니.

어머니는 제희가 집으로 돌아오지 못하는 건 남은 빚 때문이라며 정 안 되면 텃밭이라도 팔아서 빚을 갚으면 되니까 사람부터 찾아보자고 애원했다. 그 땅 조각을 팔아봐야 얼마나 된다고. 오늘따라 유난히 왜소해 보이는 어머니가 너무 가엾어서 친구들에게 수소문해보겠다고 했다. 그제야 마음이 풀리는지 어머니는 고기 싸먹을 상추를 뽑아오겠다며 텃밭으로 갔다. 어머니가 지은 상추와 열무, 고추가 뒤뜰에서 새파랗게 자라고 있었다.

"사정이 어려울수록 식구들이 한데 모여 살아야 하는데."

어머니는 다 합쳐도 네 명밖에 되지 않는 식구들이 흩어져 사는 게 마음에 걸린다며 지금이라도 모여 살자고 했다. 그러면 제희가 집으로 돌아오기 쉬울 거라고. 이혼했기 때문에, 아직 빚쟁이들이 기웃거리고 다니기 때문에 그와 함께 살 수 없다는 말을 차마 사실대로 전하지 못했다. 흔히 부부를 두고 한 배를 탔다고 표현하지만 알고 보면 각자가 자기 삶을 살 뿐이다. 제희는 그의 삶을 살고, 나는 내 삶을 살고, 어머니 역시 당신의 삶을 살고. 전을 굽고 국을 끓였다. 온 집안에 음식 냄새가 가득했다. 어머니는 아들이 아무렇지 않은 얼굴로 돌아와 밥상에 다가앉기를 기다리지만 그가 갈 곳은 이미 정해져 있었다. 그 자신도 그것을 알고 있기 때문에 돌아오지 못하는 것이다. 숨어 다닌다고 죄가 없어지지 않음을 알기에.

제희가 집을 나간 지 사십여 일이 지났다. 빚쟁이들이 우리 집과 어머니가 살고 있는 집의 전세금을 빼앗아갔다. 이젠 시골에 남은 마지막 땅 한 조각을 빼앗아갈 차례다. 어머니는 제희를 위해 가진 것을 다 내주고 공공근로로 생활을 꾸려간다. 어머니가 어떻게 사는지 알고도 모른 척해야 하는 내 마음이 편하지 않았다. 어머니와 제희가 어떻게 살건 모른 척하면 그만이지만 나는 진우를 위해 내 월급의 반을 떼어주었다. 그게 내가 할 수 있는 전부였다.

골목에서 야구를 하는 아이들의 함성이 차올랐다. 알루미늄 방망이를 내동댕이치고 라운드를 뛰는 아이의 토실토실한 종아리와 붉은 뺨이 눈에 선했다. 아이들 머리 위로 솜사탕 같은 구름이 둥실 떠다녔다. 미미하게 이어지던 여진이 잠잠해지고 부서진 건물 보수공사로 도시 곳곳이 공사판이었다. 아이들이 땀을 흘리며 야구를 하는 동안에도 땅 밑에서는 여진이 계속되고 있었다. 땅속 깊은 곳에서 들끓는 화염이나, 가질 수 없는 인간의 열망 같은 격정이 언제나 멈추게 될지.

흐르는 물에 상추를 씻는 어머니의 얼굴에 홍조가 떠올

랐다. 샐러드에 뿌릴 소스를 만들고, 잡채를 볶는 동안 어머니는 집안 청소를 마쳤다. 어머니는 뚜껑 있는 그릇을 꺼내어 제희 몫의 밥과 국을 담았다. 그렇게 차려놓으면 제희가 바깥에서도 배를 곯지 않는다고 믿는다. 더덕양념구이와 피망을 곁들인 버섯볶음, 쇠고기로 속을 채운 표고버섯전, 감자가루에 굴린 고구마와 돼지고기 볶음을 접시에 담고, 국수사리를 곁들인 낙지볶음과 샐러드 접시를 식탁에 놓았다. 흰 접시에 나풀하게 깔린 꽃등심을 석쇠에 올리며 어머니가 혼잣말을 했다.

"아비가 고기를 얼매나 좋아하는데."

어머니는 아들이 집안 어딘가에 있는 것처럼 '애비야, 밥 차려놨다.' 하고 그를 불렀다. 한 상 그득하게 차려놓고 보니 정말 그가 집 안 어딘가에 있는 것 같았다. 욕실에서 면도를 하고 있거나, 드라이기로 젖은 머리를 말리고 있거나. 금방 식탁에 다가앉을 것 같은 제희는 국이 식도록 감감무소식이다. 지나간 일이지만 그를 위해 국과 밥을 차려놓고 기다린 날이 있었다. 그 소박한 꿈이 내동댕이친 도자기 꼴이 되었다. 전화는 여전히 먹통이었다. 아들의 일곱 번째 생일을 기억이나 하고 있을지. 밥과 국이 식기 전에 케이크를 사들고 오면 진우가 얼마나 기뻐하랴만 아는지 모르는지 그에게서는 아무 소식이 없다. 음식냄새에 절은 몸을 씻고 거울 앞에 앉았다. 잔주름과 기미, 잡티를 덮어쓴 얼굴이 나를 보고 있었다. 잡티마다 궁상이 더덕더덕한 얼굴이 나도 모르는 사이에 늙고 있었다.

놀이공원에 들고 갈 도시락을 싸던 중에 검은 그림자가 덮칠 듯 머리 위를 지나갔다. 커다란 새가 길을 잘못 든 줄 알았다. 새 같아 보이는 그것이 거실을 맴돌다 벽에 부딪쳐 끼르륵거리며 떨어졌다. 그것을 피하려다 오히려 비행기의 날개를 밟고 말았다. 빠직, 소리를 내며 모형비행기의 날개가 부러졌다. 비행기를 어쩔까 망설이다 싱크대 안에 감추었다.

문 밖에서 말 울음소리가 들렸다. 대문이 왈칵 열리더니 문 앞에 방패로고 비니를 눌러쓴 청년과 흰둥이가 서 있었다. 진우가 흰둥이의 털을 만지며 말했다.

"엄마, 얘가 흰둥이야. 천사 같지?"

"예쁘구나."

흰 털빛과 까만 눈, 휘날리는 갈기까지, 작아서 더 예쁜 말이었다. 말의 잔등을 만지려고 손을 내밀자 쥐색 비니를 쓴 청년이 앞을 가로막았다.

"내 말이야, 만지지 마."

"우섭이 형은 흰둥이 만지는 거 싫어해."

쥐색 비니의 청년이 마당을 두리번거리며 뭔가를 찾았

다. 꼬마 말의 까만 눈을 마주 보았다. 속눈썹이 오르내릴 때마다 순연한 눈동자가 별처럼 반짝였다. 야채장사의 음악에 맞춰 춤을 춘다는 말, 흰둥이였다. 진우를 말등에 태웠다. 아들의 손을 잡고 마당을 한 바퀴 돌았다. 진우가 초콜릿 말보다 진짜 말을 더 좋아할 만큼 많이 자란 걸 모르고 있었다. 우섭이 어머니에게 커다란 손을 내밀었다.

"비비- 행기 줘."

"무슨 비행기?"

어머니는 비행기를 못 봤다고 했고, 우섭은 비행기를 내놓으라고 졸라댔다. 우섭이 나를 쳐다보았다. 저저저저- 우섭이 말을 더듬었다. 목에 두른 붉은 목수건에 침이 흘렀다. 우섭은 팔뚝으로 침을 훔치고는 조종기를 흔들어 얼른 나오지 않는 말을 대신했다.

"저저저- 아아줌마, 내 비- 비행기 줘."

우섭은 두 팔을 벌려서 모형비행기가 날아가는 시늉을 해보였다. 비니를 쓴 우섭의 얼굴에 나이가 고스란히 드러났다. 예닐곱 살로 쇠락해버린 정신의 나이도 서른세 살이나 된 청년의 나이를 거스르지 못했다. 나는 싱크대에 들어 있는 비행기를 생각했다. 날개 부러진 비행기가 얼마나 많이 다쳤는지, 날개를 고치면 다시 날게 될지 알 수 없었다. 우섭이 다시 말했다.

"아아줌마, 내 비- 비행기 줘."

"비행기 못 봤어."

"보고도 모- 못 본 척 하는 거 아니지?"

보고도 못 본 척? 생각지도 않게 허를 찌르는 그 말간 의식이 바로 나이라는 괴물이었다. 저렇게 멀쩡한 말은 일곱 살 어린이가 아니라 삼십 대의 청년이나 할 소리였다. 우섭의 난데없는 공격에 가슴이 찔려서 얼른 그의 시선을 피했다. 구름 한 점 없는 푸른 하늘에 진짜 비행기가 날아가고 있었다. 어머니가 하늘을 가리켰다.

"저깃네, 비행기."

우섭이 시무룩한 얼굴로 여객기를 올려 보며 '저거 내 내- 비행기 아니다.' 라고 했다. 어머니가 우섭의 등을 밀며 밖에 나가서 찾아보라고 했다. 여객기가 구름을 헤치고 지나갔다. 우섭의 얼굴에 고뇌가 어른거렸다. 순간 나는 그의 얼굴에서, 시간에 박제된 청년의 모습을 보았다. 몸은 박제된 그의 시간을 숨기지 못했다. 비행기를 올려보던 우섭이 조종기의 버튼을 누르기 시작했다. 싱크대에 넣어둔 모형비행기가 조종기를 따라 쌩하니 날아오르지 않을까 염려가 되었다. 하늘을 올려보는 우섭의 눈에 모형비행기가 보였을까. 그를 보고 있으려니 눈에 보이는 것이 전부가 아니라는 생각이 들었다. 우섭의 커다란 발이 키가 작은 야생초를 마구 밟았다. 어머니가 우섭의 등을 떠밀어 대문 밖으로 밀어냈다.

"밖에 나가서 놀아. 꽃 밟지 말고."

우섭에게 비행기가 있는지 찾아보겠다고 했다. 우섭이 순하게 고개를 끄덕였다. 빈 하늘을 올려보며 조종기를 눌러대던 우섭이 우우웅~ 비행기 소리를 내며 문밖으로 달려 나갔다. 흰둥이가 우섭의 뒤를 따르며 히이힝 콧바람을 날렸다. 진우도 우섭을 따라 두 팔을 벌리고 골목으로 뛰어나갔다. 그들을 보며 어머니에게 물었다.

"저 사람 어쩌다 저렇게 되었어요?"

"자살할라고 약을 묵었는데 죽지도 못하고 반등신이 되어버린기라."

어머니가 상추쌈을 싸며 말했다.

"저놈이 저래도 법 공부를 한 사람이다. 검사가 되는 게 꿈이었는데 공부를 아무리 열심히 해도 안 되니 나중에는 제 속을 못 다스리고 약을 묵어버린 기라. 재 할매가 저놈 살린다고, 황소만한 손자를 업고 가다 길바닥에 폭삭 주저앉은 사건은 이 동네 사람들에게 전설이데이. 그때 구급대가 빨리 안 왔으마 저놈도 할매도 같이 세상을 떠났는기라. 할매 정성이 저놈을 살리기는 했는데 죽음의 늪을 건너는 대신 나이를 스무 살쯤 떼어놓고 온 기라. 동네 사람이 재 할매 듣는데 그때 차라리 저놈이 죽었으마 얼마나 편했겠노, 했다가 큰 싸움 날 뻔했제. 저거 할매는 저놈이 살아서 눈앞에 왔다 갔다 하는 것만도 감지덕지라고 하더라. 지금 내 맘이 꼭 그 할매 맘인기라."

어머니가 외출 준비를 하고 나왔다. 정기검진 결과를 보는 날이어서 놀이공원에 함께 갈 수 없다고 했다. 결과 나오면 얘기해 달라니까 그러겠다고 했다. 삼단 도시락 통에 김밥과 초밥, 과일, 부침개 등을 담는 동안 어머니는 단아하게 차려 입고 대문을 나섰다. 도시락 가방을 쳐다보는 것만으로 신이 난 아이가 놀이공원에 빨리 가자고 재촉했다. 텔레비전에서 소년합창단이 부르는 '두 마리의 고양이'가 들렸다. 신이 난 진우가 합창단을 따라서 미야오~ 하고 고양이 소리를 냈다. 아이의 귀여운 목소리와 피아노 선율이 어우러져 즐거운 웃음을 자아냈다. 얽히고설킨 어른들의 심사와 상관없이 아이는 오랜만의 나들이에 마냥 들떠 있었다. 진우의 해맑은 웃음이 사랑스러웠다. '어른이 되어도 하늘빛 고운 눈망울 간직하리라던 어린 날의 꿈…' 진우와 노래를 흥얼거렸다. 아이의 손을 잡고 걷는 것이 꿈속의 일 같았다.

규형과 그의 딸 주연이 놀이공원 입구에서 기다리고 있었다. 그가 딸을 내게 맡기고 서둘러 돌아갔다. 아빠의 자동차를 쳐다보는 주연의 모습이 쓸쓸해 보였다. 어린 나이에 너무 일찍 삶의 비애를 알아버린 아이. 나는 주연을 당겨서 눈을 마주보았다. 아이에게 내가 엄마를 도와주는 간병인이라고 나를 소개했다. 아이에게 한 번도 만나지 못한 엄마의 얘기를 들려주었다. 엄마가 아직 완쾌되지 않아서 딸을 만나러 오지는 못 하지만 주연의 사진을 보여주면 아주 기뻐한다니까 아이가 '정말?' 하며 눈을 빛냈다. 사랑은 말로 표현하지 않아도 느낄 수 있는 거라고 했다.

"정말이고말고. 몸은 떨어져 있어도 마음은 언제나 너와 함께 있는 걸."

"엄마에게 물어봤어요?"

"나도 엄마잖아. 세상의 모든 엄마 마음은 똑같아."

내가 영애를 대신해서 일일엄마가 되어주려 한다니까 그제서야 주연이 배시시 웃었다. 볼우물 팬 얼굴이 영애를 많이 닮았다. 엄마의 사랑이 그리운 두 아이를 당겨서 가슴 가득 안아주었다. 사랑은 나누어 줄 때 그 정이 배가 되는 것이고, 상대를 안아주는 것으로 나 또한 그 만큼의 마음으로 안기는 느낌을 받게 된다. 피치 못할 사정으로 엄마와 떨어져 살아야 하는 두 아이에게 가장 필요한 것은 많이 안아주고 많이 웃게 해주는 무한정의 사랑일 것이다. 사람은 보호 받는 느낌을 받을 때 정서적으로 안정이 되니. 엄마의 얘기가 서먹한 거리감을 지워주었는지 주연이 진우와 손을 잡고 다니며 잘 놀았다. 주연과 진우는 놀이기구를 일곱 가지나 탔다. 내가 '조심해!' 하고 외치면 두 아이도 장난스럽게 '조심해!' 하고 따라하며 깔깔거렸다. 두 아이가 놀이기구를 타며 비명 지르는 모습을 동영상에 담아서 규형에게 보냈다. 딸이 얼마나 잘 웃고 잘 노는지 엄마에게도 보여주겠다니까 주연이 '일일엄마, 너무 좋아요.' 하며 다음에 또 소풍을 왔으면 좋겠다고 했다. 그게 고마움의 표시인 것을 알기에 나는 아이를 열심히 안아주는 것으로 일일엄마 노릇에 충실했다. 회전목마와 범퍼카, 거꾸로 놀이터와 헬기 체험 등의 다양한 놀이가 두 아이를 즐겁게 해주었다. 그 중에서 진우를 가장 즐겁게 해준 것이 헬기 체험이었다. 진우가 어른이 되면 비행기 조종사가 되겠다고 하자 주연이 나도, 하며 같은 꿈을 가졌다.

두 아이를 놓치지 않으려고 부지런히 따라다녔다. 진우는 잠시도 가만히 있지 않고 뛰어다녔다. 김밥을 먹으며 아이들에게 사진을 보여주었다. 두 아이가 헤헤, 콧소리를 내며 즐거워했다. 도시락을 펼쳐 점심을 먹은 후, 진우가 엄마의 팔을 베고 누웠다. 진우를 따라 주연도 내 팔에 눕게 했다. 두 팔에 아이를 하나씩 눕히고 햇빛 아래 누워 있었다. 아이들 얼굴에 손수건을 덮어주자 서로 손수건을 들추며 키들거리고 장난을 쳤다. 나무 그늘에 누워 있으니 저절로 눈이 감겼다. 영애가 딸의 얘기를 들으면 얼마나 기뻐할까. 표현은 못 하지만 기쁜 얘기를 들으면 엔도르핀이 샘솟아서 영애를 하루빨리 깨워줄지 누가 아는가. 두 아이와 나란히 누워서 깜박 졸았다. 오랜만의 졸음이 달콤했다. 잠깐 동안에 꿈을 꾸었다. 내가 어딘가를 걷고 있었다. 해는 뜨겁고 하얗게 비어있는 길을 걷는 내 걸음은 한없이 느렸다. 어디선가 날아온 새가 날개를 접고 내 팔에 앉았다. 화들짝 놀라 잠을 깼다.

진우와 주연이 김밥을 먹고 있었다. 진우가 김밥을 집어서 주연의 입에 넣어주었다. 두 아이가 김밥을 먹으며 방글방글 웃었다.

"우리 나중에 또 올까?"

"그래도 돼?"

"우리 엄마가 또 일일엄마 해주면 되잖아."

주연의 머리를 다시 묶어주었다. 뛰어노는 동안 고무줄이 내려가서 머리가 헝클어졌다. 머리를 두 갈래로 땋아주었다. 여자아이를 갖고 싶었다. 제희가 문제를 일으키지 않았으면 진우에게 동생을 만들어주었을 것이다. 해가 산등성이에 걸릴 무렵 자리를 걷었다. 공원 입구에서 규형이 기다리고 있었다. 그가 집 앞까지 데려다주었다. 차에서 잠든 진우를 안았다. 그의 차가 출발하는 걸 보고 집에 들어왔다. 진우의 잠든 얼굴에 떠 있는 미소를 행복한 마음으로 바라보았다. 잠들기 전에 진우는 내 손을 잡고 말했다.

"엄마, 안 갈 거지?"

잠들 동안 곁에 있어주겠다고 약속했다. 아이에게 해줄 수 있는 약속이 그 정도여서 미안했다. 아이가 안심하도록 팔베개를 해주었다. 진우는 어미의 젖가슴에 얼굴을 붙이고 곤히 잠들었다. 꿈에서도 외로움을 느끼지 말라고 아이의 품에 곰 인형을 안겨주었다. 아기 때부터 갖고 다닌 애착인형이었다. 엄마 냄새에 안심이 된 아이가 곰 인형을 안고 깊이 잠들었다. 아이를 안고 잠깐 눈을 붙였다. 어머니가 땀을 닦으며 들어왔다. 배를 덮어주고 방을 살그머니 빠져나왔다. 진우가 깨기 전에 병원으로 돌아가야 했다. 신발을 신으며 물었다.

"병원에서 뭐라고 해요?"

"역류성 위염이라며 약을 주더라."

"정말이에요?"

"내가 없는 말 지어낼까."

창백하고 당황한 모습이 석연치 않은데도 어머니는 한사코 위염이라고 했다. 홀쭉하게 살이 빠진 몸과 야윈 얼굴이 병의 위중함을 말해주었다. 배가 아프냐고 물으니 어머니는 아무렇지 않다며 돌아누웠다. 머리맡에 내과에서 받은 약봉지와 물컵이 놓여 있지만 어머니는 나중에 먹겠다며 약을 밀쳐두었다.

"내 걱정은 마라. 약 묵으마 낫는다."

"건강하셔야 좋은 날을 보죠."

"그래야지, 제희가 자리 잡는 걸 보려면."

진우가 깨기 전에 가보라며 어머니는 내 등을 떠밀었다. 싱크대에서 날개가 부러진 모형비행기를 꺼내어 봉투에 담았다. 다음 주에 오겠다니까 어머니는 그 사이 잠이 들었는지 대답이 없었다. 발소리를 죽여 밖으로 나왔다. 모형비행기를 고쳐서 다음 휴일에 가져오면 될 터이다. 놀이동산으로나마 아이의 빈 마음을 채워준 것이 내 마음을 흡족하게 해주었다.

병원으로 가는 길에 문방구에 들러서 접착제를 샀다. 병원 로비에 있는 컴퓨터에 동전을 집어넣었다. 검색란에 '모형비행기'를 써넣자 관련 자료가 줄줄이 떠올랐다. 갖가지 모양의 비행기 사진 중에서 날개가 부러진 비행기와 같은 모델을 찾았다. 모형비행기의 종류가 그렇게 다양한 줄 몰랐다. 모형비행기의 가격이 쌀 한 가마니 값에서 다이아몬드 3캐럿에 맞먹는 수준까지, 다양하게 층을 이루고 있었다. 세상에 옷 색깔처럼 다양한 사람이 살고, 날마다 보는 하늘도 어제와 오늘이 다르고, 나뭇잎의 모양도 계절 따라 다르듯이 모형비행기의 모양이나 형체도 실로 가지각색이었다. 우섭의 비행기는 조립이 쉽고 구조가 간단한 초급용 비행기였다.

병실로 돌아왔다. 옆 침대의 간병인이 자리를 비운 동안 날개 부러진 비행기를 꺼냈다. 날개의 뼈대 부러지던 소리가 마음에 남아 있었다. 비행기의 부러진 날개를 쳐다보고 있으려니 어깨가 욱신거리는 느낌이었다. 비행기 동체의 재질이 특수 스티로폼으로 되어 있었다. 순간접착제로 비행기의 날개를 붙였다. 몇 번이나 실패를 한 후에 겨우 부러진 날개가 맞붙었다. 유리테이프로 감은 흔적이 눈에 거슬렸다. 날개에 가는 실금 같은 상처가 남아 있긴 하지만 우선 겉보기로는 멀쩡했다. 모터만 다치지 않았으면 별 탈 없이 푸른 하늘을 씽씽 날아다닐 수 있을 것 같았다. 본래대로 날개를 회복한 비행기를 종이가방에 넣어두었다. 우섭이 빈 하늘을 보며 조종기를 누르던 모습이 떠올랐다. 그날 우섭의 눈에 날개를 다친 모형비행기가 정말 보였을까.

5

그의 나라는 너무 멀어

우리가 결혼할 때 어머니는 이미 혼자가 되어 있었다. 사업차 중국으로 간 시아버지가 길에서 쓰러져 영영 귀가하지 못했다. 신혼여행에서 돌아온 아들 내외를 앉혀두고 어머니는 통장을 하나 내밀었다. 꼭 필요할 때 쓰라며 내게 맡긴 통장을 종이상자에 고이 간직했다.

진우가 태어나고 두 돌이 지난 어느 날 제희가 사흘 동안 종적을 감추었다. 연락도 없는 그를 찾아 사방팔방으로 연락을 취했지만 소용없었다. 사흘 만에 허깨비 꼴로 나타난 그가 종이상자에 넣어두었던 통장을 들고 나갔다. 그게 시작이었다. 그가 도박에 우리 삶을 던지기 시작한 것이.

사채를 갚지 못하면 집과 자동차를 빼앗기게 될 거라는 말에 그를 말릴 의지를 잃었다.

그가 ATM기로 돈을 뽑을 때, 나는 은행 앞에서 다투는 여자와 남자를 보았다. 남자는 가방을 빼앗으려 하고 여자는 빼앗기지 않으려 하는 중이었다. 여자는 가게 보증금을 올려주기로 한 약속을 지키기 위해 은행을 다녀오는 참이었다. 남자는 은행 문이 닫히기 전에 입금해야 부도를 막을 수 있다며 여자에게 한 번만 봐달라고 통사정했다. 남자의 입에서 술 냄새가 풀풀 났다. 여자는 가방을 빼앗으려는 남자에게 차라리 부도를 내라고 악을 썼다. 여자가 끝내 돈 가방을 내놓지 않자 남자가 주먹을 휘둘렀다. 돈 가방을 쥐고 땅바닥을 뒹굴던 여자가 '강도야!' 하고 소리를 질렀다. 지나가던 사람들이 걸음을 멈추었고, 은행에서 청원경찰이 달려 나왔다. 광분한 남자가 여자의 머리채를 잡고 바닥에 내리쳤다. 쿵쿵, 머리 박는 소리와 함께 비명이 쏟아졌다. 여자는 땅바닥에 머리가 쿵쿵 박히는데도 가방을 악착같이 껴안고 있었다. 청원경찰이 폭력을 쓰지 말고 말로 해결하라며 여자에게서 남자를 떼어냈다. 청원경찰이 남자를 가로막고 있는 사이, 여자가 길 저쪽으로 달아났다. 남자는 신발까지 벗어 던지고 달아나는 여자에게 "돈은 주고 가." 라고 소리를 질렀다. 뒤늦게 청원경찰이 남자의 팔을 풀어주었지만 여자는 벌써 횡단보도를 건너 골목으로 사라진 뒤였다.

여자가 누웠던 자리에 피가 묻어 있었다. 여자가 달아난 쪽을 쳐다보고 있으려니 내 속에서 여러 가지 질문이 솟아났다. 돈이 새는 것을 막기 위해 저 여자처럼 악착스럽게 싸워본 적이 있는지. 제 것을 지키겠다고 벌레처럼 길바닥에 뒹굴어본 적이 있는지. 그 돈만은 안 된다며 앞을 막는 어머니를 제희가 마당에 내동댕이쳤다. 어머니가 아이쿠, 허리야! 하며 비명을 질러도 그는 들은 척도 않고 뛰어나갔다. 허리를 잡고 비명을 지르는 어머니를 보며 그를 포기했다. 그는 우리에게서 너무 멀리 떨어져 있었다.

마침내 돈을 찾은 그가 주차장으로 가는 것을 보고 택시를 잡았다. 돈 봉투를 빼앗아서 땅바닥에 패대기치고 싶은 건 생각뿐이고, 어디까지 가는지 두고 보자는 마음이었다.

"1004번을 따라 가주세요."

기사가 사이드 브레이크를 내리며 말했다.

"미행은 요금을 더 얹어주셔야 합니다."

"놓치지만 말아줘요."

"택시운전만 이십오 년입니다."

아르바이트 삼아서 택시 운전대를 잡은 게 평생직장이 되었고 '조금만 더' 하다 보니 스물다섯 해가 흘렀다고 했다. 무사고 경력을 들먹이는 기사의 말투에 자랑스러움이 배어 있었다. 택시를 몰고 다니는 동안 그 기사 역시 권태롭고 막막한 날이 많았을 것이다. 꾀를 부려봐야 통하지 않으니까 삶을 받아들였고 체념하고 살다 보니 일상이 편해진 거겠지.

돈 봉투를 들고 가는 제희가 승부욕에 치닫는 경주마 같았다. '꼭 미행을 해야 할까.' 잠시 갈등했다. 이미 결론이 난 게임을 두고 무엇을 확인하자고 미행까지 하는지. 창업자금이 필요하다는 말을 믿을 때만 해도 그와 나 사이에 약간의 신뢰가 남아 있었다.

제희는 유독 자기 일을 싫어한 사람이었다. 세상에 자기 일에 만족하고 사는 사람이 몇이나 될까. 그는 IT 회사의 프로그래머였다. 단순한 기계적 고장에서부터 프로그램 만들기와 네트워크 환경 관리까지, 그는 매우 유능한 기사였다. 자신의 능력과 상관없이 그는 온종일 컴퓨터에 묶여 사는 생활이 권태롭다고 했다. 일에 대한 열정은 그를 오래 묶어두지 못했다.

그가 사표를 내고 시작한 일이 대형매장의 자재관리 담당이었다. 그는 공격적 마케팅으로 네트워크를 활성화시키고 온라인 매장을 활성화시키는데 크게 기여했다. 선배는 그의 전산업무 능력을 높이 샀다. 선배가 그를 믿은 것이 화근이었던지, 그는 세상을 조롱하듯이 공금으로 도박을 했다. 나는 그가 일 때문에 귀가가 늦는 줄 알았고, 출장 때문에 집에 못 들어오는 줄 알았다. 결정적이었던 사고는 선배가 매장을 내주기로 했다는 그럴듯한 거짓말이었다. 우리 것이 생긴다는 기대가 그를 믿게 했다. 자금이 필요하다는 말에 망설임 없이 물품대금을 만들어 주었다.

돈을 가져간 후, 그는 가져간 금액의 두 배가 넘는 빚을 안고 와서 어머니와 나를 쓰러뜨렸다. 그가 가져간 돈은 새로운 일에 필요한 자재대금이 아니라 도박으로 날린 빚을 갚기 위한 것이었음이 금방 탄로났다. 차라리 물품대금이 더 필요하다고 거짓말을 하는 편이 나았다. 거짓말이 탄로나기 전까지는 그가 가족을 위해서 열심히 일하고 있다고 믿었을 테니까. 공금까지 빼돌렸다는 기막힌 사실을 고백했을 때 그가 안고 온 빚은 이미 우리가 감당할 수 있는 한계를 넘어버렸다. 삶을 뿌리째 뽑아 던진 그 역시 폐인이 되기는 마찬가지였다. 구겨진 바지에, 머리와 수염은 제멋대로 자랐고, 볼이 움푹 팬 모습의 그는 이판사판이라고 생각했던지, 사방으로 돈을 빌리러 다녔다. 거짓말에 거짓말을 더하며 그는 끝없는 벼랑으로 치달았다.

그가 진우의 교육보험을 해지하러 가는 걸 보고 소주를 마셨다. 안주도 없이 맥주 컵에 술을 콸콸콸 따라서 숨도 쉬지 않고 들이켰다. 소주병 마개를 세 개나 땄고, 유리잔에 따른 술을 물처럼 마시다 어느 순간에 정신을 잃었다. 얼마나 그러고 있었을까. 울컥 치미는 구토증과 두통 때문에 깨어났다. 온 방안이 소주 냄새에 찌들어 있었고, 못을 두드려 박는 듯 머리가 쿵쿵 울렸다. 일주일 동안 물만 겨우 넘겼다. 그때부터 코끝에 소주 냄새가 따라다녔다.

세상에 수많은 직업이 있다. 법관, 교사, 부동산 중개인을 비롯해서 우주여행을 두 번이나 한 억만장자가 있는가 하면 비싼 이자로 남의 등골을 빼먹는 사채업자도 있다. 자동차 딜러, 카지노 딜러, 신발수선공 등의 수많은 직업 중에서 그는 자기 일이 가장 불행하고 적성에 맞지 않는다고 했다. 그건 자기 일을 싫어하는 그의 편견일 뿐 그는 동료들이 인정할 만큼 유능한 프로그래머였다. 아마 그는 어떤 일을 해도 권태로웠을 것이다. 날마다 불행해 하는 그를 보며 어머니와 나는 마른 꽃처럼 부서지고 풍화되었다.

흰 날개를 가진 1004는 일몰의 하늘을 나는 두루미 같았다. 갖가지 색상의 차량들 대열에 섞여 1004가 보이다 말았다 하며 멀어졌다. 반대편 차선의 헤드라이트 불빛에 가려서 1004는 내 시야에서 몇 번이나 사라졌다 나타나기를 거듭했다. 붉은 미등을 쳐다보고 있으려니 눈이 따가웠다.

기사가 알아서 잘 따라가고 있으니까 걱정마라고 하는데도 1004에게서 눈을 떼지 못했다. 바늘 위에 앉아 있는 듯 신경이 날카로웠다. 사흘 만에 들어온 그는 코를 골며 자는데, 나는 밤새 뒤척이며 잠을 설쳤다. 눈을 감으나 뜨나 돈 내놓으라고 조르는 그의 닦달에 쫓겨 다녔다. 그는 꿈속까지 따라와서 나를 몰아붙였다.

그는 어딘가를 향해 달리고 있었다. 미친 말처럼 앞만 보고 달리는 그를 뒤쫓았다. 그가 어디서 어떻게 돈뭉치를 날리는지 보고 싶었다. 행여나 그가 마음을 돌려서 집으로 발길을 돌리지 않을까, 하는 기대를 버리지 못하고. 1004는 차선을 잘도 헤치고 다녔다. 기사는 예전에 저탄장이 있던 곳으로 가는 것 같다고 했다. 그를 저탄장 근처에서 본 사람이 있는 걸 보면 기사의 추측은 정확했다. 기사가 룸미러로 나를 보며 물었다.

"손님, 현장을 잡아서 어떡하실 건지 물어봐도 됩니까?"

"아저씨는 제가 뭘 하러 가는지도 모르잖아요."

"척 하면 삼천리죠. 이런 일을 한두 번 겪어야 말이죠."

"그럼 저보다 잘 아시겠네요. 현장을 잡아서 어떻게 할 건지."

"대개 머리채 잡고 죽네 사네 아우성을 치다 끝나죠."

어쩔 수 없는 타협? 그가 무슨 짓을 하든지 두 번 다시 그와 가족으로 얼굴을 맞대는 일이 없을 거라는 사실은 변함없다. 그런데도 그를 미행하는 건 내 선택에 단 1%의 오류도 남기고 싶지 않기 때문이었다. 그것은 내 아들 진우를 위해 엄마가 할 수 있는 마지막 노력이었다. 기사는 현장을 잡는 게 생각보다 위험한 일이라며 궁지에 몰리면 쥐도 문다고 귀띔해주었다.

"맘대로 하라며 배짱을 내밀거나 폭력을 휘두를 수도 있죠."

"위기에 몰리면 여자도 독해져요."

내가 알던 어떤 여자는 남편의 외도를 알아차리고 몰래 이혼서류를 꾸몄다. 서류에 남편의 인감도장까지 찍어놓고 뒤를 밟아서 발가벗고 있는 두 사람의 사진을 찍었다. 다급해진 남편이 삽입을 한 게 아니라 막 하려던 참이었다고 우겼고, 아내는 두 사람이 뒹굴었던 침대의 시트와 콘돔을 증거물로 수집했다. 남편은 마음대로 하라며 배짱을 내미는 것도 모자라서 여자의 머리채를 휘어잡았다. 여자는 이혼 후 위자료를 챙기고도 살던 집을 떠나지 않았다. 남자가 재결합을 꿈꿀 때 여자는 집을 팔고 적금 한 푼까지 알뜰히 긁어모아서 거기를 떠났다. 작은 싸움에서는 목소리 큰 사람이 이기지만 큰 싸움에서는 제 정신을 가진 사람이 이긴다. 여자는 남편을 버리는 것으로 자신의 삶을 되찾았다.

"아저씨도 저러고 다닌 적 있어요?"

"돈 꽤나 털어먹었죠."

"아내에게 어떻게 용서를 빌었어요?"

"잘못했다는 말이 나오지 않아서 일만 했어요. 그렇게 어영부영 넘어가고 서로 이해하며 사는 거죠."

이해라고? 남자들은 가족을 배반하는 순간에도 제자리에 돌아가기만 하면 모든 과오를 용서받을 수 있다고 믿지만, 용서는 그렇게 쉬운 게 아니다. 자식을 낳은 죄로 떠나고 싶을 때 맘대로 떠나지 못하는 여자들이 어떤 마음으로 자신을 우물 속에 가두고 뚜껑을 덮는지 그들은 영원히 알지 못한다. 여자의 침묵은 이해나 용서가 아니라 다친 날개가 회복되기를 기다리는 인고의 행위일 뿐이다. 남편의 도움 없이 홀로 설 수 있기를 바라며.

뭐가 그렇게 바쁜지 1004는 끊임없이 차선을 바꾸었다. 일차선에서 이차선으로, 이차선에서 삼차선으로 쉴 새 없이 차선을 바꾸는 곡예가 조마조마하고 위태로웠다. 추적당하는 걸 알아채고 저렇게 서두르는 거냐는 내 물음에 기사는, 마음이 바빠 보이기도 하지만 그보다는 남편의 운전습관이 거친 탓이라고 판단했다. 평소에도 그는 뭔지 모르게 혼자 바쁘고 실속 없이 분주했다. 거친 운전습관이 보여주듯이 그는 평소에도 한자리에 가만히 앉아 있지 못했다. 뒤를 따라가며 지켜보니까 그의 불안이 더 잘 보였다. 그의 어디에 저렇게 거칠고 사나운 성정이 숨어 있었는지. 순간적인 화를 참지 못하고 컴퓨터를 바닥에 내동댕이칠 때의 그는 내가 알던 그 사람이 아녔다. 결혼 전에는 그렇지 않았다. 자기 일을 좋아했고, 매사에 적극적이었고, 자기 회사를 갖겠다는 당찬 꿈을 품고 있었다. 그랬던 사람이 어느 순간에 저렇게 망가지고 말았는지 알 수 없었다. 기사가 속도를 줄이며 말했다.

"앗, 복개천에 멈추었군요. 보아하니 제가 할 일은 끝난 것 같습니다."

그가 차에서 내려 발로 타이어를 눌러가며 바람의 양을 점검했다. 신호의 노란불을 무시하고 교차로에 뛰어들던 곡예를 모른다는 태도였다.

"누굴 기다리는 걸까요?"

"어딘가로 움직이려는 거겠죠."

"왜요?"

"불법도박장은 비밀 장소를 감추려고 손님을 일일이 싣고 다니거든요."

기사는 잠시 후에 어딘가로 이동을 할 거라고 했다. 자기들만의 비밀장소로 숨어든 숙주를 껍데기만 남을 때까지 파먹기 위해. 십여 분쯤 기다렸을까. 기사 말대로 지프가 다가오자 그가 뒷문을 열고 차에 올랐다. 기사에게 지프를 따라가자고 했다. 가슴이 두근거렸다. 범의 굴로 들어가는 거니까 놓치면 안 된다는 내 말에 기사가 히죽 웃었다. 즐기는 눈치였다. 심각해봤자 남의 일이었다.

지프는 주택가의 좁은 골목을 굽이굽이 돌았다. 골목이 을씨년스러웠다. 뱀처럼 구불구불 골목을 맴돌던 지프가 갑자기 무서운 속력으로 달렸다. 기사가 열심히 따라갔지만 지프는 길 저쪽으로 사라진 뒤였다. 코앞에서 놓친 게 아깝다는 듯 무릎을 쳤다.

"미행을 눈치 챘어요."

이 부근 어디일 거라며 숨어서 지켜보면 지프가 다시 나타날 거라고 했다. 차비를 주고 내렸다. 떠나기 전, 기사가 차창으로 얼굴을 내밀고 말했다.

"웬만하면 길들여서 사십쇼. 다들 그러고 삽니다."

기사는 미행이 필요하면 전화를 달라며 명함을 내밀었다. 택시가 떠나는 걸 물끄러미 쳐다보았다. 고양이가 어슬렁거리고 다닐 뿐, 주택가의 골목이 공동묘지처럼 조용했다. 연탄이 쌓여 있었을 저탄장이 사라지고, 그 자리에 아파트가 들어섰다. 검은 연탄가루가 날아다니던 추억은 과거가 되었다. 동네를 가로지르며 철길이 깔려 있고, 철거덩거리며 열차가 지나갔다. 멀리 사라지는 열차를 보고 있으려니 갑자기 다 그만두고 싶어졌다. 저탄장 골목을 맴도는 자신이 어리석게 느껴졌다. 마지막까지 참아주는 건 어머니나 할 수 있는 일이지 아내가 할 일은 아녔다. 어디선가 새시 닫는 소리가 들렸다. 길고양이가 골목을 배회하고 다녔다.

"나비야!"

고양이가 힐끔 돌아보았다. 빚쟁이에게 아파트를 빼앗기던 날 가출한 고양이가 나비였다. 그가 키우던 고양이였다. 고양이 앞에 쪼그리고 앉았다. 내리쬐는 가을볕에 눈이 시렸다. 고요한 오후의 골목에 여자가 흰 물통을 들고 걸어왔다. 일어서는데 아찔하니 현기증이 돌며 머리가 깨질 듯 아팠다. 휘청거리다 길거리에 주저앉았다. 잠깐 눈을 감았다 떴는데 아지랑이가 낀 듯 흰 현기증이 눈앞을 가로막았다. 빈혈이 심해지고 있었다. 여자가 물통을 흔들며 지나갔다. 물통이 무거운지 오른쪽과 왼쪽으로 물통을 번갈아 들었다. 갈색머리가 찰랑대는 여자의 등을 보고 있으려니 현기증으로 인한 흰 아지랑이가 떴다 사라졌다. 못을 두드려 박듯이 머리가 아팠다. 들통을 든 여자가 낡은 오층 여관 앞에서 걸음을 멈추더니 벽에 붙여놓은 자동차 유리를 주먹으로 때렸다.

"옮겨 다니면 내가 못 찾을 줄 알지."

여자가 들통을 열어 자동차 바퀴에 뿌리고 여관으로 들어갔다. 오층에서 왁자지껄한 소리가 들리고 여자가 악쓰는 소리에 이어 창으로 연기가 새나왔다. 불이 났다는 아우성이 들리고 금방 불길이 치솟았다. 비명이 난무했다. '어딜 나와. 그 속에서 다 죽어, 죽어버려!' 쾅, 하고 문 닫는 소리가 들렸다. 빈 몸으로 여관을 나온 여자가 자동차에 불을 붙였다. 자동차 바퀴에 불이 붙어 활활 타오르기 시작했다. 타오르는 불길을 보며 히죽 웃던 여자가 길 저쪽으로 걸어갔다. 여자를 따라 걷다 보니 철길이었다. 여자를 따라 고양이가 철길을 걸었다.

"위험해요!"

고양이도 여자도 내 말을 들은 척도 하지 않았다. 여자의 머리 위로 가을 하늘이 눈부시게 푸르렀다.

"위험해요, 열차가 오잖아."

여자는 내 말을 못 들은 듯 철길을 계속 걸었다. 열차가 점점 가까워지더니 쌩, 하는 바람소리를 남기고 지나갔다. 눈을 질끈 감았다. 열차가 둔탁한 것에 부딪치는 소리가 들렸다. 철길이 온통 피투성이가 되고 여자의 찢긴 사체가 여기저기 널브러졌다. 경찰차와 앰뷸런스가 달려오고 사람들이 모여 들었다. 이상한 일이지만 하필 이런 날

가을볕이 푸른하늘처럼 맑고 투명한건 무엇인지. 눈부시게 아름다운 햇빛이 세상을 향한 조롱 같기만 했다. 다들 그러고 살다 죽는거라고. 코스모스가 바람결에 하늘거리는 것을 보며 빠른 걸음으로 그곳을 벗어났다. 누군가가 나를 붙잡고 그 여자를 아느냐고 물을까봐 겁났다. 내가 아는 것은 여자가 자동차와 여관건물 오층에 불을 지르고 곧장 철길을 걸었다는 것이다. 열차가 온다는 주의도 듣지 않고. 그런 것으로 여자를 안다고 말할 수 없으니 나를 붙잡고 여자의 인적 사항을 물어봐야 헛일이다. 철길 건널목을 건너려니 내 앞에서 사라졌던 지프가 지나가고 있었다. 저 지프가 제희를 어디에 내려놓았을지 잠깐 궁금증이 일다 말았다. 언젠가 저탄장 부근의 다방에서 그를 잡아오던 날, 달리는 자동차의 문고리를 잡고 몇 번이나 뛰어내릴까 말까 망설였다. 그 갈등의 순간에 어디선가 '엄마!' 하는 진우의 목소리가 들렸다. 내게 그런 날이 있었다.

*

pc방에 숨어 있던 제희가 경찰서로 끌려갔다. pc방에 있다는 전화를 받고 경찰서에 신고했다. 경찰이 소파에 웅크리고 자는 그의 덜미를 잡아챘다. 제희가 잠이 덜 깬 얼굴로 유치장에 갇힐 무렵 전등이 흔들리다 정전이 되었다. 진도 3.4의 지진이 일었다는 지진경보 메시지가 들어왔다. 그때 나는 영애 곁에 앉아 졸던 중이어서 지진의 기미를 알아채지 못했다. 복도가 시끄러워 잠을 깼다. 지난번처럼 큰 지진이 오면 어쩌나 하는 걱정으로 병원이 술렁거렸다. 청소아줌마와 지진에 관한 얘기를 나누다 전화를 받았다.

“여기 경찰서 유치장이야.”

“이제 숨어 다니지 않아도 되겠네.”

“지금 좀 와줘.”

“근무 중이야.”

“그 까짓 일이 중요해? 사람이 이러고 있는데.”

“돈 가져가며 이혼 도장 찍어준 거 잊었어?”

“그건 그냥 해본 거지.”

무책임한 변명이었다. 이혼을 장난으로 하는 사람이 어딨다고. 당장 돈 들고 와서 해결하라고 소리를 지르려다 생각하니 너무 염치없다 싶었을 것이다. 청소아줌마와 영애가 다 듣고 있어서 얼른 전화를 끊었다. 내가 눈썹 휘날리며 달려간다고 그의 죄가 가벼워질 것도 아니고, 돈으로 그를 사면시켜줄 일은 더욱 없으니 전화를 끊을 수밖에. 벨이 자꾸 울려서 전화를 껐다. 이혼도장까지 찍은 사이에 헐레벌떡 뛰어가도 그를 위해 해줄 일이 없었다. 그가 잡혔다는 말을 듣고 안도의 숨을 내쉬었다. 사업을 하다 부도를 냈으면 가엾기나 하지. 나는 판사가 형량을 많이 내려서 그를 되도록 오래 잡아두길 바랐다. 할 수 있으면 무기수로 영영 잡아두면 더 좋지만 업무상횡령죄로는 그를 죽을 때까지 감방에 가둬둘 수가 없다. 업무상횡령죄는 오년 이상의 징역 또는 천오백만 원 이하의 벌금형으로 그 처벌이 규정되어 있다던가. 빼돌린 돈이 많으면 죄질이 나쁘다고 특별법에 의해 가중처벌을 받는다는데 제희는 그 동안 숨어 다닌 죄가 추가되어 형량을 더 길게 받을지도 모른다. 어머니는 생빚을 내서라도 빚을 갚고 아들을 불구속으로 빼내고 싶어 하지만 꿈에서도 있을 수 없는 일이었다. 당장 벌금 낼 돈도 없는 판국에 불구속을 바라는 것이 어불성설이었다. 유치장에서 열흘이 지나면 구치소로 넘어간다던가.

가출하고 백여 일 만에 처음으로 걱정 없이 푹 잤다. 시간을 결혼 전으로 되돌리기는 어렵지만 그에 관한 기억을 지우는 건 쉽다. 어머니는 아들이 유치장에 갇힌 것을 보고 와서는 하염없이 눈물을 뿌렸다. 예상했던 결과인데도 그렇게 눈물이 나는지. 어디서 들었는지 내가 찾아가서 보증금을 내주면 당장이라도 불구속으로 나올 수 있다면서 그에게 힘이 되어주지 않는다고 원망이었다. 내가 제희를 고발한 사실을 알면 뭐라고 하실지. 그가 갇혀 있어야 여러 사람이 편하다는 걸 어머니만 모르고 있었다. 한 번만 가보라는 애원을 못 들은 척했다.

구치소로 이송되고 난 후 한 달이 지나서야 그를 찾아볼 생각이 들었다. 한 번쯤 현실을 인식시킬 필요가 있었다. 구치소로 가는 버스에 발을 올렸다. 흰머리를 짧게 깎은 할머니의 옆자리에 앉았다. 할머니가 햇빛을 받으며 졸고 있었다. 잎이 무성한 가로수와 녹음이 짙은 산이 창을 스쳤다. 길 가장자리로 금계국이 샛노란 물결을 이루고 있었다. 창 밖 풍경을 보며 졸다 구치소 건물이 보일 무렵에 눈을 떴다.

버스에서 내린 몇몇 사람들과 구치소 정문을 지났다. 언덕에 우뚝 서 있는 구치소 건물을 쳐다보려니 제희를 미행할 때의 당혹스러움이 엄습했다. 그가 자재납품대금을 들고 카지노로 달려갔다는 말을 들었을 때도 그랬고, 집과 가재도구를 다른 사람에게 넘겨줄 때도 그랬고, 아이를 어머니에게 맡기고 돌아올 때도 남의 일인듯 당혹스러웠다. 남의 삶을 대신 살고 있는 느낌이었다. 그 느낌은 종종 발이 헛놓이는 증상을 동반했다. 돈 뭉치를 들고 가는 제희를 보며 어지럼증을 느낀 것처럼 구치소 건물이 내게 왜?라고 묻고 있었다.

'네가 왜 여기 서 있니?'

옆자리에 앉았던 할머니가 무거워 보이는 짐을 들고 뒤따라왔다. 할머니가 짐을 든 것이 아니라, 짐이 할머니를 끌고 가는 듯 보였다. 금방이라도 다리를 꺾으며 주저앉을 것 같은 할머니의 보따리를 받아주었다. 할머니가 땀을 닦으며 아들이 먹을 도시락이라고 했다. 구치소에 식당이 있다고 해서 아무것도 준비하지 않았다. 돈을 넣어주면 사먹는다고 하니 봉투를 준비하는 게 편했다. 어머니는 당신 아들을 위해 무엇이든 맛있는 것을 준비해서 바리바리 사들고 가기를 바라지만 서로 끼니를 챙겨주는건 가족이라는 울타리 안에서나 가능한 일이다. 면회실까지 할머니의 짐을 들어주고 제희의 면회를 신청했다.

제희가 딴사람 같았다. 적개심으로 형형하게 빛나던 눈빛은 안정되었고, 초췌함이 사라진 얼굴이 한결 편안해 보였다. 입술과 볼에 혈색이 돌아오며 조금씩 맑아지고 있었다. 옛날 얼굴이 돌아오고 있다니까 멋쩍게 웃었다. 골똘히 쳐다보는 내 눈길이 부담스러운지 그가 민망하다며 그만 쳐다보라고 했다.

"담배 한 대 피웠으면 소원이 없겠다."

"무슨 소원이 그렇게 하찮아?"

"구치소가 사람을 그렇게 만드네. 어머니와 진우 잘 지내지?"

"그저께 진우 생일이었어."

"애가 몇살이지? 여섯 살인가."

"내년에 학교 들어가."

그가 할 말을 잊은 듯 나를 쳐다보았다. 갑자기 무슨 말을 해야 할지 모르겠다는 얼굴이었다. 노란 유치원복을 똑같이 입은 아이들 틈에서 자기 아들도 못 찾을 사람이었다. 차를 팔았다니까 그가 눈을 번쩍 떴다.

"얼마나 받았어? 차를 팔았으면 나부터 꺼내줘야지."

"그게 얼마나 된다고."

"일단 사람부터 꺼내놓고 다음에 생각하면 되지."

"그런 말은 어머니한테나 해."

"젠장, 난 어쩌라고."

"돈이 없으면 몸으로 때워야지 뭘 어떡해."

"말 참 쉽게 한다."

"어렵게 해도 마찬가지야. 일을 이렇게 만든 사람이 누군데."

"트렁크에 실려 있는 거 다 내려놓았지?"

"열어보지도 않고 몽땅 실어 보냈어."

그가 좌절한 듯 머리를 싸맸다. 그의 관심이 겨우 그 정도에 머물러 있다고 생각하니 이번엔 내 기운이 다 빠졌다. 아무러면 그런 것들이 그가 무지막지하게 짓밟은 내 마음과 우리 가정의 평화보다 중요할까. 그가 원망 어린 말투로 투덜거렸다.

"당신한테는 그게 아무것도 아녔나 보군."

"가족을 길거리에 내동댕이친 사람이 할 말은 아닌 것 같네."

"그땐 내 정신이 아녔어."

얼굴을 돌려 그를 외면했다. 그는 참으로 취미가 다양했다. 한때 산악회에 가입해서는 등산 장비를 사들이기 시작하더니 지리산 종주에 따라갔다가 다리에 근육이 몰려서 사흘을 엉금엉금 기어 다니고는 그날로 등산을 걷어치웠다. 등산을 접고 새로 시작한 것이 낚시였다. 낚시 클럽에 가입해서 주말마다 강이나 바다를 찾아서 열심히 뛰어다녔다. 낚시 도구로 트렁크가 미어터질 지경이었다. 할부로 산 낚시 도구 중에는 포장을 뜯지 않은 것도 있었다. 그런데도 그는 자꾸만 새로운 걸 사들였다. 바다낚시를 한다며 섬으로 열심히 뛰어다니더니 친구 한 명이 파도에 휩쓸려 들어간 뒤로 낚싯대를 내동댕이쳤다. 낚시 다음에 찾은 것이 이미지클럽이라는 사진동호회였다. 트렁크에 있던 낚시 도구와 등산 장비가 장롱 위나 창고에 처박혔다. 낚시 도구와 등산 장비를 구석에 처넣기 바쁘게 카메라를 사들였다. 값이 얼마인지도 모르는 사진기와 렌즈, 삼각 발, 사진 가방 등의 장비를 트렁크에 싣고 밤낮없이 뛰어다니기 시작했다. 사진을 찍기만 했지 찍은 파일을 정돈하는 건 모두 내 몫이었다. 그는 메모리 가득 찍어 와서는 던져놓기만 했다. 보다 못해서 뒷정리를 하긴 했지만 작품이 될 만한 사진은 눈을 씻고 봐도 없었다. 생각해보니 그 많은 취미생활 중에서 사진이 가장 오래 갔던 것 같다. 그나마도 좀 오래 간다 싶을 즈음 아니나 다를까 재미없다며 카메라를 놓고 말았다. 그 뒤론 카메라를 쳐다보지도 않았다. 열정 없는 몰두에 휩쓸려 다니던 그가 마지막으로 선택한 것이 도박이었다. 어쩌면 도박의 늪을 피해 다니느라고 그 많은 취미생활을 했던가 싶기도 했다.

"이대로 처박아둘 셈이야?"

"지금은 억지로라도 갇혀 있는 게 나아."

"나가서 움직여야 돈을 벌지."

"벌든지 말든지, 그렇게 미친 말처럼 달린 이유나 좀 알자."

"정신이 나갔나 보지."

"가족을 길거리에 내쫓고도 멈추지 못하는 게 너무 신

기했어."

"나도 내가 왜 그랬는지 모르겠으니까 자꾸 묻고 따지지 마."

"한 번쯤 물어보고 싶었어. 그만큼 괴롭혀놓고 왜 사과를 하지 않는지."

"그런걸 꼭 말로 해야 돼? 가족끼리."

"가족이니까 더 사과해야지. 미안한 것도 모르면 뭘 할 수 있는데?"

"아, 몰라 귀찮아. 전화는 왜 꺼놓은 거야?"

"전화기 바꾸며 번호도 바꿨어."

"그럼 번호를 일러줘야지."

그 말을 못 들은 척했다. 사뭇 불쌍한 표정을 지으며 고개를 떨어뜨린 그의 정수리가 훤했다. 언제 저렇게 머리가 빠졌나 해서 깜짝 놀랐다. 못 먹고 못 자며 도박에 미쳐 있는 동안 머리가 빠질 정도로 몸이 힘들었겠지. '내 돈 내가 쓰는데 왜?' 그 말을 할 때 그의 입을 주먹으로 때리지 못한 게 가장 후회스럽다.

"잘 지내."

제희는 초조하게 입술을 씹으며 또 오라고 간청했다. 대답도 않고 그를 쳐다보았다. 또 만날 일이 있을지 모르지만 이것이 마지막 만남이기를 진심으로 빌었다. 지울 수 없는 상처를 되도록 빨리 잊고 싶었다.

“나가면… 잘 할게.”

너무 늦었다. 일회용 반창고 같은 그런 사과는 아무런 위로도 약속도 되지 않는다. 자동차로 술 취한 사람을 들이받았다며 합의금이 필요하다고 할 때만 해도 그의 말을 믿었다. 돈을 주지 않으면 출근도 하지 않고 버텼다. 돈이 나올 때까지 끊임없이 따라다니며 몰아붙이면, 누구라도 노이로제에 걸려 가진 것을 다 던져버리고 말 것이다. 그의 닦달에서 벗어나기 위해 돈을 던져주었다. 돈과 삶을 바꾸는 조건으로. 그에게서 합법적으로 이혼도장을 받아내는 유일한 방법이었다. 자신이 진 빚은 한 푼도 못 견디면서 가족들을 알거지로 만들고도 자신이 무슨 짓을 했는지 모르는 사람이었다.

삼급 장애자에게 차를 팔고, 집안을 뒤져서 여분으로 사다놓은 브레이크 패드와 깨끗하게 빨아놓은 시트커버, 브레이크 오일 외에 그가 취미생활을 하며 사들였던 낚시도구와 등산장비를 차에 몽땅 실어 보냈다. 다시는 그것들을 보지 않아도 된다고 생각하니 속이 후련했다.

몇 푼의 영치금을 넣어주고 구치소 마당을 걸어 나오는데 빗방울이 흩날렸다. 뒤를 돌아보았다. 문 하나를 사이에 두고 다른 세상이 존재한다는 사실이 믿기지 않았다.

마치 촬영을 위해 만들어둔 세트장을 돌아본 것처럼 방금 내가 보고 온 것들이 영화의 한 장면 같았다. 돈을 써서라도 빼달라고? 함께 살아온 날을 돌이켜 보면 그가 감방에 갇혀 있는 이즈음만큼 마음이 편했던 적이 없다. 나는 그 평화로움을 잃기 싫어서 그의 부탁을 머리에서 지웠다. 나는 아무것도 들은 게 없다.

제희를 만나는 동안 유영에게서 다섯 통의 전화가 들어와 있었다. 무음으로 해놓은 터라 전화가 오는 것도 몰랐다.

"무슨 일 있어?"

"젬마의 딸이 뇌졸중으로 쓰러졌대."

"어머니가 아니고 딸이?"

팔순의 젬마 대신에 딸이 쓰러졌다면 그것이야 말로 큰일 중의 큰일이었다. 저승사자가 뭔가 착각을 일으켰는지, 당장 데려가도 아깝지 않은 젬마를 두고 젬마 딸을 쓰러뜨렸다. 하긴 젬마 딸도 환갑이 지났으니 적은 나이는 아녔다.

"젬마가 울며 너를 찾더라."

"내가 간다고 뭐가 달라져?"

"보고 싶다더라. 그때 너무 괴롭혀서 미안하다고."

"다 지나간 일인 걸."

"마음 내키지 않으면 가지마. 가봐야 마음만 괴롭지."

나는 이미 내가 책임져야 할 케어 대상자가 있고, 내 하루의 열두 시간을 영애에게만 쓰겠다고 약속했다. 사정이야 딱하지만 젬마 모녀를 위해 내가 해줄 일이 없었다. 내가 아녀도 요양보호사는 많으니 누군가가 어려움에 처한 그녀들을 도와줄 것이다. 그러려고 활동보조원이 존재하는 것이니. 지금은 영애를 돌보는 것이 내 일이고 내 삶이다. 영애는 가장 힘든 순간에 나를 일으켜주고 숨을 곳을 준 내 친구이기도 하다. 모든 것은 때가 있고 흐름이 있다. 사람의 인연 또한 강물 같아서 시간 따라 흘러가는 것을 막을 재간이 없다. 제희도 젬마도 사과가 너무 늦었다. 곁에 있을 때는 악마처럼 할퀴더니 떠난 다음에 용서를 비는 건 뭔지.

6

잃어버린 목마

기타 음악이 병실의 적막을 몰아내고 어수선한 흥분을 가라앉혔다. 잠시 눈을 감고 페르난도 소르의 기타연주에 귀를 기울였다. 극히 미미한 조짐이지만 영애에게 변화가 일어나고 있었다. 나무둥치 같던 몸이 부드러워졌다는 느낌이 드는가 하면 멈췄던 생리가 시작되었다. 한 인간의 역사가 바뀌려는 조짐이 흰 시트에 묻은 혈흔으로 시작된다는 사실이 너무나 신비로웠다.

'영애가 깨어나고 있다.'

몸은 자신이 해야 할 일을 분명히 기억하고 있었다. 살아 있어서 가능한 일이었고, 영애가 표현할 수 있는 단 하나의 몸짓이어서 더욱 절실했다. 의사가 회진을 다녀가고 배식차가 덜컹거리며 지나갔다. 방문객들의 발걸음으로 술렁거리던 오전은 여느 날과 다름없었다. 나는 언제나처럼 따뜻한 물에 수건을 빨아서 그녀의 몸을 닦아주는 것으로 일과를 시작했다. 장기요양 환자에게는 욕창이 생기지 않게 피부를 깨끗하게 관리를 하는 것이 무엇보다 중요했다. 물수건으로 그녀의 분홍빛 젖꼭지와 도도록한 배를 닦는데 여느 날과 느낌이 많이 달랐다. 협조가 이루어진다고나 할까. '영애 씨, 이제 겨드랑이를 닦을게.' 하고 팔을 들면 다른 날보다 팔이 가벼웠고, 목을 닦으면 고개가 수월하게 돌아갔다. 고개를 갸웃거리며 발가락 틈새까지 살뜰히 닦고 아랫도리를 덮고 있던 이불을 들추었다. 이게 웬일인가. 환자복 아래 한 송이 모란꽃이 피어나고 있었다. 나도 모르게 탄성을 질렀다.

"당신 여자 맞구나."

몸이 잊지 않고 제 역할을 해주었다는 사실이 지금처럼 고마웠던 적이 없다.

"잊지 않았어."

믿기지 않지만 흰자위만 떠 있던 눈에, 창을 날아가는 새처럼 검은 눈동자가 스치듯 떠오르다 사라졌다. 그렇게나마 반응을 보여준 게 너무 기뻐서 그녀의 볼을 두 손으로 싸고 볼에 입을 맞추었다. 게다가 생리까지. 붉은 꽃송이, 그것은 언제 끊겼는지도 모르는 생리의 흔적이었다. 나는 불안하게 깜박이는 영애의 눈을 보며 물었다.

"이제 깨어나는 거야? 그런 거야?"

그녀가 눈을 감았다 뜬다거나 주먹을 쥐었다 놓으며 내 물음에 응답해주길 바랐지만 안타깝게도 그녀는 그 정도의 반응에서 멈추었다. 그래도 여기까지 온 게 어딘가. 칠 년 동안 지치지 않고 걸어온 그녀의 열정을 칭찬해주었다. 그녀의 성기를 덮은 다보록한 수풀 아래 꽃잎처럼 얇게 접힌 클리토리스가 한 방울 이슬을 떨어뜨리고 있었다. 생체리듬이 바뀌며 물길이 끊긴 듯 생리가 멎어 있었다. 때가 되니까 몸이 알아서 선연한 빛의 혈흔을 내놓았다. 젊은 여자의 정상적인 생리를 나는 그녀가 보내는 말없는 항거로 보았다. 옷을 갈아입히며 그녀로 하여금 여자의 본성을 되찾게 한 것이 무엇인지 생각해보았다. 발가락은 여전히 요지부동이지만 반쯤 열린 흰자위를 오가는 눈동자의 움직임이 여느 날보다 생기를 띠고 있었다. 두 손으로 그녀의 볼을 싸안고 말했다.

"당신을 변하게 한 것이 혹시 나야? 그런 거야?"

내게서 자기 남자의 몸 냄새를 맡았고, 질투를 느꼈고, 그래서 항거할 방법을 찾다가 마침내 생리를 터뜨렸다는데 생각이 닿았다. 얼마나 조바심 나고 안타까웠으면 내내 기척 없던 생리를 터뜨려 자신이 살아 있다는 걸 보여주려 했을까. 바위도 움직이게 하는 것이 사랑이니 영애의 변화가 충분히 납득이 가능한데도 나는 그 침묵의 언어가 견딜 수 없이 궁금하고 안타까웠다.

"그렇게 불안하면 빨리 일어나."

생리대를 대고 팬티를 입히는데 왠지 모르게 가슴이 미어졌다. 규형과 내가 아무리 서로의 영혼에 가깝게 닿아 있다 해도, 그것은 지극히 미약한 삶의 일부분에 불과하다는 것을 그녀가 깨닫게 해주었다. 손도 까딱하지 못하면서 자기 남자를 지키려고 온몸으로 항거하는 그녀의 용기가 부러웠다.

병실에 브람스의 음악이 흐르고 있었다. 소화 장애와 심인성 공포증을 달고 살았다던 글렌 굴드의 연주곡이었다. 식당 아줌마가 뉴케어를 세 번 가져왔고, 청소 아줌마가 틈틈이 들러서 쉬어 갔고, 팔에 깁스를 한 여관주인이 커피를 마시고 갔다. 그녀들의 수다는 가마솥에 푹 끓인 설렁탕처럼 구수하고 맛있었다. 그녀들의 수다에 여러 번 웃었다. 여자에게 수다만 한 보약이 없으니 영애에게도 도움이 되었을 거라고 믿었다. 목구멍의 호스로 영양식을 먹이고, 생리대까지 갈아주자 영애가 깊이 잠들었다. 영애의 변화를 일러줘야 할 것 같아서 규형에게 와줄 수 있느냐고 물었다. 당신 아내가 생리를 했다고 말하는 대신 목마를 보게 해줄 수 있느냐고 물었다. 그는 지금 출발하면 해질 녘의 강까지 보게 될 거라고 했다.

교대 간병인에게 일찍 와달라고 했다. 집으로 돌아와서는 뜨거운 물에 몸을 담그고 소독 냄새에 찌든 몸을 먼저 씻었다. 그를 향한 눈길을 거두어야 한다고 생각한 순간 열에 들뜬 내 영혼이 간절히 그를 원했다. 창 아래 차가 멈추었다. 차 안으로 몸을 밀어 넣었다. 고속도로를 한 시간이나 달려 강가에 닿았다. 해가 섬뻑 기울어 강가 둑길에 금빛 노을이 흩날린 꽃잎처럼 깔렸다. 고속도로를 달리는 내내 지는 해를 안고 왔다. 해가 떨어지는 속도만큼 우리는 서쪽으로 빠르게 내달렸다. 고속도로에서 내려 강을 따라 달릴 즈음 강물이 노을에 물들고 재두루미가 먼 곳을 쳐다보고 있었다. 차 뒤로 먼지가 하얗게 일었다. 지금은 사라지고 없지만 예전에는 둑길 아래의 하천부지에 우엉과 작약꽃, 보리밭이 지천으로 피었던 곳이었다고 그가 일러주었다. 오래된 기억이지만 큰 다리가 생기기 전에 나룻배가 다녔다고. 강물을 따라 넘실거리는 황금빛에 탄성이 쏟아졌다. 지금은 흔적없이 사라진 보리밭이 강가 둑길 아래 파도처럼 출렁이던 곳이었다. 보의 수문을 연이후 모래톱이 수줍은 모습을 드러낸 것이 비현실적으로 여겨졌다.

“강을 얼마 만에 보는지 모르겠어요.”

“잠깐 쉴까요?”

“그러죠. 커피도 있으니.”

보온병을 들고 강으로 갔다. 강의 기원에 관한 자료를 보면, 낙동강 천삼백 리의 발원지가 천의봉에 있는 작은 너덜샘이라던가. 너덜샘에서 솟아오른 물이 황지못으로 흘러들고, 그 물이 먼 길을 돌고 돌아 도도한 물줄기를 이루어 마침내 낙동강을 이루었다고 한다. 작은 샘에서 출발한 물줄기가 강을 이루기까지 무수히 많은 굴곡과 바람과 햇빛을 견디는 시간이 있었다. 흐르는 물은 한시도 걸음을 늦추지 않는다. 낙동강을 가로질러 1㎞에 이르는 긴 다리가 놓이기 전에는 강을 건너려는 사람들로 기슭이 웅성거렸다. 낙동강 허리를 가로질러 길고 높은 다리가 놓이며 사공의 구성진 노랫가락과 나루터도 변신을 거듭했다. 사람들을 실어 나르던 나룻배는 강어귀에서 관광객을 기다리는 유람선으로 탈바꿈했다.

맨발로 모래밭을 걸었다. 발가락 사이로 모래가 파고들었다. 오후 내내 햇볕에 달구어진 모래가 뜨거웠다. 모래밭과 수면에 저녁 해가 곱게 녹아내렸다. 오렌지색으로 반짝이는 강을 보며 커피를 마셨다. 잔물결이 찰싹이는 물기슭에 새떼가 오종종 모여 있었다. 끝없이 펼쳐진 흰 모래밭과 잘게 부서진 햇빛이 수면에 은가루를 뿌리고, 바람은 강물에 물비늘을 얇게 떴다. 강어귀에 골재 채취선이 떠 있고, 물새가 긴 부리로 수면을 가르며 날았다. 물새가 날개를 저어 날아오르자 모래밭에 앉아 있던 여러 마리가 뒤늦게 생각난 듯이 펄럭 날개를 펼쳤다. 강을 가로지르는 바람 소리가 녹슨 악기에서 울리는 음악 소리 같았다. 신갈나무 숲에서 새떼가 날아올랐다. V자로 대열을 정돈한 새들이 강을 맴돌았다. 하루를 잘 보냈다는 감사의 기도 같기도 하고, 축복의 날갯짓 같기도 한 새들의 화려한 군무는 해가 기울도록 계속되었다. 오렌지빛 노을을 맴도는 새들이 해에서 달려 나온 불사조의 무리로 보였다. 새들이 날개를 접으며 은행나무 숲에 내려앉았고, 강은 다시 순한 적막을 되찾았다.

"시간을 잘 맞춰 왔네요."

"운이 좋아요. 새의 군무를 보려고 몇 시간씩 기다린다는데."

강으로 조금씩 가라앉는 해를 보며 일어섰다. 맹꽁이 서식지로 널리 알려진 달성습지가 강을 따라 끝없이 넓게 펼쳐져 있고, 나루터를 중심으로 금호강과 낙동강이 합쳐

지고 있었다. 길목에 화원으로 가는 표지판이 있었다. 자칫 못 보고 지나칠 만큼 표지판이 작았다. 텅 빈 주차장에 차를 세웠다. 산의 원시림을 그대로 간직한 숲과 오솔길의 정적은 찾아오는 사람을 편안하게 맞아주었다. 유리에 얼굴을 대고 관리실 창을 들여다보았다. 자물통이 채워진 관리실 책상에 책이 펼쳐져 있고 그 옆에 안경이 놓여 있었다.

새소리와 바람 소리, 사위어가는 해의 잔영, 자박거리는 발소리. 산책로에 나무계단이 깔려 있었다. 발을 디딜 때마다 또각또각 울리는 구두 뒤축 소리가 허공을 두드리는 노크소리로 들렸다. 나무계단에 마른 잎사귀가 흩어져 있고, 길게 가지를 뻗은 나무들은 검푸른 잎사귀를 흔들며 방문객을 맞았다. 곱게 물든 나뭇잎들이 산책로로 가지를 늘어뜨렸다. 숲 곳곳에 놓여 있는 사육장에 사슴이나 원숭이 대신 공작새와 닭, 토끼, 오리가 놀고 있었다. 해가 지며 인적이 끊긴 동산에 나무와 새가 하나인듯 어우러졌다. 인기척에 놀란 꿩이 쩌렁쩌렁 울리게 우짖었다. 사방이 괴괴한 정적에 가라앉았다. 산책로를 따라 숨죽인 스피커가 새 둥지처럼 수은등에 매달려 있었다. 언덕을 내려가는데 발이 기우뚱거렸다. 규형이 손을 잡아주었다. 그가 구릉 아래를 가리켰다.

“저기요. 타임머신이 있는 곳이.”

강이 아스라이 내려다보이는 산책로를 한참 걷다 보니 물이 빠진 호수 같은 평지가 불쑥 나타났다. 붉은 꽃이 촘촘하게 매달린 배롱나무와 은행나무, 홍단풍이 조화롭게 둘러싼 평지로 내려갔다. 오리 배는 나뭇잎을 담은 채로 선로에 멈춰 있고, 회전그네와 꼬마 바이킹이 있었다. 지금은 배터리가 나간 기계처럼 쉬고 있지만 주말이면 아이들의 웃음소리로 가득 채워질 터였다. 딱따구리가 부리로 나무를 쪼아대는 소리. 꿩과 산비둘기의 울음소리가 오목한 평지를 가득 채웠다. 사위가 조금씩 어두워지고 있었다. 어두워질수록 우리는 점점 더 서로에게 가까워졌다.

가로등이 켜졌다. 고즈넉한 숲길을 비추는 가로등 불빛이 정겨웠다. 발 없는 말이 땅바닥을 뒹굴고 있었다. 철거를 기다리는 놀이기구였다. 누군가 장난으로 말을 땅바닥에 내동댕이친 것 같았다. 규형이 발 없는 말을 일으켰다.

“말의 목덜미에 버섯이 자라고 있어요.”

그것은 나무로 깎은 말이었다. 목마의 몸통 여기저기에 엷은 담홍색의 버섯이 솜털 모양으로 숭숭 돋아 있었다. 나는 몸에 잔털이 돋아나는 듯 간지러움을 느끼며 목마를 꼭 껴안았다. 젖은 나무 냄새가 향기로웠다. 아마 버섯 냄새였을 것이다. 어릴 적에 내가 따라갔던 말과 너무나 흡

사했다. 규형이 목마를 회전축에 앉혔다.

“말을 참나무로 깎았나 봅니다.”

“회전목마가 돌아갈까요?”

“한때 핑핑 날아다녔어요.”

규형이 목마를 본래 자리에 끼워 넣었다. 말이 여섯 마리인 회전목마가 끼익- 끽, 신음을 뱉으며 움직였다. 우리는 있는 힘을 다해서 목마를 돌렸다. 목마가 조금씩 돌기 시작했다. 그가 말을 멈추고 말 등에 오르도록 도와주었다.

“눈을 감아 봐요.”

규형의 말대로 나는 손잡이를 잡고 눈을 감았다.

“이제부터 한 바퀴 돌 때마다 네 살에 가까워질 거요.”

“동요가 들려요.”

“말을 뒤로 달리게 하려면 변속 기어 레버를 후진으로 당기면 돼요.”

규형이 목마를 거꾸로 돌렸다. 목마를 거꾸로 돌리면 세월을 거슬러 네 살로 돌아갈 수 있었다. 그가 걸음을 재촉하자 목마가 신이 나서 펄쩍펄쩍 뛰었다. 말은 항상 앞만 보고 달리는 동물이지만, 지금은 기어레버를 후진으로 당겨 놓았기 때문에 목마가 뒤로 달렸다. 회전목마가 한 바퀴 돌 때마다 내 키가 조금씩 작아졌다. 목마가 빨리 뛸수록 점점 네 살에 가까워졌다. 꼬마들이 뒷걸음질로 달려와서 목마의 등에 오르고, 골목마다 맑고 청량한 동요가 울려 퍼졌다. 갈기를 휘날리며 달리던 목마가 여자아이를 네 살 저쪽에 데려다 놓았다. 나는 눈을 감고 딸랑이는 방울소리를 들었다. 목마가 내 잃어버린 시간을 찾아주었다. 방울소리가 동산의 무거운 적막을 흔들어놓았다. 마침내 나는 잃어버린 네 살을 되찾았다. 거기 엄마 아빠가 있고, 함께 목마를 타던 친구가 있고, 그리고 아기가 있었다.

'맞아, 남자아기였어. 엄마가 동생을 낳았어. 엄마 아빠 할머니 할아버지 모두 아기만 좋아했어. 아기가 태어나기 전에는 나만 사랑해주었는데 아기에게 내 사랑을 빼앗겼어. 엄마가 아기만 쳐다보는 게 싫어서 바지에 똥도 싸고 오줌도 쌌어. 엄마가 내 엉덩이를 때렸어. 엉덩이는 아프지만 그래도 엄마가 나를 달래는 것이 좋았어. 엄마의 젖도 아기가 차지하고 내 이불과 베개, 내가 입던 옷까지 아기의 것이 되었어. 밤마다 나는 엄마의 등을 껴안고 잤어. 아기가 있기 때문에 난 엄마의 품에 안기지 못했어. 엄마는 등을 껴안고 자는 내 슬픔을 전혀 모르는 것 같았어. 목마가 왔어. 다른 아이들은 다 목마를 타는데 나는 동전이 없어서 못 탔어. 목마를 따라갔어. 아무리 따라다녀도 할아버지가 목마를 태워주지 않았어. 날이 어두워졌어. 집에 가고 싶은데 어디로 가야 할지 몰랐어. 엄마도 아빠도 아기도 없는 낯선 거리가 무서워 오줌을 쌌어. 더 무서웠던 건 아무리 기다려도 엄마가 나를 찾으러 오지 않는 것이었어. 엄마는 내가 어디 있는지 모르고, 나는 엄마가 어디 있는지 몰랐어. 할머니가 엄마 아빠의 이름을 가르쳐주었는데 까맣게 잊었어. 난 내 이름도 모르는 아이였어. 너무 무서우면 머리가 텅 비어버린다는 걸 그때는 몰랐어. 신혜라는 이름이 엄마가 지어준 이름인지 세라이모가 지어준 이름인지 한 번도 물어보지 않았어. 세라이모는 보육원에서 봉사하던 수녀님이었어. 수녀님이지만 사람들은 그녀를 세라이모라고 불렀어. 엄마가 나를 찾으러 오지 않는 것이 너무 서운해서 알고 싶은 것이 있어도 참았어. 나는 엄마가 있는 곳을 모르지만 엄마는 나를 얼른 찾아내야 하는 거 아냐? 엄마는 모르는 게 없는 사람이니까 딸이 어디에 있든지 금방 찾아내야 하잖아. 하느님이 세상 곳곳을 다 살필 수 없어서 엄마를 만들었다고 했어. 엄마는 아이가 길을 잃어도 금방 찾아내서 아이를 안심시켜주는 사람이잖아. 다른 사람이 나를 데려가기 전에 엄마가 먼저 나를 찾아내서 요 맹꽁이, 내가 못 찾을 줄 알았지? 하며 꿀밤이라도 먹여주길 얼마나 기다렸는지 몰라. 엄마를 만나면 꼭 물어보고 싶어. 그때 왜 나를 찾으러 오지 않았는지.'

"엄마, 무서워!"

*

전화벨이 울렸다. 온몸이 긴장으로 얼어붙었다. 두근거리는 가슴을 쓸어내리며 중얼거렸다. '괜찮아. 괜찮으니까 진정해.' 세상의 그 무엇도 나를 해치지 못한다고 아무리 되뇌어도 이미 뛰놀기 시작한 심장의 박동을 진정시키기엔 역부족이었다. 휴대폰을 끄고 귀를 막았다. 집 전화를 없애고 휴대폰 번호까지 바꾸었는데도 금세 빚 독촉이 날아들었다. 전화 같은 건 제풀에 지쳐 끊어지도록 내버려두면 그만인데도 벨이 울리면 심장이 온 힘을 다해서 뛰놀았다. 빚쟁이들은 밤도 낮도 없다. 빈 통장으로는 그들의 요구에 응답하지 못한다. 더 가져갈 것이 있으면 알아서 챙겨가라고 말하고 싶지만 내 이마에 차압 영수증이 붙을 것 같아서 참는다. 신체 포기 각서를 쓴 사람은 제희이지 내가 아녔다. 제희와 이혼했다고 말해봐야 들은 척도 하지 않거니와 그들은 상식으로 문제를 해결하지 않았다. 밤마다 사지가 뜯기는 악몽에 시달렸다. 굳이 전화를 받아야 한다면 대답은 한 가지뿐이었다.

'간이라도 빼 줄까요?'

이제 해약할 적금도 없고, 팔아먹을 패물도 없었다. 그런 것은 진작에 다 없어졌다. 신장이든, 간이든, 안구든 가리지 않고 팔 테니까 조금만 기다려달라고 하면 빚쟁이들이 당장 소비자를 대령시키지 않을까. 지난번처럼 전화를 웃으며 받아줄 것 같지 않았다. 그러기엔 그들이 일방적으로 던져준 약속 날짜가 너무 많이 지났다. 통장이 하나씩 빌 때마다 제희의 국그릇에 청산가루를 타고 싶었던 심정을 누가 알까. 이제 누가 뭐라고 해도 돈 내놓으라는 독촉 따위 받지 않을 생각이었다. 다섯 번의 이사 후에 방을 없앴다. 영애의 병실에 숨어 있는 동안 방 같은 건 없어도 되었다. 꼭 집에서 자야 할 일이 있으면 찜질방을 이용하면 된다. 영애의 침대 밑에 가방을 밀어 넣고 불필요한 물건을 모두 없앴다. 이사 같은 건 열 번이라도 상관없지만 이젠 그 짓도 지겨웠다.

이 모든 고통을 깨끗이 끝낼 기회가 있었다. 그때 단호하게 끝냈어야 했다.

나이트 근무를 위해 출근 준비를 하던 중에 문소리가 나더니 사흘 동안 소식 없던 제희가 들어왔다. 사흘 만에 집에 들어온 그는 대뜸 돈을 구해오라고 했다. 접촉사고가 났다고. 귀를 막고 소리를 질렀다.

"거짓말은 이제 지긋지긋해."

"내 말이 거짓말로 들려? 어떤 미친놈이 달리는 차에 뛰어들었다구. 보험에 붙이면 할증이 올라가니까 돈으로 막는 게 유리하잖아."

"난 돈 만드는 기계도 아니고, 도깨비방망이도 아냐."

"빌어먹을, 사람 말을 허투루 듣네. 눈 좀 붙일 테니까 돈 구해와."

얼마짜리 빚을 안고 왔냐고 물으려다 말았다. 알아봐야 소용없었다. 그가 냉장고 문을 열었다 닫았다 하며 먹을 것을 찾았다. 밑반찬 몇 개뿐. 밥이란 걸 해 먹은 것이 언제인지 기억이 아득했다. 그가 깻잎 조림과 된장, 풋고추를 꺼내어 밥을 먹다 숟가락으로 식탁 모서리를 두들겼다.

"돈 벌어오지 않는다고 반찬도 안 해줘?"

"굶기 싫으면 사 먹어. 먹고 없애는 게 차라리 나아."

"사 먹을 테니까 돈을 달란 말이야."

대꾸하기 싫어서 서둘러 방을 나섰다. 그가 따라 나오며 말했다.

"돈 구하러 가는 거지? 금방 갚을 테니까 큰 거 두 장만 빌려와."

준비해두었던 서류를 꺼냈다. 돈 구해올 테니까 서류에 도장부터 찍으라고 했다. 그가 얼른 도장을 찍었다. 서류를 접어서 가방에 넣으려니까 그가 볼에 입을 맞추었다. '냄새나니까 얼굴 치워.' 퀴퀴한 담배 냄새가 싫어서 그의 얼굴을 밀쳤다. 그가 주먹을 움켜쥐고 뭐라고 말을 할 듯 입을 달싹이다 침대에 누웠다. 금방 코 고는 소리가 들렸다. 그의 얼굴에 베개를 덮고 망할 놈의 노름꾼, 죽어버리라고 소리를 질렀다. 숨이 막혀 바동거리던 그가 내 목을 졸랐다. 차고, 때리고, 물어뜯으며 힘껏 싸워야 하는데 손을 놓고 말았다. 3분이면 끝나는데 싸워서 뭘 하나 싶었다. 의식을 잃기 전, 창에 비친 하늘에 새가 한 마리 날아가는 것을 보았다.

'힘껏 눌러. 더 세게 눌러야 빨리 끝나지.'

의식이 가물거리며 멀어지다 어느 순간 편안해졌다. 다 끝났다고 생각했다. 아득한 의식 안으로 눈에 익은 여자가 다가왔다. 성당 입구에 서 있던 여인이었다. 아기를 안은 여인이 내 손을 잡았다. 깨어나 정신을 차려 보니 그가 나가고 없었다. 잠든 남편의 얼굴에 베개를 덮어 눌렀던 것이 남의 일 같았다. 식탁에 파리가 들끓고 있었다. 반찬 투정에, 주먹질까지 하는 걸 보니 안고 온 빚의 단위가 좀 큰 모양이라고 짐작하며 식탁에 있는 음식을 모두 버렸다. 노름빚이 얼마가 되든지 그것은 이미 우리의 한계를 넘어선 지 오래였다. 거울 앞에 섰다. 거울에 금이 죽죽 그어져 있었다. 싸우던 중 뭔가를 집어던진 것이 거울을 때린 모양이었다. 불안하게 흔들리는 눈빛과 세상을 놔버린 낙담이 나를 보며 웃고 있었다. 깨진 거울을 손으로 쓰다듬었다.

손가락이 따끔거리며 갈라진 거울에 피가 묻었다. '3분이면 끝나는데.' 그는 자신이 죽어 마땅한 사실보다 하마터면 죽을 뻔했다는 사실에 더 분개했다. 내가 죽은 줄 알고 도망쳤나? 왜 나를 끝까지 죽이지 않았지? 죽이고 싶었는데 죽이지 못했고 죽고 싶었는데 죽지 못했다.

담이 없는 성당 마당으로 들어갔다. 성모상 앞에 의자가 놓여 있었다. 성모상을 성당 입구에 세워둔 이유가 궁금해서 친구 신부님께 물어보았다. 친구 신부님은 어느 집이든 방문하면 가장 먼저 문을 열고 맞아주시는 분이 어머니이기 때문에 예수님의 어머니이신 성모님을 성전 입구에 모신 거라고 대답했다. '어서 오세요.' 하고 손님을 반기는 듯 자애로운 모습으로 서 있는 여인. 그녀의 발아래 분홍색 달맞이꽃이 흐드러지게 피어 있었다. 성전으로 걸어가고픈 마음과 돌아서려는 마음이 밀고 당기며 힘겨루기를 했다. 돌아서려니 누가 뒤를 당기는 느낌이 들었다. 모른 척하고 내려왔다. 삶의 어느 부분이 진실이고 어느 부분이 거짓인지 알 수 없었다. 나는 무심에서 비롯된 과오를 생각했다. 삶의 곳곳을 겨누는 비수 같은 무심. 그 무심은 죄를 짓고도 죄를 의식하지 못하게 하고, 가족을 악의 수렁에 빠뜨리고도 가책을 모르게 의식을 마비시켰다. 인간은 때로 그렇게 악마 아닌 악마가 되기도 한다. 자신이 무슨 잘못을 저질렀는지도 모른 채 무심한 얼굴을 하고.

기억은 매우 잔인하다. 생각하고 싶지 않은 기억이 노여움으로 변형될 때는 영혼까지 잔인해진다. 시간이 흐르면 무엇 때문에 싸웠는지 희미해지고 말지만 기억은 잿더미 속에 파묻어두었던 분노를 불씨처럼 일으켜 잊고 싶었던 순간을 재생시킨다. 분노는 질기면서도 뿌리가 깊다. 때로는 그것이 나를 먹어치우려는 듯 크게 입을 벌리고 달려들 때는 무서워지기도 한다. 인간이 가장 약해지는 순간이기도 하다. 자기 아닌 것에 휘둘려 주먹을 움켜쥐는 순간 나는 없고 분노에 사로잡힌 존재가 악마처럼 어금니를 깨물고 있다. 뭐라도 해야 할 것 같은 위기의 순간에.

이미 끝난 일인데도 나는 아직도 서로를 죽이려 했던 순간에서 자유롭지 못했다. 머리도 비울 겸해서 바쁜 시간 쪼개어 안나의 병문안을 갔다. 안나가 아직도 중환자실에 있었다. 정신이 돌아오긴 했으나 죽만 겨우 받아먹는 처지였다. 마비된 입이 풀리지 않아서 죽이 턱으로 흘러내렸다. 안나가 나를 보며 울었다. 어머니를 위해서라도 살아야 한다며, 병석을 떨치고 일어나겠다는 강한 의지를 가지라고 했다. 재활만 잘 하면 다시 건강해질 거라니까 그 말이 위로가 되는지 미미하게 고개를 끄덕였다. 젬마의 소식이 궁금했지만 차마 묻지 못했는데 안나가 말해주었다.

정신이 오락가락해서 요양원에 넣었다고. 노모를 두고 죽음의 경계를 넘나드는 딸의 심정이 오죽 절박할까 싶었는데 안나는 의외로 어머니 얘기를 담담하게 했다. 나는 그것이 바로 인간관계에서 오가는 사랑이 극점을 넘어섰기 때문이 아닐까 하는 생각이 들었다. 사랑을 받을 만큼 받고 줄 만큼 주면 마침내 서로에게서 자유로워진다고 믿었다. 세상의 모든 사랑은 주고받는 마음의 작용이어서 끓을 만큼 끓고 나면 마침내 잠잠해지는 날이 온다고 믿었다.

안나의 병실을 나와서 이번에는 젬마에게로 갔다. 마음먹고 나온 김에 젬마 모녀를 찾아볼 참이었는데 엄마가 어쩌고 있는지 한 번만 가보면 안되겠느냐는 안나의 간곡한 부탁을 받았다. 보름 동안이었지만 사람끼리의 만남은 어떤 식으로든 흔적을 남기는 것이어서, 젬마가 어쩌고 있는지 궁금하기도 했다. 요양원을 찾아갔더니 젬마가 잠들어 있었다. 낮잠을 자지 않는 사람인데 젬마가 자는 것이 이상해서 어디 아프냐고 물었다. 요양보호사 말에 의하면 딸이 쓰러지고 나서 치매가 심해졌다고 했다. 딸이 아프기 전에 멀쩡하던 사람이 갑자기 왜 그렇게 되었느냐고 물었더니 정신적인 충격을 받은 것 같다고 했다. 젬마의 상태가 어느 정도냐고 물었더니 사람을 못 알아볼 정도는 아닌데 진행 속도가 빠르다고 했다. 언제까지나 건강할 줄 알았던 딸이 중환자가 되고 보니 자신이 너무 오래 살아서 그렇다며 내내 울기만 하더란다. 이제는 그 마저도 잊었는지 딸의 안부도 묻지 않는다고. 지금 젬마에게는 오래 사는 것이 형벌일 수 있겠다는 생각이 들었다. 젬마가 깨기 전에 집을 나왔다. 괜히 얼굴 맞대고 있어봐야 심정만 복잡해질 게 뻔했다. 태어난 순서대로 가면 얼마나 좋을까마는 죽음은 순서가 없다. 인생은 언제 어디로 튈지 모르는 분화구 속의 바윗덩어리 같으니.

약속 시간보다 이십 분 일찍 도착했다. 멀리 그가 보였다. 규형은 인라인스케이트장을 쳐다보고 있었다. 흐린 날의 하늘에 검은 구름이 몰려오고 있었다. 소나기가 올 것 같았다. 비 소식을 듣고 우산을 챙겨왔다. 학생들이 인라인스케이트를 타고 있었다. 돌고 또 돌고. 규형의 눈길도 라인을 따라 맴돌았다. 무슨 골똘한 생각에 잠겨 있는지 그는 내가 가까이 다가서는 것도 몰랐다. 그의 뒷모습이 겨울나무 같았다. 그의 옆에서 인라인을 타는 커플을 바라보았다. 어느 순간 인기척을 느꼈는지 그가 깜짝 놀라는 얼굴로 나를 돌아보았다.

"언제 왔어요?"

정신을 반쯤 흘리고 다니는 게 어쩜 그리도 나와 같은지. 길에 흘렸던 의식이 돌아오지 않아도 인식하지 못하는 때가 종종 있다. 콰앙, 하는 천둥소리와 함께 파란 번개가 암청색 밤하늘을 쩍 갈라놓았다. 빗방울이 떨어졌다.

"소나기가 오려나 봐요."

"어디든 비 피할 곳을 찾아야겠죠?"

그가 주위를 두리번거렸다. 호반에 동심원이 퍼지고 나무 그림자가 잔물결에 가볍게 흔들렸다. 비둘기들이 어디로 갔는지 한 마리도 보이지 않고, 물에 떠다니던 청둥오리마저 모습을 감추었다. 나무 밑에서 바둑이나 장기를 두던 사람들, 인라인을 타던 커플과 화투치기를 하던 노인들이 서둘러 돌아갔다. 바람이 나뭇가지를 흔들 때마다 나무향처럼 비 냄새가 몰려왔다. 바람이 습기로 눅진했다.

비를 피해서 카페로 들어갔다. 맥주를 마시며 비가 오는 것을 보았다. 자동차들이 헤드라이트를 밝혔다. 부서지고 흩어진 불빛이 빗물에 번들거렸다. 불빛에 수직으로 떨어지는 빗줄기가 보였다. 후두거리던 빗방울이 빨랫줄만큼 거세지고, 세상을 떠내려 보낼 듯 봇물을 들이붓는 비로 창밖이 수중도시로 변했다. 비에 흠뻑 젖은 가로수가 성마르게 가지를 흔들어댔다. 나무가 뿌리째 뽑힐 듯 휘청거리고, 바람에 빗줄기가 마구 흩날렸다. 말없이 술만 마시던 그가 지나가는 말처럼 물었다.

"오늘 무슨 일이 있어요?"

"별 일 없어요."

"해봐요, 할 말이 있다고 씌어 있는데."

무슨 말이든 편하게 해보라고 했다. 할 말이 있는 사람은 내가 아니고 그였다. 인라인스케이트장에 우두커니 서 있는 뒷모습이 뭔지 모르게 할 말이 많아 보였다. 한참 동안 창밖만 바라보던 그가 고개를 돌려 나를 보았다.

"멀리 나갈까 해요."

"어디로?"

얼마나 멀리 나가기에 이리도 심각하냐니까 그는 원양어선을 탈 생각이라고 했다. 일 년쯤 걸릴 거라며 돌아올 때까지 영애를 돌봐줄 수 있느냐고 물었다. 말을 잊고 그를 쳐다보았다. 떠난다는 말만으로 벌써 가슴을 얻어맞은 것 같은 고통이 느껴졌다. 내 주위의 모든 소리가 사라지고 가슴에 뚫린 구멍으로 쉴 새 없이 바람이 지나다녔다. 어깨에서 흘러내린 힘이 손끝과 다리로 빠져나가는 걸 어쩌지 못했다.

"배 타는 일 많이 힘들다던데."

"영애 곁에선… 일이 안 돼요."

"만약 지금 아내가 깨어나고 있다면요?"

"그래도 갈 겁니다. 신혜 씨가 지금처럼 영애를 지켜준다고 약속하면."

영애가 벌떡 일어나 그를 붙잡으면 모를까, 어느 누구도 그를 말리지 못할 것 같았다. 어쩌면 그는 또 다시 부질없는 기대에 붙들리게 될까봐 두려워하고 있는지도 모른다. 무책임하다고 욕해도 좋고 손가락질을 해도 좋다며 그는 떠날 수 있게 도와달라고 부탁했다. 어떻게 도와주면 되느냐고 물었다. 그는 내가 영애 곁에 있어주겠다는 약속만 해주면 된다고 했다. '물론' 이라고 말하고 싶은 걸 참았다.

"부인과 상의하는 게 좋겠어요."

"물론이에요."

영애가 알아듣건 못 알아듣건, 그녀는 바다로 나가겠다는 그의 결정을 귀담아 들어야 했다. 내가 직업인으로 영애를 돌보는 건 그 다음이었다. 영애도 이해할 것이다. 어디로든 가지 않으면 금방이라도 심장이 터지고 말 것 같은 그의 절박함을. 제희가 감옥에 들어가기 전의 내 마음이 꼭 그랬다. 누구에게나 떠나고 싶을 때 떠날 자유가 있다. 그것은 살아 있는 사람에게 주어진 최고의 권리이고 기쁨이다.

빨랫줄 같은 비가 창을 때렸다. 창 가득 비가 흘러내리고 안개마저 덮여서 바깥이 보이지 않았다. 도시가 한순간에 물에 잠기고 말았다. 동화책에서 뛰어나온 듯 두 발로 물을 첨벙대며 뛰어다니는 아이의 모습이 떠올랐다. 상상인지 추억인지. 어쩌면 맨발로 뛰어다닌 그곳이 내가 그토록 그리워하던 우리 집 마당인지도 모른다는 생각이 들었다. 어떤 날은 작고 붉은 꽃이 꿈속까지 따라와 내 베갯잇을 적셔놓기도 했다. 그것이 나도 모르는 내 잠재의식 속의 추억이라면? 갑자기 가슴이 먹먹해지며 수중도시가 된 거리로 뛰어나가고 싶은 충동으로 몸이 근질거렸다. 그에게 물었다.

"빗속을 뛰면 어떤 기분일까요?"

"비를 타고 온 망둥이처럼?"

"어릴 때 비를 맞으며 뛰어다니고 그랬잖아요. 길에서 누굴 만나면 싸움을 거는 거예요. 비를 맞으며 실컷 싸우다 보면 비가 그치지 않겠어요? 아직 누구하고도 제대로 한 번 싸워보지 못했어요."

"싸우고 싶다? 그것 참 좋은 생각이네요. 당장 나갑시다."

규형이 탁자 너머로 손을 내밀었다. 나는 주저하지 않고 그의 손을 맞잡았다. 그의 손이 뜨거웠다. 아내의 정에 굶주린 남자의 체온이 내 손을 데웠다. 격정과 욕망으로 뜨겁게 끓고 있는 체온은 어쩌면 내 것이었는지도 모른다. 그와 손을 잡고 일어서는데 탁자가 흔들리며 술병이 굴러 떨어졌다. 탁자마다 촛불이 놓이는 것을 보고 규형과 나는 유리조각을 밟으며 비바람 치는 거리로 나섰다. 도시가 온통 물에 잠겨 있었다. 정전까지 된 거리를 멍하니 바라보았다. 자동차들이 빗물을 쫙쫙 뿌리며 지나갔다. 빗줄기가 아스팔트에 내리꽂히며 길 가장자리로 도랑이 생겼다. 빗물이 시내처럼 흘렀다.

"뛰어요." 그가 빗속에 뛰어들며 외쳤다.

"어디든 싸울 만한 곳으로 가자구요."

목으로 뺨으로 비가 들이쳐 옷이 흠뻑 젖었다. 빗물이 목을 타고 흘러내렸다. 어린 시절로 돌아간 듯 서로를 가리키며 깔깔대고 웃었다. 빗물이 닿은 부분마다 비늘이 돋는 듯 간지러움이 일었다. 빗속에서 노닐다 그대로 물고기가 되어 강을 따라가면 얼마나 좋을까.

"거리에 우리뿐이에요?"

"강으로 떠내려갔나 봐요."

"뜰채로 펄쩍펄쩍 뛰는 인간을 건지면 어떤 기분이 들까요?"

몸이 가려운 걸 보니 정말 비늘이 생긴 모양이었다. 규형이 어둠 속에서 하얗게 빛나는 건물을 가리켰다. 벽이 하얀 건물이었다. 그가 내 귀에 대고 속삭였다.

"저기 어때요? 싸우기에 적당한 장소 같은데."

"온몸에 돋은 비늘부터 확인해야겠어요."

"내일쯤엔 바다에 닿을 겁니다."

숨을 헐떡이며 주차장으로 뛰어들었다. 가쁜 숨을 몰아쉬며 음모의 웃음을 나누었다. 규형의 머리칼을 타고 내린 빗물이 뺨으로 귓바퀴로 입으로 흘러들었다. 달아오른 욕망을 참지 못하고 그의 목을 휘감았다. 그의 입술을 훔쳤다. 미끈거리는 빗물이 입으로 흘러들었다. 처음부터 하나였던 것처럼 서로의 몸을 파고들면서도 우리는 다가온 이별을 말하지 않았다. 그의 숨소리를 들으며 창에 어린 나무 그림자를 보았다. 사랑과 욕망의 열정은 잠시, 그는 자면서도 외로움을 앓았다. 그의 가슴에 귀를 대고 있으려니 규칙적으로 울리는 심장박동 사이 희미하게 신음이 들렸다. 잠결에 흘린 신음이 환기창으로 빠져나가지 못한 연기 같았다. 생각해보니 어느 날인가 나도 내 신음에 잠을 깬 적이 있다는 것을 생각해냈다.

'당신 아내가 돌아오고 있다구요.'

내 말은 공허한 바람이 되어 흩어졌다. 다시는 그를 가질 수 없다는 걸 알아버린 순간 내 속에 엉겅퀴처럼 자란 외로움을 보았다. 그의 머리카락에 얼굴을 묻었다. 비에 젖은 나뭇잎 냄새가 났다. 이렇게 가까이에서 그를 느끼는 날이 또 올까. 어째서 사랑할수록 외로움이 더하는 것인지. 방을 나가기 전, 시든 나뭇잎 냄새 같은 슬픔의 향기를 맡았다. 방을 나왔다. 내 빈손을 내려다보다 발이 걸려 넘어질 뻔했다. 그와 나 사이에 지진이 일어 영원히 건너지 못할 틈이 생긴 것일까. '다시는 돌아가지 못하리.' 시퍼런 강물 너머의 세계가 엘리베이터 문 뒤로 사라졌다. 손에 쥐고 있던 것을 놓아버린 허전함이 자꾸만 뒤돌아보게 했다. 굳게 닫힌 엘리베이터 문 앞에 흘러내리듯이 주저앉았다. 어둠이 되어버린 그의 곁에 두고 온 것이 무엇인지 몰랐다.

7

비와 바람만이 아는 대답

밝은 햇살이 방안 깊숙이 뻗쳐 들었다. 온몸이 땀에 흠뻑 젖어 있었다. 잠을 깨고도 한참 동안 비행기의 모터 소리가 이명으로 남아 있었다. 비행기는 높이 날았다 낮게 날며 고공비행을 거듭했다. 이명을 털어내기 위해 귀에 이어폰을 꽂고 진공청소기를 돌렸다. 이어폰에서 흐르는 음악이 비행기의 소음에 뒤섞여 잠시 이명이 사라진 듯했다. 집안의 먼지를 털어내고 걸레로 말끔하게 닦았다. 걸레를 빨아서 물기를 짜는데, 창가에서 노랗게 마르고 있는 화분이 눈에 들어왔다. 지진으로 화분이 깨졌고 그대로 두면 난이 죽을 것 같아서 화분에 담았다. 화분을 갖다 주려 했는데 젬마의 케어를 그만두었기 때문에 만날 기회가 없었다.

"미안해. 너를 잊고 있었어."

바짝 마른 흙에 물을 주고 잎사귀의 먼지를 닦아주었다. 매일 아침, 잎사귀의 먼지를 닦아주고 물을 주는 게 일이었는데, 그동안 뭘 하느라고 난이 죽어가는 데도 돌아보지 않았는지. 누렇게 변색된 난의 잎을 보고서야 물을 주지 않은 것이 생각났다. 화분이 있다는 사실조차 잊고 있었다. 난이 간당거리는 숨을 유지하느라 얼마나 안간힘을 썼을지. 어쩌면 살려달라고 소리를 지르지 않았을까. 난은 질투 많은 여자 같다. 끊임없이 손길을 요구하고 사랑을 확인하려 드는 것이 꼭 사랑에 빠진 여자를 연상시킨다. 날마다 깨끗한 물걸레로 잎맥에 묻은 먼지를 닦아주고 화장토가 마르지 않게 물을 뿜어주면 난은 잘난 남편을 만나 호강하고 사는 여자처럼 잎사귀마다 윤기가 자르르 흐르고 짙푸른 생기가 돈다. 그러다 조금만 무심하게 내버려두면 어느새 기가 꺾여 기운을 잃고 만다. 길에서 여자들의 안색을 살펴보면 표정이 밝고 온몸에 생동감 넘치는 사람이 있는가 하면 표정이 어둡고 칙칙한 사람이 있다. 눈에 비치는 외향으로도 삶의 윤기를 짐작할 수 있다. 금방이라도 웃음을 터트릴 듯 생기가 넘치는 사람은 사랑에 빠져 있거나 사랑을 많이 받고 사는 사람이다. 사람이든 식물이든 정을 나누고 사는 만큼 생기를 띠게 되어 있으니.

잎이 마른 화분에 영양제를 꽂아주기로 했다. 물 한 모금으로 생명의 불씨를 일구기엔 난이 너무 지쳐 있었다. 겉으로는 고상한 척 도도하게 버티며 바깥 잎부터 한 잎 한 잎 제 몸을 죽여 나가는 난의 새파란 슬픔이 내 것 같았다. 생리를 터뜨려 살아 있다는 것을 보여주는 영애처럼 삶에 대한 사랑은 극단적인 순간에 더 치열해진다. 사람이고 식물이고 많이 상할수록 회생하는 시간이 그만큼 오래 걸린다. 가위로 노란 잎사귀를 잘라내자니 내 마음이 잘려 나가는 느낌이었다. 영양제 하나로 예전의 생기를 회복하리란 기대가 어이없지만 그렇게라도 해주지 않으면 너무 미안할 것 같았다.

소매가 긴 셔츠를 입고 모자까지 푹 눌러 썼다. 여름 끝인데도 아직 햇볕이 뜨거웠다. 나비 모양의 기미가 덮인 얼굴에 선크림을 듬뿍 발랐다. 기미는 뿌리가 깊어서 무엇으로도 감추지 못한다. 발이 편안한 신발을 신고 햇빛 속을 걸었다. 뜨거운 햇빛을 소나기처럼 맞고 다니면 마음이 편안해진다. 위기에 빠진 짐승처럼 불안에 허둥대는 나를 구하기위해 햇빛 속을 걷는다. 등에 땀이 찰 때쯤이면 불안에서 벗어난 자신을 볼 수 있을 것이다. '당신이 뭐라고 명하는데도 걷는다면 이해해 주십시오. 내가 전에 넘어진 적이 있다는 것을….' 예반의 시에 그렇게 씌어 있다. 걸음을 재촉하지 않고 천천히 걷는 건 넘어지지 않기 위해서다.

모형비행기의 날개가 종이가방에서 삐죽 나와 있었다. 날개를 고친 다음날 곧장 돌려주었어야 했는데 너무 오래 두었다. 접착제를 붙인 곳에 가느다란 실금이 두드러졌다. 상처 자국이 있다고 해도 하늘을 나는 데는 아무 방해가 되지 않을 것 같은데, 그건 전적으로 내 바람이었다. 지금도 우섭은 비행기를 찾아서 골목을 맴돌고 있는지. 상처 입은 비행기가 가볍게 하늘로 둥실 떠오르면 얼마나 기뻐할까.

사이렌 소리가 가까워졌다. 앰뷸런스가 부지런히 달려와 놀이터에 멈추었다. 사람들이 웅성거리며 모여 있었다. 구급대원이 들것을 가져와 사람들 사이에서 누군가를 실었다. 사람들 틈바구니로 방패로고 비니가 보이다 말았다. '설마!' 앰뷸런스 안으로 들것이 밀려 들어가고 문이 닫혔다. 앰뷸런스는 경광등을 번쩍이며 달려온 것보다 더 빠르게 시야 밖으로 사라졌다. 사람들이 머리를 맞대고 수군거렸다.

"자살한 거야?"

"비행기 사달라고 조르는 걸 할머니가 호통을 쳐서 나무랐대."

"언제 철들래, 라며 등짝을 때렸다던 걸."

"새처럼 두 팔을 벌리고 날았다더라. 입으로 비행기 소리를 내며."

사람들이 뿔뿔이 흩어졌다. 난 종이가방을 들고 우섭의 집 앞에 오래 서 있었다. 우섭이 뛰어내린 곳에 핏자국이 붉게 번져 있었다. 믿기 어렵지만 우섭은 모형비행기 때문에 죽었다. 모형비행기를 너무 오래 가지고 있었던 내 과오를 미필적 고의라고 해야 할까? 도무지 모르겠다. 날개 부러진 모형비행기 때문에 서른세 살이나 된 남자가 이 층 옥상에서 뛰어내렸다는 사실을 어떻게 받아들여야 할지. 놀이터의 모래밭에서 모형비행기의 조종기를 발견했다. 안테나가 부러진 조종기를 주워들고 우섭이 앉아 놀던 옥탑방 지붕을 올려보았다. 지붕에 어디선가 날아온 새가 앉아 있었다. 새는 슬프고 아름다운 목소리로 노래를 불렀다. 그 새가 우섭일지도 모른다고 생각하니 끝내 하지 못한 말이 목구멍에 차올랐다.

'네가 잃어버린 비행기 고쳐왔어.'

조금만 더 기다리지. 주인 잃은 모형비행기를 어떡해야 할까? 지붕에 앉아 있던 새가 목을 길게 뽑으며 구슬프게 울었다. 모형비행기를 돌려줄 수 없게 되었다. 하늘을 올려보며 조종기를 눌러대는 대신 우섭이 어디선가 비행기처럼 날고 있을 것이 아닐까. 만약 그 애의 겨드랑이에 날개가 돋아났다면 조종기의 도움 없이 제 날개의 힘으로 날 수 있을 것이다. 조종기를 종이가방에 집어넣었다. 모형비행기가 마침내 제 짝을 만났다. 비행기가 다시 건강하게 날아다니는 걸 봤으면 좋았을 걸. 흰둥이가 골목을 다니며 울고 있었다. 우섭을 찾고 있는지 따각따각 말발굽 소리를 울리며 골목 끝까지 갔다가 되돌아오기를 반복했다. 흰둥이처럼 앞만 쳐다보고 걷다 거리를 왕왕 울리는 음악 소리를 들었다. 개업 행사로 시끌시끌한 불고기 집에서 걸음을 멈추었다. 불고기 집으로 변하기 전에는 가구점이었다. 그곳에서 장롱과 침대, 책상을 사들였다. 예전에 가구점이었던 식당으로 들어갔다. 종이가방을 옆자리에 놓았다. 날개의 가느다란 실금을 바라보고 있으려니 옥상에서 고개를 젖혀 웃던 우섭의 웃음소리와 빈 하늘을 올려보며 조종기를 누르던 모습이 선연히 떠올랐다.

식사가 나왔다. 갈비탕에 낙지를 넣어서 끓였는데 국물이 시원했다. 뜨거운 국물을 마시고 굵직한 깍두기를 우적우적 씹으며 우섭과 모형비행기를 잊었다. 갈비탕 한 그릇을 순식간에 비우고 콧등에 솟은 땀을 닦는데 땅을 붉게 적신 핏자국이 생각났다. 가슴 한복판에서 뜨거운 것이 울컥 치밀었다. 화장실에서 금방 먹은 갈비탕을 모두 게웠다. 울음인지 신음인지 모를 괴성이 터지려는 걸 주먹으로 입을 막고 참았다.

'우섭을 지붕에서 뛰어내리게 한 건 나야. 내가 죽였어.'

*

일을 마치고 나오던 중에 전화가 울렸다. 바쁘냐는 유영의 물음에 일을 마치고 어머니에게 가보려 한다고 대답했다. 어머니에게 가기 전에 제희에게 먼저 가야 했다. 오늘은 어머니의 병고를 꼭 말해주어야 했다. 그가 구치소에서 나오든 못 나오든 어머니의 위중함을 들어야 한다. 나날이 쇠약해지는 어머니를 보고 있으면 당장이라도 숨이 멈출 것 같았다. 법이 아무리 지엄해도 못난 아들에게 어머니의 마지막을 지키게 해줄 아량은 베풀어 주겠지. 유영에게 무슨 일이 있느냐고 물었다.

"빈소에 가려고."

"누가 죽었어?"

"안나가 죽었어."

내일이 발인이라는 말에 깜짝 놀라서 젬마가 아니라 젬마 딸이 죽었느냐고 되물었다. 유영은 젬마의 딸 안나가 죽었다고 확인해주었다. 사흘 동안 폐렴으로 열이 펄펄 끓다 지난밤에 숨을 거두었다고. 병원에 있는 환자가 어쩌다 폐렴을 앓게 되었느냐고 물었더니, 젬마가 딸을 찾으러 간다며 가출한 게 화근이었단다. 가출한 젬마는 동네 청년의 도움으로 무사히 귀가했는데 어머니의 가출 소식을 들은 안나가 시원찮은 몸으로 밖을 드나들다 감기가 들었고 그게 폐렴으로 발전했단다. 혹시 어머니가 병원을 찾아올까, 하는 조바심으로 문밖을 서성거렸을 안나의 모습이 눈에 훤했다. 철부지 같은 엄마를 두고 안나가 어떻게 눈을 감았을까.

"젬마는 어떡하니?"

"요양원에서 살아야지."

젬마는 치매가 심해서 딸이 죽은 것도 모른다. 그녀는 세상일을 다 잊었다. 아무리 마음대로 안 되는 게 인생이라지만 금방이라도 죽을 것 같던 젬마는 깨어나고 재활 중이던 젬마의 딸이 죽었다는 게 거짓말 같았다. 유영은 장례식장으로 가고 나는 구치소로 갔다. 창에 머리를 기대고 졸다 안내방송에 눈을 번쩍 떴다. 느닷없이 맞닥뜨린 우연처럼 언덕 위에 하얗게 서 있는 구치소 건물이 눈에 들어왔다. 사람들은 그곳을 '하얀 성'이라 부른다. 제희는 꺼내달라는 부탁을 안 할 테니 자주 좀 오라고 했다. 잘못을 깨달은 듯 미안하다고도 했다. 창 너머에서 어색하게 웃고 있는 제희가 오 헨리의 소설에 나오는 소우피 같았다. 소우피는 후생복지시설의 섬에 들어가려고 젊은 여자를 희롱하고, 취객 흉내를 내며 소란을 피우고, 우산을 훔쳤다. 그래도 순경이 그를 잡아가지 않았다. 교회 앞에서 걸음을 멈춘 그가 피아노 음악에 귀를 기울이며 자신의 처지를 인식하기 시작했다. 그의 인생이 아름답던 시절에 들었던 찬송가에 의식이 깬 소우피가 마침내 새 생활을 시작하겠다고 마음먹었다. 바로 그때 순경이 다가와 경범죄를 저지른 그에게 삼 개월의 금고형을 내렸다.

소우피도 제희도 반성이 늦었다. 뒤늦게 정신을 차린 척하지만 제희의 의식이 어디 머물고 있는지 짐작하기 어려웠다. 그의 진심이 무엇인지는 형량을 마치고 사회에 나와 봐야 아는 일이었다. 정신이 돌아온 듯 맑아 보이는 눈을 보고 있는데도 그가 처음 보는 사람인 듯 낯설었다. 제희는 거리의 소음을 들으며 맘대로 걸어 다닐 때가 가장 그립다고 했다. 하늘을 맘껏 올려보고, 먹고 싶은 거 맘대로 먹고, 보고 싶은 사람을 실컷 만나는 자유가 없는 것, 그게 자신에게 주어진 벌 중에 가장 가혹한 것임을 이제 알겠다고 했다. 건강한 발이 있어도 걸어 다니지 못하고, 눈이 있어도 사랑하는 사람을 만나지 못하고, 입이 있어도 할 말을 다 못하고 맘대로 먹지 못하는 체벌은 인간의 욕망을 제어하는 여러 가지 벌 중에서 가장 쉬우면서도 가혹한 것이라고 제법 속 있는 말을 하기도 했다.

구치소 면회실을 향해 걸었다. 가로수의 매미가 여름 마지막 더위에 맹렬히 저항하고 있었다. 나무에 파릇하게 새순이 돋는가 싶더니 어느새 잎사귀에 가을빛이 감돌았다. 버스가 길 저쪽으로 자취를 감추고 나서야 손이 허전한 것을 알았다. 옆자리 할머니의 짐을 들어주느라 종이가방을 두고 내렸다. 버스는 벌써 길모퉁이를 돌고 있었다. 기사가 종이봉투를 발견하고 모형비행기를 갖고 놀만 한 아이에게 주었으면 좋겠다. 누군가가 우섭을 대신해서 비행기를 날리면 잠시 멈추었던 우섭의 시간도 계속될 것이다.

내 옆자리에 앉았던 할머니가 축 처져서 쉬엄쉬엄 걸어왔다. 자동차나 버스를 타고 온 사람들이 면회실에서 차례를 기다리고 있었다. 그들 사이에 끼어 앉았다. 할머니가 매점에서 편지지와 편지봉투를 사왔다. 할머니는 편지를 받기 위해서 편지지를 산다. 할머니의 유일한 낙이 바로 아들의 편지를 받는 것이다. 아들이 하얀 성에 얼마나 오래 머물게 될지 모르지만 편지로나마 하고 싶은 말을 실컷 하고 나면 속이 좀 편하지 않겠느냐고 했다. 할머니의 소원은 기적이 일어나서 아들이 다시 세상 구경을 하는 것이다.

먼저 들어간 사람이 나오고 뒤이어 면회실로 들어갔다. 낯가림 하듯이 제희가 서먹하게 내 눈치를 살폈다. 잘 지냈느냐는 물음에 그가 고개를 끄덕였다. 돈으로 빼달라는 말을 않는 걸 보니 그도 타인의 입장을 고려하는 사람이 되어가나 보다. 면회도 못 올 만큼 바쁘냐는 그의 물음에 고개를 끄덕였다. 못 오는 게 아니고 안 오는 거라고 말할 필요는 없었다. 좀 쉬어가며 할 수 있는 일을 찾는 게 좋겠다는 제희의 말에 알아서 한다고 했다. 너무 쌀쌀하게 굴지 말라고 불평하는 그에게 사식과 편지지, 편지봉투를 넣었다고 했다.

"편지지는 왜?"

"말로 못할 얘기를 편지에 담으면 좋을 것 같아서."

"답장 해줄 거야?"

"내게 아니라 어머니께 하라고. 나중에 후회하지 말고."

"편지 써본 지가 너무 오래되어서 쓸 수 있을지 모르겠네."

"짧은 면회시간을 기다리는 것보다 나을지도 모르지."

"난 편지보다 만나서 얘기를 하고 싶어."

사람이 어떻게 하고 싶은 대로 다 하고 사느냐고 쏘아붙이려다 말았다. 말해봐야 입만 아프지. 귀에 딱지가 앉을 만큼 되뇌었는데도 하나마나였다. 죽자고 달리던 폭주를 말릴 때 멈추었으면 이 지경이 되지는 않았을 걸. 어머니의 병고를 최대한 늦게 말해주려 했는데 그의 뻔뻔스러운 낯짝을 보니 울화가 치밀어 나도 모르게 말해버렸다.

"어머니 위암말기래."

"뭐라고?"

얼이 빠져 멍하니 서 있는 그에게 어머니가 수술을 거부한다고 했다. 저소득층이어서 수술비가 많이 들지 않는데도 어머니는 병원에서 죽고 싶지 않다며 고향에 데려다 달라고 하더라는 부탁을 전했다. 어머니의 마지막 소원을 들어줘야 할 사람이 내게 어쩌면 좋으냐고 물었다. 뭐라고 위로해줄 말이 없어서 어머니가 계실 곳을 알아보는 중이라고 했다. 내가 그랬듯이 어머니도 사는 게 지옥 같아서 그만 살고 싶나 보았다. 타락한 아들을 지켜보는 것보다 괴로운 일이 어디 있을라고. 제희가 자세히 얘기해보라고 다그쳤다. 어머니가 끝까지 감추고 있어서 내내 모르고 있다 병원에 찾아가 보고 알았다고 했다. 길어봐야 석 달이라지만 인간의 마지막 날을 아는 이는 하느님뿐이다. 어머니에게 남은 날이 얼마인지 알 수 없으나 소원대로 고향에서 땅 냄새를 맡으며 살게 해주고 싶었다. 어머니를 혼자 쓸쓸하게 죽어가도록 내버려 둘 수도 없고 일도 그만둘 수 없는 현실이 나를 벼랑으로 내몰고 있었다. 곰곰이 생각에 잠겨 있던 그가 이모에게 연락을 해보라고 했다. 이모는 어머니의 유일한 혈육이다. 시골에 혼자 살고 있으니 어머니를 도와줄지 모른다고 했다. 어머니도 이모를 들먹인 적이 있었다. 체면이나 염치는 뒷전이고 실오라기 같은 연줄이라도 잡아야 할 때였다. 면회시간이 끝난 터라 더 길게 말하지 못했다. 시골 다녀오면 꼭 들러달라고 제희가 신신당부를 했다. 고개를 끄덕이고 면회실을 나왔다.

그와 얼굴을 맞대고 의논해봐야 아무것도 달라지지 않는 것이 싫어서 끝까지 입을 다물려 했는데 어머니의 마지막 날이 임박한 것 같아서 말해주었다. 어머니에게 다가온 죽음의 기미를 알아챘다고 해도 따로 도와줄 일이 없다는 사실이 너무 슬프다. 정해진 이별이고 누구나 한 번은 맞게 되는 죽음이지만 그래도 못난 아들의 사죄는 듣고 가야 할 텐데 시간이 될지 모르겠다. 떠나는 사람도 보내는 사람도 마음에 회한을 남기면 안 되니.

화단에 앉아 있던 할머니가 나를 반겼다. 바쁘지 않으면 함께 산에 가려느냐고 물었다. 영애에게 대체 간병인을 붙여두었기 때문에 오늘 하루는 시간이 충분했다. 나물 캐러 간다는 할머니의 뒤를 따랐다. 산을 오르는 할머니의 모습은 생기로 가득 찬 꽃사슴이었다. 할머니의 소원은 살인을 저지른 아들이 죗값을 치르고 다시 세상 구경을 하는 것이었다. 아들이 석방될 때까지 살지 죽을지 모르지만 할머니는 그 희망을 품고 사는 게 기쁘다고 했다. 생기가 펄펄한 할머니를 보며 어쩌면 어머니에게도 기적이 일어날지 모른다는 생각이 들었다. 노인들은 허약해서 병의 진행 속도도 느리다지 않던가. 어머니가 없으면 진우를 당장 어디에 맡겨야 할지 난감했다. 미안한 얘기지만 진우를 봐서라도 어머니가 오래 살아야 했다.

숲을 스치는 바람결에 상큼한 향이 스쳤다. 할머니는 가까운 곳에 더덕이 있다며 나뭇잎 덤불을 살피고 다녔다. 덤불을 헤치고 나아가는 할머니를 따라 숲으로 들어갔다. 할머니는 배낭에서 호미와 분홍색 보자기를 꺼냈다. 분홍색 보자기를 반으로 접어서 허리에 두르니 캥거루 주머니 같은 모양이 되었다. 산나물과 버섯을 따던 할머니가 드디어 더덕을 찾아냈다. 뿌리가 굵은 더덕을 캐고는 내일 아들에게 먹이겠다고 했다. 가벼운 걸음으로 숲을 헤집고 다니는 할머니를 보며 그녀를 살게 하는 것이 바로 자식을 향한 무한정의 사랑인 것을 알았다. 남들 눈에는 세상 구경은 꿈도 못 꿀 사형수에 불과하지만 그녀에게는 그 아들이 살아야 할 이유였으니.

할머니가 준 견본을 들고 다녀도 산나물은 여전히 눈에 들어오지 않았고 풀과 나물이 똑같아 보였다. 할머니 걸음이 너무 빨라서 몇 번이나 놓쳤다. 식은땀까지 더하여 땀을 뻘뻘 흘리며 따라다니는 동안 머릿속이 하얗게 비었다. 거칠고 가파른 숲을 헤치고 다니느라 나물은커녕 숨쉬기도 바빴다. 새소리 바람소리에 섞여 부스럭 소리가 들려 뒤를 돌아보다 제자리에 얼어붙고 말았다. 새끼를 거느린 멧돼지가 먹이를 찾아다니고 있었다. 소스라치게 놀라서 얼음이 되어 있으려니 어디서 나타났는지 할머니가 아무것도 아니라는 듯 움직이지 말고 그냥 그대로 있으면 비껴간다고 했다. 짐승은 해코지만 하지 않으면 사람을 해치지 않는다고 했다. 할머니 말대로 얼음이 되어 있으려니 멧돼지가 나를 못 본 척하고 지나갔다. 어미 멧돼지와 잠깐 눈이 마주쳤다. 그 눈은 틀림없는 어미의 눈이었다. 온유한가 하면 경계심으로 긴장이 되어 있고, 그러면서도 당당한 어미의 모습이었다. 멧돼지의 눈이 말했다. '내 새끼만 해롭게 하지 않으면 나도 너희들 안 해쳐.' 멧돼지를 피해서 숲을 돌아 나왔다. 할머니는 산나물이 가득 담긴 마대를 끌고 왔다. 냇물에서 손을 씻으며 할머니가 말했다.

“세상은 멧돼지와 같다오. 내가 순하면 상대도 순하고, 내가 악하면 상대도 덩달아 악해지고.”

“영악한 건 세상이 아니라 사람이에요. 약해 보이면 밟거든요.”

“나도 그렇게 믿었다오. 세상이 온통 적으로 가득 찼다고 믿었으니까. 내 아들이 사형선고를 받았을 때 어째서 내 아들에게만 그렇게 큰 벌을 내리느냐고 항의를 했다오.”

“그 고통을 어떻게 견디셨어요?”

“피하지 못한다는 걸 알고 나면 받아들이게 된다오. 처음 아들이 저기 들어가고 난 뒤, 꽉 막힌 속을 터뜨리려고 산속으로 들어갔다오. 아무도 없는 곳에서 소리라도 실컷 지르고 싶었지. 어미가 짐승처럼 내지르는 소리를 혹시 아들이 들을까 봐 산속 깊이 들어갔어요. 숨을 헉헉대며 걷다 보니 사방이 온통 나무로 덮여 하늘이 보이지 않습디다. 거기서 먹이를 찾아 나선 멧돼지를 만났다오. 그것들이 순한 눈으로 나를 말끄러미 쳐다봅디다. 차라리 나를 잡아먹으라고 소리를 질렀다오. 물끄러미 쳐다보던 멧돼지가 저쪽으로 사라집디다. 털썩 주저앉아 한참을 울었어요. 실컷 울다 보니 잎자루가 꼬불꼬불 휘어진 갈색 나물이 눈에 들어옵디다. 고사리였어. 삶이 이렇게 모질구나 싶어서 그놈을 쥐고 산을 내려와서는 다음날부터 나물을 캐러 다녔어요. 해가 지고 앞이 보이지 않을 때까지 산을 헤집고 다니다 쓰러져 잠이 들고. 그렇게 살다보니 실오라기 같은 희망이 생깁디다. 사형만 당하지 않으면 모범수로 감형을 받을지도 모른다고 말이오. 종교계에서 벌인 사형 폐지 운동으로 지난 십여 년간 우리나라에서 사형이 거행되지 않았다는 말을 듣고부터 마대자루를 들고 면회 오는 게 즐거워졌어요. 어디든 살아만 있어다오, 하는 마음이었다오. 아들은 내 얼굴이 밝아진 걸 보고 마음에 드는 영감이라도 만나느냐고 농담하지만, 나물을 캐다 팔아서 사식을 넣어주고 편지를 쓰는 어미 마음을 그놈이 어떻게 알겠어요."

할머니와 마대자루를 양쪽에 들고 산을 내려왔다. 나물을 살살 피워서 담았다는데도 마대자루가 묵직했다. 마을버스를 기다렸다. 숲 그늘에 있다 나온 터라 햇빛이 부셔 눈을 뜨기가 어려웠다. 비 온 끝이라 짙푸른 하늘이 드높았다. 국도변을 따라 샛강이 이어졌다. 폭우가 쏟아진 터라 샛강에 흙탕물이 찰랑대고 있었다. 마을버스가 강변을 따라 달리고 강줄기는 정류장까지 이어졌다. 버스에서 내려 요양원으로 가는 버스를 갈아탔다. 할머니는 깊이 잠들어 내가 내리는 것도 몰랐다.

젬마가 어쩌고 있는지 궁금해서 요양원으로 갔다. 젬마는 저녁식사 중이었다. 엄마를 어쩌면 좋으냐고 울먹이던 안나의 걱정과 달리 젬마는 잘 지내고 있었다. 눈물과 고통 없는 나날을 보내며 지극히 평온한 상태에 머물러 있었다. 거꾸로 돌아가는 시계처럼 매순간 기억을 까먹으며. 간병인이 떠먹여 주는데도 입가로 국물이 흘러내려 앞섶이 다 젖었다. 젬마가 흐릿한 눈으로 나를 쳐다보았다. 벽을 보는 듯 막막한 눈길이었다. 내가 누군지 생각이 나지 않나 보았다. 내가 누구냐고 묻자 젬마는 하품만 쩍쩍해댔다. 아무것도 기억하지 못하는 무의 상태. 남은 기억을 다 까먹고 나면 그 끝은 어디이고 거기 무엇이 있을지.

식사를 마치고 젬마를 휠체어에 태워 밖으로 나왔다. 요양원 뒤뜰에 산이 있어서 바람에 실린 나뭇잎이 마당까지 날아왔다. 나뭇잎을 주워 젬마의 손바닥에 놓아주었다. 그러자 젬마가 그것을 입으로 가져갔다. 나뭇잎을 버리고 젬마의 손에 녹차 마카롱을 쥐여주었다.

"담배 줘."

그녀가 마카롱을 휙 집어던졌다. 나는 마카롱을 집어서 손수건으로 흙을 닦고 반 나누어 입에 넣어주었다. 그제야 과자를 우물거렸다. 과자를 먹다 말고 한숨을 쉬듯이 말했다.

"집에 갈래."

젬마의 얼굴을 가만히 쳐다보았다. 바깥바람에 잠깐 정신이 돌아온 건지 그녀는 또렷한 말투로 집에 가고 싶다고 했다. 뭐라고 대답해야 할까 고민하다 바른 대로 말해주기로 마음먹었다. 알아듣건 못 알아듣건 그간의 사정을 말해줘야 할 것 같았다. 잠시 후에 정신이 나가서 다시 깨끗하게 잊게 되더라도.

"옛날 그 집은 이제 없어요."

"집이 없어?"

"따님이 팔았어요."

젬마가 쿨럭이며 울음을 쏟았다. 울게 내버려두었다. 맑은 정신으로 겪는 삶의 괴로움은 늙은이도 어쩌지 못하는 것이니. 젬마와 함께 지진을 맞은 그 집은 안나가 죽기 전에 팔았다. 그 집을 산 사람은 젬마의 집을 헐어서 오층 건물을 올렸다. 안나는 딸을 위해 작은 아파트를 사고 남은 돈을 통장에 넣어두고 젬마의 요양비로 쓰게 했다. 안나는 딸에게 할머니를 집으로 데려가지 말라고 일렀다. 딸이 자기처럼 할머니에게 괴로움을 당하고 살까봐 걱정이 되는 모양이었다. 청춘에 딸 하나 낳고 홀로 된 젬마가 구순에 가깝도록 딸을 얼마나 힘들게 했으면 안나가 그런 유언을 했을까. 안나는 젬마를 요양원에 넣고 나니 마음이 놓인다고 농담까지 했다. 요양원 주변을 한 바퀴 도는 동안 젬마는 울음을 그치고 고개를 끄덕이며 졸았다. 그녀를 병실로 데려갔다. 그녀의 머리맡에 남은 마카롱을 놓아두었다. 나중에 깨어나서 그 마카롱을 먹으며 잠시라도 행복하길 바라며.

영일만 해변에 내렸다. 강풍주의보가 내렸다. 거친 바람이 몰아치는 해변에 갈매기들이 하얗게 모여 쉬고 있었다. 파도가 창에 걸린 커튼처럼 펄럭이다 스러졌다. 바람을 피해서 카페로 들어갔다. 커피를 마시며 제희가 일러준 이모의 전화번호를 눌렀다. 이모는 밭에서 풀을 뽑고 있었다며 어머니와 한번 다녀가라고 했다. 어머니가 귀향하고 싶어 한다니까 조카들이 모두 분가하고 이모 혼자 있다며 언제든지 와도 된다고 했다. 늘그막에 의지할 사람이 자매밖에 더 있겠느냐는 말이 고마웠다. 어머니가 많이 아프다는 말을 못 했다. 제희가 구치소에 갇혀 있다는 말도 못했다. 아픈 사람을 병원으로 데려가지 않는다고 나무랄 것 같았다. 미처 꺼내지 못한 얘기는 이모를 직접 찾아뵙고 말씀드려야 할 것 같았다. 미리 말했다가 이모가 아픈 사람은 안 된다고, 곤란하다고 하면 더 이상 어머니를 어떡해야 할지 모르게 되고 말 터였다. 주말에 진우를 데리고 어머니와 가겠다고 했다. 이모는 어머니의 얼굴만 봐도 위중한 사태를 알아차릴 것 같았다.

'이모님께 한 번만 도와달라고 빌 거야.'

어머니를 위해서, 진우를 위해서, 그리고 나를 위해서. 설마 이모가 애원하며 매달리는 사람을 야박하게 내칠까. 지금으로서는 매달릴 곳이 이모밖에 없었다. 제희가 나올 동안만 어머니를 시골집에 머물게 해달라고 하면 마지못해서 받아주지 않을까. 진우를 데려올 때가 되었다. 밤마다 아이를 품에 꼭 껴안고 자면 내 삶도 좀 온순해지지 않을까. 다 내려놓고 쉬고 싶다. 바람이 심하게 부는 날에는 갈매기도 날개를 접고 쉰다. 바람에 떠밀려 미친 듯 날뛰는 파도를 보고 있으려니 급격한 피로감이 느껴졌다. 잔잔하게 흐르는 음악을 들으며 의자에 편안하게 기대어 졸았다. 졸음이 달고 맛있었다. 감은 눈언저리로 모형비행기가 날아왔다. 어느 순간, 모형비행기의 엔진 소리와 말 울음소리가 들렸다.

'흰둥이?'

흰둥이가 갈기를 휘날리며 달려오고 그 뒤에 우섭이 걸어오고 있었다. 방패로고비니를 벗어 던진 우섭은 내가 알던 그와 다른 사람이었다. 우섭이 흰둥이의 등을 쓸어주며 싱그러운 웃음을 지었다. 모형비행기의 조종기가 강 저쪽에 있는 우섭을 불렀는지, 그는 예전의 그 철없는 우섭 어린이가 아니라 서른세 살의 정상적인 청년으로 돌아와 있었다. 그는 죽음의 강을 건너고서야 겨우 제자리로 돌아갔나 보았다. 사람이든 물체든 주파수가 같으면 부름에 응답을 하게 되어 있다. 조종기를 든 우섭이 비행기처럼 두 팔을 벌리고 들판을 향했다. 그러자 흰둥이도 그를 따라 뛰었다. 히이힝 말의 부르짖음이 넓은 들판에 울려 퍼졌다. 우섭과 흰둥이가 모형비행기를 따라 하늘을 날았다. 나는 그들에게 손을 흔들어주었다. 모형비행기의 날개를 고쳐놓길 잘했다. 이젠 지진이 일던 날의 두려운 기억을 잊어도 될 것 같았다.

비바람이 치고 세상이 온통 폭우에 잠기던 날의 슬픈 기억을 향해 물었다.

지금 거기, 당신의 바다에도 해가 비치나요?

내 마음의 파랑

내 마음의 파랑

파랑, 너는 지금 강물을 보고 있다. 태풍의 영향으로 강물이 많이 불어 있었다. 비가 하늘을 깨끗이 씻어 내린 탓인지 햇빛이 유난히 맑고, 내성천을 흐르는 강물은 투명한 거울 같았다. 하늘을 담은 물빛이 너를 닮은 파랑이었다. 수면에 금빛이 출렁거렸다. 팔월의 태양이 강물을 데우고 있었다. 흰 모래가 끝없이 펼쳐진 강둑을 따라 소쿠리를 든 노인이 걸어갔다. 뉴턴 지점이 있는 길가에서 오이와 호박을 팔던 노인이었다.

남의 손에서 자랄 운명을 타고난 것처럼 너는 금발의 이국인을 보고도 울거나 놀라지 않았다. 브루노 부부는 특히 웃는 얼굴이 정겨운 사람들이었다. 브루노의 아내 벨라는 에스프레소를 잘 끓여내던 어느 카페의 여주인처럼 후덕해 보였고, 브루노는 커피머신을 광고하는 조지 클루니처럼 가을 분위기가 나는 멋쟁이였다. 벨라가 너의 볼을 만지며 인사를 했다.

"안녕, 파랑!"

내가 곁에 있어서 안심이 된 걸까? 벨라가 너를 받아 안았는데도 울까 말까 입을 삐죽이다 말았다. 엄마와 체취가 다른 사람의 몸 냄새를 맡고도 울지 않다니. 여느 아이들처럼 소리를 지르며 우는 편이 차라리 바라보기 나았다. 벨라를 향해 방긋 웃는 너를 보며 오히려 내가 울음을 터뜨릴 지경이었다.

두 아이를 키운 사람답게 벨라는 뿅뿅 소리가 나는 돌고래인형으로 너의 마음을 사로잡았다. 기저귀와 옷을 벗기고 오리배에 너를 담근 이는 브루노였다. 어느 새 준비를 해두었는지 오리배의 물이 햇볕에 따끈하게 데워져 있었다. 몸에 닿는 물의 부드러움이 긴장을 풀어준 걸까. 경계심을 버린 너는 두 팔과 다리를 흔들며 즐겁게 물장구를 쳤다. 갓난아기 때부터 너는 물을 좋아했다. 물에 담그면 금방 울음을 그치곤 해서 나중에 수영선수가 되려느냐고 친구들이 놀리곤 했다. 물을 좋아하는 사람은 술도 좋아한다던가. 멋진 청년으로 자란 네가 데킬라를 스트레이트로 마시는 걸 상상해보았다. 로큰롤의 선율에 맞추어 춤을 추는 네 모습을 그리려니 느닷없이 아름다운 신부와 웨딩마치를 울리던 어떤 청년이 떠올라 깜짝 놀랐다. 결혼식장에서 한 번 보았던 얼굴이 느닷없이 머릿속을 맴도는 것이 너무 이상했다. 누군지도 모르는 사람의 결혼식에 참석하라고 했던 어머니의 의도를 모르겠다. 어머니가 신랑의 손을 쥐어주며 먼 친척이라고 했을 때 나는 새 신랑의 풋풋하고 싱그러운 모습을 눈부신 듯 바라보기만 했다. 그 순간 어디선가 내 아기도 이 만큼 잘 자랐겠구나, 하는 생각이 들어 신랑의 눈을 피하고 말았다. 어머니는 어째서 먼 친척이라는 거짓말까지 해가며 낯선 청년의 손을 잡게 했을까.

"파랑이 물을 좋아하네요."

벨라의 말대로 너는 물을 즐기고 있었다. 운명이 바뀌고 있다는 사실에 전혀 무관심한 채. 내가 아닌 그 누구여도 상관없어 보이는 너의 무심이 나를 서운하게 했다. 어째서 너는 낯선 사람을 보고도 울지 않는지. 미혼모의 품을 떠날 때 모든 것을 체념해버린 걸까. 브루노는 양손으로 너의 겨드랑이를 잡고 턱이 수면에 닿을 때까지 담갔다가 배꼽이 보이도록 번쩍 들어올리기를 반복했다. 토실한 엉덩이와 분홍빛 등, 금방이라도 발걸음을 떼어놓을 듯 굳건하게 버티고 있는 다리가 너의 건강을 증명하고 있었다. 벨라와 브루노는 물에서 뛰뛰기를 하는 너의 재롱을 보며 세 번째 입양아의 건강에 만족한 웃음을 지었다. 브루노가 엉덩이를 받치고 안은 자세 그대로 큰 원을 그리며 맴돌자 너는 한바탕 까르르 웃기도 했다. 물속에서 비행기를 태우는 브루노의 손은 멀리서 보기에도 안정감이 느껴질 만큼 크고 두꺼웠다.

"두 아이 모두 기저귀를 차고 있을 때 수영을 가르쳤어요."

벨라는 일 년 후면 다섯 식구가 함께 바다수영을 할 수 있겠다며 활짝 웃었다. 영아기 때부터 물놀이를 하며 자란 아기는 잔병에 강하다고 했다. 그것은 물에 드나드는 동안 체온 조절 기능이 발달하기 때문이라고.

브루노가 너를 잡고 있던 손을 놓았다. 잠시 물에 떠서 찰방거리던 네가 물 속으로 쏙 들어갔다. 온몸의 신경이 팽팽하게 당겨져 나도 모르게 주먹을 꽉 쥐었다. 브루노가 너를 물에 빠뜨리는 걸 말리지 못했다. 브루노가 양부모로서 자기 아이에게 특별한 의식을 행하는 것임을 잘 알고 있기에. 브루노는 3초 정도 물에 담가두었다가 너를 꺼냈다. 당연히 너는 울음을 터뜨렸다. 그 울음은 약간 겁에 질린 것이기도 했지만 그보다는 놀라운 경험을 한 환호성 같은 것이기도 했다. 벨라가 커다란 수건에 너를 돌돌 말았다. 첫 의식은 그렇게 끝이 났다. 물로 세례를 받듯 너는 강물에 몸을 씻고 새로 태어났다. 이제 너는 아버지 없는 아이도 미혼모의 아이도 아닌 그림 그리는 사람들의 아이가 되었다. 흰 수건에 싸여 있는 너는 허물을 벗은 한 마리 애벌레 같았다.

벨라가 너를 안고 우유를 먹이는 동안 브루노는 갈색 털이 덮인 손으로 그림을 그렸다. 가물가물 졸음에 빠지는 너의 눈이 나를 찾았다. 나는 속으로 잘 자라 내 아기, 라고 말해주었다. 그게 응답이 되었는지 너는 안심하고 눈을 감았다. 내 속으로 어떤 뜨거운 것이 등줄기를 타고 흐르다 온몸으로 퍼져 나갔다. 브루노는 너의 머리에 물을 끼얹던 그 손으로 자연에 가까운 하늘색을 만들어내고, 떠다니는 구름의 빛깔과 나뭇잎의 움직임, 물을 차고 오르는 새의 날개를 그렸다. 벨라의 팔에 안겨 잠든 너를 보며, 꼭 만나야 할 사람들이 마침내 만났다는 운명의 계시 같은 것을 느꼈다. 새의 날개와 풀과 구름을 저토록 곱게 그려내는 사람들이면 믿어도 된다고 생각했다.

너를 두고 곧 돌아가게 될 나는 열두 번째 이별을 치르고 있었어.

*

태풍이 서북 방향으로 빠져나간 이튿날, 복지회 직원의 전화를 받았다. 파랑을 양부모에게 인도할 날짜와 시간이 정해졌다는 연락이었다. 그녀와 열 시에 아파트 앞에서 만나기로 했다. 옷과 장난감, 우유통만으로 가방이 세 개였다. 너의 물건을 가방 속에 넣고 나니 꼭 있어야 할 것이 빠져나간 듯 집안이 을씨년스러워졌다. 곳곳에 태풍이 남긴 생채기가 생생한데, 팔월의 태양은 아침부터 열기를 내뿜고 있었다. 오전 아홉 시밖에 되지 않은 시각이었다. 허둥거리며 짐을 챙겨놓고는 멍하게 앉아 있었다. 그러다 언뜻 생각이 나서 파랑의 젖내가 밴 배냇저고리와 배꼽이 든 비닐봉지를 아기용품 사이에 끼워 넣었다. 깨끗이 마른 산열매 같은 배꼽은 열여덟 살의 미혼모가 파랑의 양부모에게 주라는 간곡한 부탁에 의한 것이었다. 마지막으로 나는 여섯 달 동안 썼던 육아일기를 챙겼다. 파랑을 보내는 것으로 나는 열두 번째의 이별을 치르게 된다. 열한 번의 이별을 경험하는 동안 나는 열한 번이나 아이를 버린 어미가 되었다. 어머니가 쓰러지지 않았으면 나는 아마 열세 번째의 이별을 위해 또 다른 아이를 맡았을 것이다.

'지옥에 가도 내가 가마.'

맘껏 원망하라던 어머니의 목소리가 듣고 싶었다. 뇌수술이 잘 되었다며 의사가 걱정하지 않아도 된다고 했는데도 어머니는 사흘째 잠만 자고 있었다. 걱정 없이 편안해 보이는 어머니의 얼굴이 그렇게 연약하고 처연해 보이기는 처음이었다. '하필이면 위탁모냐?' 어머니는 다른 일을 알아보라며 두 번 다시 그 얘기를 꺼내지 못하게 했다. 무슨 일을 하든 일일이 어머니의 허락을 받아야 할 필요는 없었다. 어머니의 반대를 무릅쓰고 그 일을 시작했다. 짧게는 몇 달 길게는 일 년, 맡았던 아이가 떠날 때마다 어머니에게 빠짐없이 보고를 한 것은, 내가 잊지 못하고 있는 일을 그녀도 똑똑히 기억하고 있으라는 언질이기도 했다. 삼십 년이나 지난 일이긴 하지만 그때 우리는 분명히 공범이었다.

출발하기 전에 벨라에게 메시지를 띄웠다. 벨라는 캠핑장에서 지내고 있다며 조금 늦어도 상관없으니까 아기 다치지 않게 천천히 오라고 당부를 했다. 그들은 물도리동에서 2박 3일을 머물 거라고 했다. 출근 시간이어서 차가 밀리는지 복지회 직원은 약속시간이 되어도 기척이 없었다. 재촉하지 않고 복지회 직원이 오기를 기다렸다. 베란다에 놓여 있는 의자에 등을 기대고 앉았다. 구름이 떠가는 것을 지켜보는 동안 백 가지 상념이 나를 지나갔다. 파랑은 혼자 거실을 기어 다니고 뒹굴며 고국에서의 마지막 여유를 즐기고 있었다. 파랑을 맡은 것이 육 개월 전이었다. 구름 따라 시간과 아픈 추억이 천천히 흘러갔다. 조용한가 싶더니 요 위에서 뒹굴던 파랑의 눈꺼풀이 덮이고 있었다. 아이를 안고 잠든 얼굴을 들여다보았다. 잠깐 정신이 아찔해지며, 열한 번이나 이런 날을 살아낸 혹독한 기억이 내 머릿속을 휘저었다.

아이를 보내지 말까, 하는 갈등이 생길 즈음에 빵 하는 클랙슨 소리와 함께 베란다 아래서 손을 흔드는 복지회 직원의 앳된 얼굴이 보였다. 파랑을 어린이용 의자에 앉히고 안전벨트를 매어주었다. 파랑은 강어귀에 도착할 동안 푹 잠들어 있을 것이다. 브루노 부부가 물도리동 캠핑장에 자리를 깔았다는 연락을 받고 속으로 무척 기뻤다. 파랑이 여느 아이들과 다른 삶을 살게 될지 모르겠다는 기대와 함께, 열두 번째 이별은 아기의 울음소리를 듣지 않게 되기를 바랐다. 아기의 울음으로 채워진 이별이 두려웠다. 복지회 직원이 시디룸에서 앨범을 꺼내며 물었다.

"음악을 틀면 아기가 깨겠죠?"

"집에서 늘 음악을 들으며 자는 걸요."

파랑은 음악소리에 익숙하다고 말해주었다.

"그렇게 키웠어요. 웬만한 소음에도 끄떡 않는 사람으

로."

작은 소음에도 화들짝 놀라며 깨는 것이 안쓰러워서 음악을 자주 틀어주었다. 천하게 태어난 인생답게 삶을 길들이려 하지 말고, 삶에 자신을 맞추며 살아주길 바랐다. 이기겠다고 덤비기엔 삶이 너무 팍팍하고 뻔뻔스러웠다. 잠들 무렵의 음악이 소음을 물리치는지 놀라는 횟수가 줄었다. 복지회 직원이 두 시간의 여행을 위해 오디오에 시디를 밀어 넣었다. 녹내장으로 일곱 살에 맹인이 된 레이 찰스의 앨범이었다. 남부의 더위와 목화농장, 솔밭 사이로 흐르는 달빛, 조지아 주의 넓은 평원과 흑인들의 고뇌 많은 얼굴을 생각나게 하는 노래 〈Georgia On My Mind〉였다.

동생이 전화로 징징 우는 소리를 해댔다. 어머니가 이대로 깨어나지 못하면 어쩌느냐고. 쉽게 죽을 목숨이었으면 쓰러지는 순간 세상을 떠났을 거라는 독한 말 대신, 저승문 앞까지 갔다 오자면 길이 좀 멀겠느냐고 우스개를 했다. 사흘이 지나도 어머니가 깨어나지 않아서 나 역시 조급증을 느끼던 참이었다. 어머니는 지금 어디를 헤매고 있는지.

어머니가 쓰러진 건 일주일 전이었다. 파랑이 양부모를 만나게 되었다는 연락을 받은 그날이었다. 머리가 아프다는 사람에게 파랑이 떠난다는 말을 할 필요 없었다. 의도한 것이든 아니든 어머니를 쓰러뜨린 것은 나였다. 정말 내 속에 죽음의 기운이 숨어 있었던 것인지. 파랑이 떠난다고 말한 순간 내 속에 숨어 있던 어둠의 기운이 어머니에게로 날아가 그분을 쓰러뜨렸는지도 모른다. 말없이 전화를 끊던 어머니가 응급실로 실려 간 것은 그날 밤이었다. 어머니를 쓰러지게 한 것이 또 다른 생을 감당해야 하는 파랑에 대한 연민인지, 내가 날려 보낸 원망의 화살인지, 아니면 여태 마음에서 거두지 못한 어머니 자신의 자책감인지 알 수 없었다. 파랑을 보내놓고 시간이 흐른 뒤에 천천히 알렸어야 했다.

위탁모가 되겠다고 했을 때, 어머니는 괜한 정을 들여서 괴로움을 산다며 언짢아 하셨다. 어머니는 낯선 아기를 안고 온 내 얼굴을 외면하며 '독한 년' 이라고 했다. 아기 보러 오시라고 하면 어머니는 바쁜 일을 핑계 대며 한사코 우리를 피했다. 열두 명의 아기가 내 손을 거쳐 가는 동안 어머니는 나를 세상에 없는 사람 취급했다. 집에 있으면서도 없는 척 외면을 하면 할수록 나는 더 자주 아기를 데려가서 어머니를 괴롭혔다. 어머니의 얼굴이 상심으로 일그러지는 걸 보며 오래 전의 내 실수가 나보다 어머니에게 더 많은 생채기를 남겼다는 걸 여실히 깨닫곤 했다. 수십 년이 지났지만 어머니는 어제인 듯 그 일을 생생하게 기억하고 계셨다. 그걸 기억하게 만든 것이 내 곁에 머물다 떠난 아기들이었다.

'아들입니다.' 간호사가 보여준 아기는 양수와 핏물이 번들거리는 입술을 떨며 우렁차게 울어댔다. 3.7kg의 건강한 아기라는 말을 들었을 뿐 회복실에서 나온 이후 만나지 못했다. 우렁차게 울어대던 그 아기는 태어나자마자 비밀이 되었다. 아기의 존재가 꿈인 듯 아련했다. 위탁모를 하는 친구가 내게 낯선 아기를 떠맡기기 전까지 어머니도 나도 나쁜 꿈인 듯 그 일을 잊고 살았다. 폐렴이 악화되어 친구가 아기를 돌보지 못할 지경이 되어 어쩔 수 없이 내가 그 아이를 맡아서 키웠다. 우연히 시작된 일이지만 천형처럼 받아들여야 할 일임을 아기의 두 눈을 보고 알았다. 첫 번째 아이가 내 곁에 불과 삼 개월 머물고 떠난 후 열두 번의 낯선 이별이 시작되었다.

도시의 복잡한 도로를 벗어났다. 톨게이트를 지나고부터 길이 훤히 뚫렸다. 아스팔트에서 피어오른 열기가 길 저편에 아지랑이처럼 가물거렸다. 되감기 버튼을 눌러 〈내 마음의 조지아〉를 반복해서 들었다. 벌새의 날갯짓까지 들을 정도로 청각이 예민했던 레이 찰스. 그 곡은 레이 찰스가 목욕탕에서 익사한 동생을 위해 부른 노래였다.

휴게소에서 파랑에게 우유를 먹이고 커피를 마셨다. 수많은 사람들이 휴게소를 다녀갔다. 많은 사람들이 다녀가지만 휴게소는 넘치지도 텅 비지도 않으며 끊임없이 새로운 사람으로 붐볐다. 단체관광을 온 오십 대 부인이 파랑의 볼을 만지며 손자냐고 물었다. 복지회 직원이 입을 가리고 웃었다. 부인의 눈에는 복지회 직원과 내가 모녀 아니면 고부 사이로 보였던가 보다. 부인은 자기 아이를 네 명이나 키운 것도 모자라서 손자 셋을 더 키웠다며, 세상에서 가장 고단한 일이 아기 키우는 일이라고 했다. 만약 자신의 네 아이 중 누군가가 네 번째 손자를 키워달라고 부탁하면 이번에는 아무도 못 찾는 곳으로 달아나겠다며 소탈하게 웃었다. 부인이 떠나고 난 뒤 복지회 직원에게 물었다.

"내가 손자 볼 나이로 보여요?"

"아직 고우세요. 그 부인이 괜한 소리를 한 거지."

복지회 직원은 다들 자기가 보고 싶은 대로 세상을 본다며 처음 복지회로 발령을 받은 후, 사람들이 당연한 듯이 그녀를 아기 엄마 취급하는데 상처를 받았다고 했다. 이젠 누가 뭐라고 놀려도 아무렇지 않게 들어 넘긴다고.

두 시간을 달려 인터체인지에 내렸을 땐 점심시간이 훌

쩍 지나 있었다. 뉴턴 지점에 차를 멈추고 우리가 달려온 길을 돌아보았다. 깨어질 듯 눈부신 빛이 쏟아지고 있었다. 길모퉁이에 채소를 파는 노인이 앉아 있었다. 꼬부라진 오이와 풋고추, 애호박을 널어놓은 보자기가 깔려 있었다. 짧게 깎은 머리가 눈을 덮어쓴 듯 뽀얘서 노인의 모습이 마치 길에 사뿐 내려앉은 뭉게구름 같았다. 분홍 보자기에 놓여 있는 작고 꼬부라진 오이를 집으며 캠핑장으로 가는 길을 물었다. 노인은 모퉁이 옆길을 가리키며 쭉 올라가면 푯말이 보일 거라고 했다. 땡볕에 앉아 있는 노인의 이마에 땀방울이 송알송알 맺혀 있었다.

등이 굽은 오이를 옷에 쓱쓱 문지르고 깨물어 먹었다. 갓 따낸 오이의 맛이 상큼했다. 분홍보자기에 있는 오이와 호박과 고추를 모두 담아달라고 했다. 다른 손님을 만나려면 노인이 얼마나 더 기다려야 할지 몰랐다. 텅 빈 길에 자동차만 바쁘게 내달렸다. 노인은 캠핑장으로 갈 거면 좀 태워달라고 했다. 노인을 뒷자리에 앉히고 길모퉁이로 차를 꺾었다. 한적한 소로를 달리던 중 노인이 물도리동 일이면 자신이 모르는 게 없다며, 누구 집에 가느냐고 물었다. 누구 집이 아니고 캠핑장에서 사람을 만나기로 했다니까 노인은 된장국이 생각나면 오라며 파란 대문 집을 가르쳐주었다. 노인을 내려주고 캠핑장으로 갔을 때, 브루노 부부는 그릴에 숯불을 피우고 있었다. 복지회 직원이 캠핑카 옆에 차를 세웠다.

캠핑장에 야외용 식탁과 캠프 의자가 펼쳐져 있고, 숯불이 발갛게 피고 있었다. 캠핑카에서 열두어 걸음 떨어진 곳에 소나무 숲이 보이고 그 너머 강이 보였다. 복지회 직원이 강을 가리키며 자신의 생애 십이경 중 하나라고 했다. 하마터면 무참하게 파헤쳐질 뻔한 강을 지역 주민들이 나서서 지켰다며, 물도리동의 아름다움이 전설이 될 뻔한 게 생각할수록 아찔하다고 몸을 떨었다. 물도리동은 그녀 어머니의 고향이었다.

파랑의 안전벨트를 풀어주었다. 긴 여행에 시달렸는지 파랑은 발그레한 볼에 쪽 소리가 나게 입을 맞추어도 모른 체하고 잤다. 카메라에 파랑의 잠든 모습을 담았다. 내 기억에 남겨둘 파랑의 마지막 모습이었다. 나는 길에서 산 오이와 호박, 풋고추를 그릴 옆에 내려놓았다. 벨라에게 등이 굽은 오이를 주었다. 벨라가 꼬부라진 오이를 신기한 듯 바라보았다. 산비둘기의 울음이 강둑에 울려 퍼졌다. 벨라가 오이를 흔들며 물었다.

"어디서 땄어요?"

"오다 길에서 샀어요."

나는 옷에 쓱쓱 문지른 오이를 덥석 깨물었다. 오이는

날것으로 먹을 때가 가장 맛있다는 설명을 덧붙이며. 모든 과일과 채소가 그렇듯 어떤 조리법도 날것의 싱그러움을 따르지 못한다니까 벨라가 공감하는 듯 고개를 끄덕였다. 벨라가 나를 따라 오이를 깨물었다. 상큼한 오이향이 번졌다. 볼이 미어지게 오이를 베어 먹는 그녀에게 한국에 얼마나 머물 거냐고 물었다.

"전국 투어를 마칠 동안."

"아기와 함께?"

"당연하죠. 우린 가족이니까."

한국여행이 오랜 꿈이었다며 벨라는 미루어두었던 숙제를 하는 기분이라고 했다. 오십을 바라보는 나이답지 않게 귀여워 보이는 얼굴이었다. 남편인 브루노는 금발에 파란 눈을 가진 미국인이고 벨라는 세 살에 플로리다로 입양된 한국인이었다. 벨라는 영어를 혀끝에서 돌돌 굴리듯 모국어도 능숙했다. 부부가 모두 화가여서 일 년의 반을 길에서 보낸다며 그들에게는 여행이 일상이라고 말했다. 벨라가 스테이크를 구울 동안 파란 눈의 미국 남자는 조금 떨어진 곳에서 나무를 자르고 대패질을 하며 뭔가 네모로 된 틀을 만드는 중이었다. 나무토막 네 개로 겨우 사각형의 모양만 짜두었을 뿐인데도 나는 그게 아기침대라는 것을 금방 알아챘다. 어느새 침대까지 생각한 건지. 물도리동에

영국 여왕이 다녀간 걸 아느냐니까 벨라는 어제 탈춤 공연을 보았다며, 확실하지는 않지만 여기가 자기 고향인 것 같다며 웃었다. 본능적으로 마음이 끌리고 친근하다고.

"양어머니인 리즈 여사가 일러준 곳이 물도리동이에요."

십 년 전에 한 번 다녀간 적이 있는데, 세 살 때까지 머물렀던 시설이 없어지고 자료마저 분실되었다며, 생모에 대한 자료를 찾을 수 없어서 얼마나 서운했는지 모른다고 했다. 그때 친부모 찾는 것을 포기했지만 그리움까지 버릴 수는 없어서 줄곧 고향 찾는 꿈을 꾸며 살았다던가, 벨라가 들뜬 목소리로 수다를 떨었다. 리즈 여사가 함께 왔으면 좋아했을 텐데 아쉽게도 그녀는 두 해 전에 세상을 떠났다고.

인천공항에 도착했다는 전화를 받고 어디서 만날까 하고 물었을 때 벨라는 조금도 망설이지 않고 물도리동의 캠핑장으로 와줄 수 있느냐고 물었다. 두어 시간이 걸리는 거리였지만 흔쾌히 승낙했다. 물도리동은 벨라가 한국인임을 증명해주는 유일한 단서였다. 고향이 어딘지 모르는 정체성 부재의 현상이 얼마나 쓸쓸한지 잘 알기 때문에 그녀는 파랑 외의 두 아이를 입양하며 고향이나 부모에 대한 자료를 모두 보관해두었다고 했다. 나는 고이 간직했던 파랑의 사진과 발자국, 육아일기를 주며 물었다.

"쉽지 않은 결정이었을 텐데 어떻게 아이를 셋씩이나 입양할 생각을 했어요?"

"나를 위해서예요. 밤마다 집을 찾아 헤매는 내 속의 아기를 달래기 위해서."

두 아이가 기숙사에 들어가고 집안이 너무 공허해서 세 번째 아이를 입양하게 되었다고 했다. 두 아이를 입양하고도 가슴은 늘 겨울 들판을 바라보는 느낌이었다고. '우리 집, 우리 엄마, 우리 아이.' 사람을 편안하게 만드는 '우리' 라는 단어 속에 많은 사람을 집어넣어서 가족의 울타리를 넓히고 싶다는 벨라의 말에 부끄러움을 느꼈다. 그녀의 고백을 들으며 가족의 의미를 곱씹었다. 책임지는 게 부담스러워서 아이도 하나만 낳았고, 아내 몰래 삼 년이나 사귄 여자가 있다고 고백하는 남편을 가족의 울타리에서 풀어주었다. 아들은 구름다리를 건너듯 다른 여자와 사는 아비와 나 사이를 건너다녔다. 다들 그럭저럭 행복하게 사는 눈치였다.

곁에 사람이 없어서 허전했던지 파랑이 잠을 깼다. 파랑을 안고 나오자 귓바퀴에 볼펜을 꽂은 브루노와 벨라가 차례로 다가와 아기를 안았다. 낯선 사람과 낯선 풍경을 서먹해 하던 파랑이 엄마, 라는 단음절을 지르며 벨라를 밀어냈다. 파란 눈의 남자가 털이 수북한 팔로 안으려 하자 잠을 덜 깬 파랑이 내게로 팔을 뻗으며 와앙 울음을 터뜨렸다. 아이의 건강한 울음소리를 들으며 브루노 부부가 빙긋 미소를 지었다. 너무 울지 않는 아이보다 고집도 부리고 떼도 쓸 줄 아는 아이가 좋다며, 브루노는 파랑의 겨드랑이를 잡고 빙글빙글 돌리고 어르며 아이를 달랬다. 신기하게도 파랑이 울음을 뚝 그쳤다.

바닥에 돗자리를 깔고 앉았다. 구운 스테이크에 벨라가 암갈색의 소스를 끼얹었다. 브로콜리와 붉은 양파로 장식한 네 개의 접시 한가운데 양상치 샐러드가 가득 담긴 접시를 놓았다. 복지회 직원은 야영 온 기분이라며 즐거움을 감추지 못했다. 브루노가 아이스박스에서 맥주를 꺼냈다. 나는 파랑의 배내옷과 과일 꼭지처럼 잘 마른 배꼽을 꺼냈다. 벨라가 탄성을 질렀다. 파랑까지 세 아이를 안았지만 이런 선물은 처음이라며 아기 엄마가 된 실감이 난다고 했다. 아기를 한 번도 낳아보지 못한 벨라는 배내옷에 코를 대고 젖내를 맡는가 하면 아기 배꼽을 신기한 듯이 들여다보았다. 신의 저주를 받았는지 아이를 낳으려고 온갖 노력을 다했는데도 생기지 않더라며 쓸쓸한 미소를 지었다.

아이를 데리고 여행하는 것이 쉽지 않을 거라는 내 염려에 벨라는 대학생이 된 두 아이도 그렇게 길렀다며 복지회 직원과 나를 안심시켰다. 그녀가 보여주는 사진을 보고 깜짝 놀랐다. 두 아이가 모두 한국인이었다. 태어나던 날부터 함께 다닌 것처럼 그들 사이에 파랑을 끼워 넣는 것이 전혀 이상하지 않았다. 아기를 보내며 그렇게 안심이 되어보기는 처음이었다. 양상치를 집으며 벨라에게 물었다.

"아기 이름을 바꿀 거죠?"

"애칭도 좋지만 그들 세계에 어울리는 이름을 갖는 게 사는 데 편해요."

"입양한 사실을 숨길 건가요?"

"배꼽을 보여주면 직접 낳았다는 내 말을 믿을지 모르죠."

벨라는 농담이라며 파랑에게 아무것도 숨기지 않겠다고 약속했다. 자신을 소중하게 생각하는 사람으로 키우겠다고. 위탁모에 지나지 않는 나를 마치 파랑의 친엄마로 대해주는 것이 너무 고마워서 나도 모르게 눈물을 비추고 말았다. 복지회 직원은 좋은 부모를 만난 파랑을 축하해주자며 나를 달랬다.

옛날 중국 어느 소읍에 아기를 파는 풍습이 있었다. 그 풍습은 아이의 요절을 막기 위한 것이었는데, 아기가 태어나면 강보에 싸서 이웃집에 팔아버린다. 팔려나간 아기는

7일 동안 이웃사람의 보호를 받다 아기를 판다는 외침과 함께 달구지에 실려 온다. 아기를 실은 달구지가 대문 앞에 도착하면 부모는 아기의 몸값으로 황금색의 수수줄기와 옥수수 등의 곡식과 귀중품으로 값을 치른다. 지금은 그런 풍습이 죄다 사라지고 없지만 홍역이나 그 외의 질병으로 아기가 죽어 나가던 시절에는 그렇게라도 아기를 살리려고 몸부림을 쳤단다. 그런가 하면 너무 가난해서 정말 아이를 팔아버린 사람도 있었다. 팔려간 아이는 어느 집의 부엌데기나 종이 되기도 하고 비밀리에 귀한 자손으로 등극을 하기도 했다. 팔려간 아이는 불시에 바뀐 생을 사느라 본래의 자리로 돌아오지 못했다.

어머니는 오래전의 그 아기를 어디로 보냈을까.

여름이 시작되던 그날도 오늘처럼 햇볕이 뜨거운 여름이었다. 아침 일찍 외출 준비를 서둘렀다. 무역컨벤션센터에서 취업박람회가 열리고 있었다. 전국에서 몰려든 취업희망자들의 발길로 컨벤션센터는 비집고 들 틈이 없도록 비좁았다. 인턴사원을 구한다는 어느 패션브랜드를 찾아가서 줄을 섰다. 상담을 기다리는 사람이 많았다. 내 차례가 되어 채용 부스에 앉았을 땐 백 리쯤 걸어온 느낌이었다. 패션계에 명성이 높은 그 회사의 부스에 남녀 두 명의 직원이 앉아 있었다. 그들은 고등학교 졸업을 앞둔 내 이력서를 보며 회사가 필요로 하는 사람은 대학교에서 디자인 공부를 충실히 한 미래의 전문가들이라고 조근조근 일러주었다. 그들의 말인즉슨, 나는 아직 나이도 어리고 공부할 시간이 충분하니까 대학교에서 더 많은 실력을 쌓은 다음에 찾아오면 그때는 이력서를 받아주겠다는 것이다. 나는 그동안 그려두었던 디자인 스크랩북을 보여주었다. 내가 그린 디자인 북을 뒤적이던 두 명의 면접관이 일단 위에 올려보겠다며 이력서를 쓰게 하고는 스크랩북을 두고 가게 했다. 나는 스크랩북에서 가장 자신 있는 디자인 한 점을 뽑아 이력서에 핀으로 덧붙였다. 취직이 안 될지도 모르는데 무작정 스크랩북을 넘겨줄 수는 없었다. 회사를 방문하라는 연락을 받은 것은 열흘 후였다. 회사를 방문하려던 날 아침에 나는 화장실에서 털썩 주저앉고 말았다. 적자색 선이 두 줄 명료하게 떠 있는 임신테스트기를 바닥에 떨어뜨렸다.

그렇게 소망하던 디자인실 입사는 없던 일이 되었고, 어찌할 바 모르는 나를 어머니가 학교와 집에서 먼 원룸에 유배시켰다. 친구들과 연락을 끊었고, 어머니는 친구들에게 캐나다에 갔다고 둘러댔다. 캐나다에 고모가 살고 있긴 했다. 어머니가 알기 전까지는 혼자서 아기를 낳기로 한 무모함을 알지 못했다. 조금 무서울 뿐이었다.

"아직 늦지 않았어…."

병원에 가자는 어머니의 손을 뿌리치며 발악하듯 외쳤다.

"낳아서 키울 거야."

어머니는 나를 병원으로 끌고 가지 못했다. 유산 시기가 너무 늦었고, 내 고집은 완강했다. 아기 아버지가 누구냐는 물음에 그냥 유부남이라고 말해버렸다. 어머니는 '못난 것, 많고 많은 남자 중에 하필이면 유부남이냐?' 며 내 등을 쾅쾅 때렸다. '술김에… 실수한 거 알지?' 라며 비굴하게 웃던 남자는 내가 출산을 앞두고 있을 때 다른 여자와 결혼했다. 그가 뇌까린 사랑은 먼지구름이 되어 흩어진 지 오래여서 사랑이라고 표현하기도 민망했다. 몰랐다, 사랑이 스프처럼 변하기 쉬운 것인 줄.

어머니는 누구도 내 비밀을 몰라야 한다고 입단속을 시켰다. 뜻하지 않은 내 비밀을 완벽한 것으로 만들기 위해서 배가 불러오는 다섯 달을 방에서 지냈다. 필요한 물건은 어머니가 사다주었다. 차마 더 때리지 못하고 눈물만 흘리던 어머니를 한시도 잊은 적 없다. 뱃속에서는 곧 태어날 아기가 발길질을 해댔다. 어머니에게는 끝내 말을 못했다. 방안에 숨어 지내는 동안 나를 견디게 해준 이는 내가 사랑했던 남자도 가족도 아닌 아기였음을. 참담한 집착이라고 비웃어도 어쩔 수 없었다.

*

파랑, 수영을 마친 너의 입술이 파랗다. 이제 너는 물에 익숙해졌다. 벨라가 수건에 감싸서 너를 안고 왔다. 뒤따라오는 브루노의 발에 모래가 묻어 양말을 신은 것 같았다. 슬리퍼를 끌 때마다 발에 묻어 있던 모래가 포슬포슬 날렸다. 너는 벨라의 품에 안겨 우유 한 통을 다 먹었다. 벨라의 품에 안겨 트림을 하는 너는 완벽하게 그들의 아기였다. 기저귀를 갈아주는 벨라의 손길이 두 아이를 키운 엄마답게 능숙했다. 그 손길은 마치 수년간 종이꽃만 접고 살아온 사람이 순서대로 색종이를 접는 것처럼 자연스러웠다. 벨라가 캠핑카 침대에서 너를 재울 때 브루노는 두 사람의 모습을 화폭에 담았다. 성모와 아기 예수의 그림이 생각났다.

벨라가 잠든 너를 바라보며 노래를 불렀다. 자기 아이에게 자장가를 불러주는 여자의 모습이 아름다웠다. 너를 처음 안았을 때의 내 혼돈을 생각하며, 세 번째 아이를 마음에 새기는 벨라의 진지한 용기에 소리 없는 응원을 보냈다. 늦은 점심을 먹고 강으로 갔다. 바지를 걷고 강가의 얕은 물 속을 걸었다. 무릎에서 찰랑대는 물결 아래 작은 물고기들이 지나다녔다. 복지회 직원은 카메라를 메고 다니며 풍경을 담기 바빴고, 브루노는 오후 한때의 모자母子 그림에 색을 입혔다. 오후가 잠깐 사이에 기울었다. 벨라에게 안겨서 나를 바라보던 너의 겁먹은 눈을 지우려 애썼다. 노을에 물든 강물이 둥글게 굽은 강줄기를 돌아나갔다.

청첩장을 줄 때 어머니에게 물어봤어야 했다. 그 청년이 누구냐고. 청첩장에 낯선 이의 이름들이 적혀 있었다. 신랑이 먼 친척의 아들이라며 감기로 두통이 심한 어머니를 대신해서 내가 결혼식에 참석해주었으면 좋겠다고 했을 뿐, 어머니는 다른 말을 하지 않았다. 브루노 부부가 입국하는 날이었지만 어머니의 당부를 저버리지 못하고 결혼식에 참석했다. 신랑 입장에 임박해 간신히 예식장에 도착했다. 어머니가 예식장에 와 있었다. 입장을 기다리는 신랑과 눈이 마주쳤다. 이마와 눈이 시원해 보이는 청년을 마주한 순간 가슴 깊은 곳에서 영문 모를 서늘함이 뻗쳤다. 먼 친척이라고 했지만 한 번도 보지 못한 얼굴이었다. 어머니가 행진을 하고 온 신랑의 손을 당겨 내 손에 쥐어주었다. 그 순간은 너무도 짧았다. 그 후, 긴장과 설렘에 들뜬 신랑의 눈을 다시 마주하지 못 했다. 신랑도 신랑 어머니도 예식장을 가득 채운 사람들과 인사를 나누기에 바빴다. 먼 친척이라는 그들과 인사도 나누지 않고 예식장을 나왔다. 신랑 신부를 태운 웨딩카가 떠나는 것을 어머니와 멀리서 지켜보았다. 리본과 풍선으로 화려하게 장식된 웨딩카가 수많은 이들의 축하를 받으며 신혼여행 길에 올랐다. 집으로 돌아오며 나는 어머니에게 그 청년이 누군지 묻지 않았고 어머니도 내게 말해주지 않았다.

강물이 노을에 붉게 젖는가 싶더니 사위가 어두워지고 먹빛 하늘에 달이 떴다. 파랑, 너는 브루노가 만든 아기침대에서 잠들었다. 너에게 '굿 나잇' 키스를 하지 않은 게 못내 서운했다. 잠든 너의 볼에 입술을 대기엔 아기침대가 너무 멀었고, 또 너의 볼에 입맞춤하는 굿 나잇 키스는 내 몫이 아니라 양어머니인 벨라의 몫이었다.

꿈같은 하루가 저물었다. 강을 걷고, 자신 있게 선을 내리긋는 브루노의 드로잉을 지켜보고, 벨라와 수다를 떨며 보낸 시간은 충분히 만족스러운 것이었다. 나는 파랑이 좋은 부모를 만난 것을 진심으로 축하해주었고, 벨라는 자신의 세 번째 아이를 어떤 사람이 키웠는지 알게 되어서 너무 기뻤다고 털어놓았다.

어머니가 깨어났다는 전화를 받았다. 동생은 흥분해서

목소리를 떨었다. 긴 잠에서 깨어난 어머니가 나를 찾는다는 말에 돌아갈 채비를 차렸다. 파랑, 네가 깨어나기 전에 그곳을 떠나기로 했다. 잠들어 있는 동안 잠의 여신이 도와주어서 나의 파랑이 이별의 고통을 느끼지 못하게 해달라고 빌었다. 캠핑카에서 내려왔다. 벨라가 따라 내려왔다.

"가려고요?"

"어머니가 깨어났대요. 중환자실에 계셨거든요."

"정말 다행이네요. 더 놀다 가라는 말을 못 하겠어요."

"좋은 기억을 갖고 가요."

그녀가 내 손을 잡았다. 벨라도 나도, 두 번 다시 만나지 못할 거라는 말을 아무렇지 않게 삼킬 줄 아는 나이에 만날 걸 다행으로 생각했다. 아침 강에서 물안개가 피어오르고 새벽 별빛이 청아하고 맑았다. 아기용 안전의자와 너의 옷가방, 기저귀가방, 젖 냄새 밴 베개, 이불 등을 내려놓았다. 자동차에 딱 하나 남겨둔 게 너의 신발이었다. 너의 신발을 핸드백에 넣었다. 잠이 덜 깬 복지회 직원을 대신해서 내가 운전석에 앉았다.

파랑, 내 아기! 나와 지낸 여섯 달과 배꼽을 챙겨준 열여덟 살의 미혼모를 깨끗이 잊었으면 해. 파랑이 살게 될 플로리다주의 저지대 평원에 내리쬐는 햇빛과 달빛과 구름에 대한 그리움으로 채워질 것 같은 내 미래가 슬프지만 그것 또한 내 몫의 삶이란다. 비록 너의 몸이 머나먼 플로리다주에 머물고 있다 해도 파랑, 너의 뿌리는 이 땅이 단단히 움켜쥐고 있으니까 외로워하지 말라고 토닥여주고 싶었다. 어떠한 이별이 너에게 씻을 수 없는 상처를 안겨주었다 해도 너를 기억하는 사람이 여기 있다고, 나는 혼잣말을 웅얼거렸다. 파랑, 너를 돌아보지 않으려 애썼다. 오래 전에 나를 떠난 아이와 너에게서 달아나듯 액셀러레이터를 힘껏 밟는 나를 용서해.

자동차가 날듯이 새벽길을 달렸다. 바람에 머리칼이 날렸다. 백미러로 캠핑장이 멀어지는 것을 보았다. 너와 함께 보았던 강가의 풍경이 빠르게 멀어졌다. 너와 나누지 못한 마지막 인사를 말줄임표로 남겨두었다. 결혼을 앞둔 남자에게 한 아이의 존재를 비밀로 만들어버린 그때처럼, 삼십 년이 흐른 지금도 나는 이런 낯선 이별에 어떤 인사가 어울리는지 몰랐다. 너의 볼에 입술을 대고 싶었다. 그러나 내 입술이 닿으면 민감한 너의 영혼이 이별을 알아채고 말 것 같아서 그냥 돌아섰다. 자꾸만 뒤를 돌아보려는 미련을 재촉하며 앞으로만 나아갔다. 가로수가 빠른 속도로 스쳐 갔다.

휘어진 강변을 돌다 차를 멈추었다. 산에 가려 강도 느티나무도 보이지 않았다. 산 너머의 강가에 나의 파랑이 잠들어 있다고 생각하면, 반대쪽으로 가고 있는 내가 길 없는 곳을 향해 달리는 것만 같았다. 간밤에 꿈을 꾸었다.

가시연꽃과 줄포, 개구리밥이 수면을 가득 메운 늪 가에 파랑이 놀고 있었다. 너는 조개껍데기만 한 손아귀 가득 풀꽃을 쥐고 있었다. 늪가에 흰 꽃을 피운 마름과 술패랭이가 꽃 잔치를 벌이고 있었다. 나는 꽃이 핀 도깨비가지를 꺾어 너의 콧등을 간질였다. 나비는 꽃잎에 앉을 듯 나풀대다 날아갔고 너는 아장거리며 나비를 따라다녔다. 언제부터였는지 표피만 조금 드러낸 어떤 물체가 가시연꽃 주위를 떠다니고 있었다. 너를 안고 가시연꽃 사이로 떠다니는 물체를 가만히 지켜보았다. 검은 물빛이 음습했다. 늪에 그늘이 깃들며 마지막 해의 잔광이 늪을 붉게 물들였다. 파랑이 들고 있던 꽃을 던졌다. 꽃잎을 야금야금 뜯어 먹던 그것이 수면을 차고 오르더니 너의 작은 몸을 가로채어 물속에 숨어버렸다. 수면에 파문이 일었다. 너의 울부짖음이 가득한 늪은 물방울 자국 없이 고요했다. 늪 주변을 감돌던 너의 맑은 웃음소리. 너의 이름을 부르다 잠이 깼다. 잠을 깨고도 비눗방울처럼 솟아오르는 너의 웃음소리는 사라지지 않았다.

그 꿈이 갑자기 불길하게 느껴지는 건 뭘까. 강에서 멀어질수록 나는 파랑에게서 점점 멀어지고 있었다. 마침내 캠핑카가 보이지 않았을 때, 나는 꿈속인 듯 귀를 찢는 아이의 울음소리를 들었다. 네가 우는 것인지, 오래전에 나를 떠난 아이가 기억의 벽을 뚫고 나를 찾으며 우는 것인지. 나는 꿈과 현실을 구분하지 못하고 브레이크에 발을 올리고 말았다. 깊이 잠들어 있던 복지회 직원이 눈을 떴다.

"왜 그러세요? 차가 고장 났어요?"

나는 목소리를 떨며 말했다.

"안 되겠어요. 애가 너무 울어서."

"애가 울어요? 아무 소리도 안 들리는데."

"서럽게 울어요. 엄마를 목이 쉬게 부르며."

미어질 듯 가슴이 아팠다. 복지회 직원은 다시 돌아가면 정말 헤어지기 어렵다며 아이를 위해서 그냥 가자고 애원했다. 같은 실수를 반복하려는 내가 무서웠다. 복지회 직원이 난감한 표정을 지었다. 뉴턴 지점에서 차를 돌렸다. 되돌아가는 길이 너무 멀었다.

'어머니가 반대하셔도 이번엔 제 의지대로 할래요.'

복지회 직원이 뭐라고 떠들었지만 나는 아무 소리도 듣지 못했다. 오디오의 볼륨을 높였다. 앞을 보지 못한 레이 찰스. 그는 죽은 동생을 위해 남부의 더위와 목화농장, 솔밭 사이로 흐르는 달빛, 조지아주의 넓은 평원과 흑인들의 슬픈 얼굴을 생각나게 하는 노래 〈내 마음의 조지아〉를 불렀다. 액셀러레이터를 불끈 밟았다. 강이 가까워지고 있었다. 진심으로 귀를 기울이면 영혼의 소리도 들을 수 있다. 레이 찰스는 눈이 먼 채로 아름다운 악보를 쓰고, 읽고, 자기만의 창법으로 노래를 불러서 로큰롤 명예의 전당에 이름을 남겼다. 그는 마음의 눈으로 죽은 동생을 위해 음악도 지었는데 나는 살아 있는 내 아이를 버리고 달아나려 했다. 오죽하면 아이가 자지러지는 울음으로 달아나는 어미의 발목을 잡겠는가. 레이 찰스가 영혼을 깎는 외로움을 견디며 아무도 관심을 가져주지 않는 슬픈 남부의 노래를 지었듯이 이제는 나도 가엾은 내 아이를 위해 자장가를 불러야 했다.

"파랑, 엄마가 가고 있어."

그러나 내 말은 레이 찰스의 노래에 묻혀 들리지 않았다. 캠핑장이 가까워질수록 아이의 울음소리가 더 생생해졌다. 내게 오던 첫날 파랑은 또 그렇게 울었다. 잘 울지 않지만 한 번 울면 너무도 서럽게 우는 아이. 그 아이의 눈물을 그치게 할 사람은 세상에 나밖에 없는데 왜 그걸 더 일찍 깨닫지 못했는지. 숨 가쁘게 달려온 그곳. 그러나 캠핑장은 휑하니 비어 있었다.

"차가 어디 갔지?"

어느새 가버렸는지 캠핑카가 보이지 않았다. 야영객들이 떠난 흔적이 곳곳에 남아 있고, 흰 모래와 큰 느티나무까지 그대로인데 캠핑카만 보이지 않았다. 그릴이 놓여 있던 자리의 숯검정을 가리키며 청소를 하는 사람들에게 물어봤지만 캠핑카를 보았다는 사람은 아무도 없었다. 오리배가 놓여 있던 곳에 돌고래 인형이 떨어져 있었다. 배를 누르면 뽕뽕 소리가 나는 인형이었다. 나는 파랑이 가지고 놀던 돌고래 인형을 쥐고 미친 듯이 소리를 질렀다.

"파랑, 어디에 있니?"

내 목소리가 강바람에 실려 부산하게 흩어졌다. 강을 지나던 바람이 우 소리를 내며 울었다.

탈춤

탈춤

빛이 잘 드는 곳에 거울을 놓았다. 하얗게 빛을 받고 있는 거울이 뚫어진 세상의 틈서리 같았다. 할미는 가지고 놀던 탈을 던지고 거울에 바투 다가앉았다. 거울에 비친 자신에게 누구냐고 묻는 할미의 물음이 너무나 천연덕스럽다. 스스로에게 던진 질문인지 내 대답을 구하는 건지 알 수 없어서 못 들은 척했다. 나도 거울을 보며 그와 비슷한 말을 한 적이 있다. 유독 자신이 낯설어 보이는 날. 느닷없이 껴든 이질감에 붙일만한 이름을 찾으면 아쉬운 대로 답이 될까, 그런 물음엔 답이 없다.

나는 부네의 탈을 집어서 할미의 얼굴에 씌어 주었다.

가위로 듬성듬성 베어 먹은 커트머리와 틀니를 뺀 합죽한 입. 경망스럽게 눈을 반짝이는 늙은이는 간 곳 없고 거울 속에 부네가 요염하게 웃고 있었다. 초생달 눈썹에 입이 조그마한 부네. 부네는 언제 봐도 예쁘다. 부네의 탈을 쓴 할미가 거울에서 눈을 떼지 못했다.

벌이 담긴 사각상자를 집었다. 외출 전에 시침할 생각이었다. 하루 일과가 끝날 즈음이면 핏속에 퍼진 벌 독이 할미의 머릿속에 차 있는 죽음에 대한 두려움을 말끔히 걷어내지 않을까. 할미는 죽는 걸 두려워한다. 할미가 예전처럼 팬티를 제 손으로 빨아 널고 누가 볼세라 숨어서 틀니를 세척하는 모습을 보고 싶다. 스웨터와 고무치마, 속바지를 내리자 할미는 완전히 알몸이 되었다. 거울에 비친 할미의 모습은 살점을 너무 많이 깎아낸 조각같다. 할미의 굽은 등에 햇살 한 조각이 내려앉았다.

상자 뚜껑을 열어 벌을 집어냈다. 핀셋으로 벌 꽁무니의 침을 뽑았다. 흰 물체 주머니 같은 독낭이 진득하게 딸려 나왔다. 침을 뽑는 순간 벌이 힘을 잃었다. 침이 거세된 벌을 유리 수조 속에 던졌다. 거미가 다가와 벌의 머리에 협각을 들이댔다.

"심장에서 가장 먼 곳부터."

나는 모창을 하듯 할미의 목소리로 읊조렸다. 심장이란

낱말에 힘을 실었다. 인체사전의 중간 부분을 펼쳤다. 심장에 관한 글귀를 봐둔 게 있다. 붉은 펜으로 밑줄을 그은 부분이 눈에 들어왔다. '주먹만 한 심장이 하루 내내 퍼내는 피의 양은 300 *l* . 사람이 죽으면 발이 먼저 식는 건 심장에서 가장 멀기 때문이다.' 왼쪽 젖가슴 아래 손바닥을 붙였다. 피를 뿜어 올리는 심장의 움직임이 생생하게 느껴졌다. 할미가 일을 시작하기 전에 '심장' 을 읊조린 이유를 알 것 같았다. 심장이라는 단어에 실려 있는 피 냄새를 즐겼던 게 분명했다. 독거미에게 몸을 맡기면 한순간에 죽을 수 있다고 믿는 거짓 살육의 냄새.

전등 주변을 맴돌던 벌이 귓바퀴를 스쳤다. 살갗에 여린 공기의 흔들림이 느껴졌다. 날개를 움직이는 것으로 삶의 기쁨과 슬픔을 전하는 생물. 벌은 날개로 말을 하고, 춤을 추고, 사랑을 속삭인다. 방안을 맴돌던 벌이 거울에 내려앉았다. 벌은 거울에 비친 자신을 향해 부질없는 날갯짓을 거듭했다. 할미가 제 날갯짓이 안타까워 거울을 떠나지 못하는 벌을 잡았다. 벌은 발악하듯 할미의 손가락에 침을 꽂았다. 깜짝 놀라는 할미의 손가락에 벌침이 꽂혀 있었다. 벌침을 뽑아달라고 손가락을 내미는 할미의 눈에 맑은 햇살이 담겨 있었다.

서랍에 감추어 두었던 사탕을 꺼내어 할미 손에 쥐여주

었다. 할미는 벌침을 잊고 사탕을 먹었다. 사탕을 우물거리는 동안 벌침을 마쳐야 한다. 오래 앉아 있지 못하고 금방 하품을 하며 졸아댄다. 핀셋으로 독낭의 중간 부분을 잡고 발가락 관절부터 시침을 시작했다. 손가락 마디를 거쳐 이마 왼쪽의 곡차혈, 눈 밑과 코뼈가 만나는 자리의 사백혈, 인중부위의 수구혈, 왼쪽 견갑골의 고항혈, 오른쪽 발바닥이 움푹 들어간 부분의 용천혈, 왼쪽 무릎 밑에서 한 마디 아래에 있는 삼리혈의 순서로 시침을 했다. 침이 꽂힐 때마다 할미 몸이 움찔 떨렸다.

벌침은 일침일처가 원칙이었다. 인간의 몸을 이루는 12경 365락에 일일이 침을 꽂자면 수백 마리의 벌이 필요할 것이다. 그렇게 하자면 벌을 너무 많이 죽여야 할 것 같아서 나름대로 융통성 있는 방법을 찾아낸 것이 침 하나로 여러 군데를 찌르는 것이었다. 손가락이나 발가락 등의 자잘한 관절 부분엔 벌침 하나로 다섯 번쯤 혹은 열 번쯤 찌르고, 급소에는 단 한 번만 찌르기로 했다. 벌침은 독하기 때문에 그 정도만으로도 노인에게는 충분히 약이 될 것이다.

"독한 걸 많이 먹으면 그만큼 독성이 강해질 거 아니냐."

예전에 할미는 거미 아가리에 살아 있는 벌을 들이밀곤

했다. 아직 할미의 정신이 맑을 때, 문간방 학생에게 도시락 열 개 값을 주고 거미를 샀다. 어쩌다 할미 집에 들르면 그 자취생이 유리 수조를 들고 와서 독거미가 새 잡는 걸 봤다고 허풍을 떨었다. 그는 독거미를 팔뚝에 얹어 보이며 세상에 다시없는 힘을 얻은 것처럼 위세를 떨었다. 모든 무기가 그렇듯이 독거미는 놓여 있는 그 자체로 살의를 뿜는 위험이었다. 특히 살아 있는 쥐의 몸에 협각을 꽂을 땐 특히 더 그랬다. 자취생은 거미의 먹이를 사기 위해 편의점에서 아르바이트를 했다. 살아 있는 먹이가 아니면 입에 대지도 않는다며 태어난 지 3~4일밖에 되지 않는 새끼 쥐나 귀뚜라미 등을 사다 먹이곤 했다. 군에 입대하지 않았으면 아마 독거미를 거북이보다 크게 키웠을 것이다.

"거미를 왜 샀어요?"

내 물음에 할미는 목소리를 낮추고 은밀하게 속삭였다.

"이건 보통 거미가 아니라 독거미야. 청산가리나 다름없단다."

마지막까지 사람답게 살다가고 싶다며 할미는 벽에 똥칠할 지경이 되면 독거미에게 목숨을 맡기겠다고 큰소리를 쳤다. 말은 그럴 듯했다. 거기에 행동까지 곁들였으면 한층 품위를 더할 뻔했다. 삶의 애착으로 똘똘 뭉쳐진 생존 의식이 죽음과 얼마나 멀리 떨어져 있으며, 스스로의 의지로 죽음을 선택하는 일이 얼마나 실현 가능성이 희박한 꿈인지 할미를 보고 알았다. 하루에 열 번쯤 옷을 적셔내고, 이틀에 한 번 꼴로 내 머리채를 휘어잡고, 새벽마다 똥 냄새로 숨통을 막으면서도 할미는 예전의 장담을 잊은 듯 거미집에 손가락 하나 넣지 않고 견뎠다. 할미는 깨끗하게 살다 죽고 싶은 이유로 독거미를 키운 사실을 까맣게 잊었다.

교통사고로 앰뷸런스에 실려 가기 전까지 할미는 버들잎처럼 몸이 가벼웠다. 식탁에 싱싱한 나물 반찬이 떨어지지 않았고, 이불은 늘 풀기로 퍼덕거렸으며, 깨끗하게 살다 죽게 해달라는 기도를 게을리하지 않았다. 할미가 이상해진 것은 교통사고로 머리를 다친 이후부터였다. 신호위반으로 내달린 차에 부딪혀 팔목과 다리가 부러지고 머리를 다쳤다. 의사는 기억력을 다스리는 뇌파가 손상을 입었기 때문에 차츰 기억을 잊게 될 거라고 했다. 의사의 예언대로 그녀는 기억하고 싶은 것만 기억하며 하루에도 다섯 살씩, 열 살씩 나이를 까먹었다. 나이만 까먹은 게 아니고 맑았던 정신마저 까먹으며 아기가 되었다. 할미를 무너뜨린 건 치매였다.

물론 머리를 다치고 금방 그렇게 된 건 아녔다. 부러진 다리뼈가 아물어 깁스를 풀 무렵부터 조금씩 이상해지는

가 싶더니 하루가 다르게 퇴행을 거듭했다. 그녀는 꼭꼭 숨겨두었던 몇 개의 얼굴을 번갈아 내밀며 식구들을 경악에 빠뜨렸다. 부들부들 떨리는 수족을 흔들고 다니며 아무나 붙들고 담배 달라, 술 달라, 먹을 것 달라며 손을 내밀기 예사고, 기회만 있으면 밖으로 나가서 어디론가 앞만 쳐다보고 걸었다.

"집에 갈란다."

"여기 말고 어디 집이 있다고."

"남의 남자를 후려낸 년! 서방질하다 들킨 년! 내 담배 내놔."

눈을 부라리고 욕설을 퍼부을 때의 할미는 그때껏 내가 한 번도 보지 못한 얼굴을 하고 있었다. 가슴속 어디에 그런 미움과 증오를 숨기고 있었는지 할미는 오래전에 죽고 없는 할배와 백동댁을 눈앞에 두고 있기나 한 듯 차마 입에 담기 민망한 욕설을 퍼붓곤 했다. 자존심 강하고 입성이 고운 할미의 정신이 멀쩡했으면 입 더러워진다며 담지 않았을 말들이었다. 뒤늦게 할미는 할 말을 다 하고 사는 사람이 되었다. 그런 할미를 보고 있으면 사람은 평생을 살며 반드시 채우고 살아야 할 욕구와 자기가 먹어야 할 양의 식량, 내뱉아야 할 욕설, 거짓과 탐욕을 배당받고 태어난다는 생각이 들었다. 새만큼 먹으며 식탐이라곤 없던 할미가 하루 다섯 끼를 먹고도 배가 고프다며 부엌을 기웃거리는 것도 그렇고, 무심코 뱉어내는 그 많은 욕설로 우리를 경악할 지경에 빠뜨리는 것도 따지고 보면 팔십 평생 억제하고 산 욕구의 발현이라는 확신이 들었다. 그동안 먹고 싶은 걸 많이 참았구나, 가엾은 생각이 들어서 먹을 걸 챙겨주면 할미는 탐욕스럽게 온통 먹는 일에 집중했다. 할미 스스로도 납득 못할 혼란에 빠져 얼마나 더 살게 될지 모르지만 나중에 가지도 오지도 못하고 고갯마루에서 숨을 깔딱거릴 지경이 되면 내 방식으로 그녀를 도와줄 참이다. 아주 간단하게.

*

오빠가 할미를 싣고 온 날 밤에 J가 왔다. 할미가 그에게 누구냐고 물었다. 그는 얼른 대답을 못 하고 내 눈치만 살폈다. 내가 그런 것처럼 그도 어디서나 쉽게 내밀 수 있는 자신의 명함을 갖지 못한 사람이었다. 그러니까 할미의 물음에 마땅히 대꾸할 말이 없는 것이다. 애인이라기엔 그와 나 사이의 심리적인 거리가 너무 멀고, 남편은 더욱 아니고, 남자 친구 정도의 자격으로 여자 집에 자러 온 사람을 뭐라고 설명해야 할지 몰랐다. 그때껏 우린 서로에게 어울리는 이름을 지어주지 못한 터여서 할미에게 우리 식의 언어로 '남자 사람 친구'라고 소개했다. 실은 나도 그를 잘 모른다. 자세히 물어보지도 않았다. 가끔 만나서 섹스를 하는 정도로 그에게 너무 많은 걸 내줄 필요도 없지만 그 이상 가까이 접근할 필요도 없다고 생각했다. 내가 알고 있는 건 그가 친구들에게 J로 통한다는 것과 그의 집에 나 아닌 여자가 드나든다는 몇 가지 사실뿐이었다. 그런 불확실한 정보는 그의 이름을 짓는데 아무런 도움이 되지 못했다. 딱 한 번 그의 방을 찾은 적 있지만 그날 우리는 사이버 카페에서 만난 인물인 것처럼 J나 K 같은 익명을 사용했다. 이상하게 그게 서로를 편하게 해주었다. 왜 만나는지 서로 물어본 적 없고 가슴이 뛰어서 숨이 막히는 느낌을 받은 것도 아니면서 우리는 익명의 이름으로 물어뜯을 듯이 엉겨 붙었다. 만난 지 2년이 지나며 일주일에 세 번 정도의 만남이 두 번이 되고, 두 번이 어느 순간부터 한 번으로 굳어지며 우리는 서로에게 조금씩 무관심해졌다.

"누구세요?"

제집인 듯 재킷을 훌훌 벗어 던지던 그가 당혹스러운 눈으로 할미와 나를 쳐다보았다. 그가 대답을 못 하고 어물거렸다. 할미는 당혹감에 얼굴이 붉어지는 그를 골똘히 살폈다. 그를 도와주고 싶지만 마땅히 해줄 말이 없어서 그냥 입을 다물고 있었다. J는 할미가 이해하기에 너무 막연한 암호였다. 처음으로 우리 관계를 대변할 만한 이름이 있었으면 좋겠다는 생각을 했다. 처신이 곤란해서 엉거주춤하게 서 있는 그를 요모조모 뜯어보던 할미가 날카롭게 언성을 높이며 달려들었다.

"어디 갔다가 이제 오는 거야? 또 갈보년 집에 처박혀 있었어?"

'그년의 구녕은 어떻게 생겼길래 사내를 잡으면 놔주질 않는 거야?' 쌍소리를 마구 내뱉는 할미의 닦달은 끝이 없었다. 말려도 소용없었다. 할미의 눈에는 그가, 외박하고 들어온 젊은 시절의 할배로 보였나 보다. 질투에 사로잡힌 할미의 눈에 불꽃이 튀었다. 앉은 채로 오줌을 싸고 똥을 깔아뭉개는 철부지가 어울리지 않게 질투라니! 어느 구석에 숨어 있던 여자인지 가늠하기 어려웠다. 할배와 살 때는 자신의 존재를 잘도 감추고 살더니 뒤늦게 한풀이하듯 속을 게워내는 모습이 쳐다보기 안쓰러웠다. 세월이 흘러도 삭여지지 않는 게 있나 보다고, 할미를 이해하자니 답답하고 울화가 치밀었다. 그렇게 푹푹 썩도록 쌓아두고 살게 뭐람.

그가 벗었던 재킷을 집었다. '나중에 보자!' 뒤돌아보는 그의 표정에 경멸이 어른거렸다. 더 내려갈 곳 없는 바닥을 본 체념이 그의 자리에 지우지 못할 얼룩으로 남았다. 나는 닫힌 문을 보며 이별을 예감했다. 뒤따라 내려갔을 때 그는 벌써 골목 어귀를 벗어나고 있었다. 할미는 그의 존재를 까맣게 잊고선 방바닥에 두었던 책을 찢고 있었다. 바짓가랑이로 오줌이 흘러내렸다.

나는 책을 빼앗아 내동댕이치고 독거미가 든 유리 수조를 당겼다. 그녀는 잔뜩 겁에 질려 발버둥쳤다. 나는 뼈마디가 불거진 팔을 당겨 유리 수조 안에 집어넣었다. 독거미가 털이 부숭숭한 여덟 개 다리를 움직여 슬금슬금 다가왔다. 날아가는 새를 죽일 때처럼 순식간에 튀어 올라 할미의 맥을 끊어놓길 바랐다. 할미는 팔다리를 버둥거리다 허엉허엉 울음을 터뜨렸다.

"죽기 싫어!"

할미가 낳은 아이는 모두 열 명이었다. 그중 일곱 명이 어릴 때 홍역으로, 혹은 늙거나 병들어 죽었다. 아버지를 뺀 다섯 명이 낳은 아이가 열 명. 그 열 명이 결혼해서 낳은 아이가 열다섯 명쯤 되었다. 그녀는 서너 해 걸러 한 번씩 아이를 낳고 기르고, 또 낳느라 스무 살 이후부터 생리 한 번 치르지 않고 폐경을 넘겼다. 아이들이 모두 네 살이 넘도록 젖을 빨았다. 그녀는 소처럼 씩씩하고 젖이 풍부했다. 그렇게 씩씩하게 길러낸 아이 중 누구도 할미를 맡겠다고 나서는 이가 없었다. 할미가 낳은 자식들의 집을 차례로 돌았지만 채 두 달을 못 넘겨 쫓겨났다. 담뱃불로 이불을 태우거나, 안방에 뛰어들어 잠든 며느리의 머리채를 휘어잡거나, 집을 잃어버려 파출소를 드나들며 속을 뒤집기 일쑤였다. 서로 못 잡아먹어서 으르릉거리던 자식들이 합세하여 폐차를 기다리는 낡은 자동차 같은 할미를 내게 떠맡겼다. 젖먹이 때부터 할미 손에서 자랐다는 이유 때문이었다.

"너밖에 없다. 이참에 할미한테 효도 좀 해. 생활비 거둬 줄게."

오빠가 친절하게 말했다. 한 사람만 희생하면 여러 사람이 행복을 누릴 수 있다고 억지를 부린 게 누구였는지 모르겠다. 다른 이들의 행복이 나하고 무슨 상관이 있는지 아무리 생각해도 모를 일이었다. 처음 몇 달은 약속대로 생활비를 가져왔다. 다섯 달 이후론 생활비는 고사하고 잘 지내느냐고 묻는 사람조차 없었다. 괜히 말 잘못 꺼냈다가 늙은이를 떠맡지나 않을까 지레 겁을 먹은 듯했다. 오빠는 내 방에 걸린 남자 옷과 화장대 위의 남자 스킨을 모른 척했다. 내게 남자가 있거나 말거나 오빠에겐 거추장스러운 짐을 벗어 던지는 것이 더 중요했다. 오빠는 금방이라도 내 짐을 덜어줄 것처럼 '잠시' 라는 단서를 붙이고 사라졌다.

J가 마지막으로 다녀간 날, 나는 벌통과 거미가 든 유리 수조를 내 방으로 옮겼다. 거미에게 벌레를 잡아 먹이고 설탕물을 만들어 벌을 키우며 내 몸에 벌침을 꽂았다. 목구멍에 낀 이물질 같은 불안이 께름칙했다. 어둠 속에 무릎을 싸고 앉아 그에게 달려가고 싶은 충동을 견뎠다. 그리움이 물로 변한 듯 내 속에서 쉬지 않고 물소리가 출렁거렸다.

"피가 혼탁한 탓이야. 붉고 걸쭉한 피를 몽땅 뽑아버렸으면."

언젠가 여행지에서 청년들이 다리 밑에 모여 돼지를 때려잡는 것을 본 적 있다. 해머를 맞고 쓰러진 돼지의 정수리에서 피가 용솟음쳤다. 식당 여자가 양동이를 들고 와 돼지의 피를 받았다. 돼지가 누운 자리에 붉은 페인트 같은 피가 흥건하게 고여 있었다. 모든 동물의 피가 한결같이 붉다는 사실이 진저리치는 염증을 일으켰다. 가슴을 옥죄는 불안, 그리움, 치졸한 욕망, 질기디질긴 삶의 애착…. 모두 붉은 피가 만들어낸 부산물이었다.

시침을 끝낸 할미가 거울을 보며 졸았다. 옷을 갈아입히고 자리에 눕혔다. 이젠 내 차례였다. 목을 죄는 불안과 시도 때도 없이 달려드는 그리움을 제거하기 위해서 시침이 필요했다. 침이 꽂힌 부분마다 울긋불긋하게 꽃이 피었다. 벌침이 꽂혔던 부분을 쓰다듬었다. 자리에 누운 할미 몸이 숨죽은 베갯속 같았다. 할미의 젖가슴에 손을 넣었다. 따사로운 체온이 내 차가운 손을 녹였다. 마음이 추위를 느낀 탓인지 자꾸만 손이 시렸다. 이불 속에서도 얼음에 담근 듯 손이 서늘했다. 몸을 따뜻하게 해주는 약을 먹고, 뜨거운 물에 몸을 담그고, 아침마다 초등학교 운동장을 열 바퀴씩 돌아도 이마에 땀방울조차 맺히지 않는 걸 보고 J는 냉혈동물이라고 했다.

"차가워. 누구도 담지 않으려는 그 마음까지."

"그러는 당신은?"

그가 대답을 못 했다. 나누어 줄 사랑을 갖지 못한 건 피차 마찬가지였다. 체온을 데워 줄 매개체를 필요로 했던 건. 필요한 만큼 당기고 늦추는 건 사랑이 아니라며 그는 내가 입버릇처럼 읊어댄 사랑을 한마디로 부정했다. 진심으로 사랑하면 그 열기만으로 사방이 따사로운 법인데, 내게선 훈기가 느껴지지 않는다며 그건 내게 사랑이란 게 없기 때문이라고 단정했다. 사랑을 받으며 자란 사람이 사랑을 할 줄 안다던가. 정확한 지적이었다. 나를 떠나는 순간까지 내 속엔 그가 없었다. 정작 그가 내 속에 자리를 잡기 시작한 건 이별이 시작된 후였다. 그가 나를 떠난 속도만큼 빠른 자리매김이었다.

"사랑이 아니면 어때. 동물적인 욕구만으로도 만날 이유는 충분하지 않아?"

예리하게 날을 벼린 칼로 싸늘하게 웃는 그의 심장을 반으로 잘라보고 싶었다. 그는 인간이 필요로 하는 체온 이상의 열을 지닌 사람이었다. 늘 추위를 느끼는 나와 정반대였다. 겨울이면 보일러 때문에 자주 다투었다. 방을 후끈하게 데워놓으면 어느새 문을 활짝 열어 환기를 시키고, 바닥에 따뜻한 기미만 느껴져도 홑이불을 들고 거실로 나갔다. 엄동설한에도 찬물에 머리를 감았고 국을 먹으며 땀을 철철 흘렸다. 숨결마다 뜨끈한 열을 뿜어 올리는 피의 색깔이 몹시 궁금했다.

몸집이 조금 작아 보이는 벌을 잡았다. 잡히지 않으려고 뺑소니를 치더니 기어이 왼쪽 검지 지문 한가운데 침을 꽂고 만다. 작은 고추가 맵다더니, 독하고 앙금 있는 녀석이었다. 보통은 노크하듯이 가뿐하게 찌르고 0.5초 이내에 침을 뽑지만 머리 중앙의 백회혈과 전중혈 등, 몇 군데 중요한 지점은 독이 환부 깊숙이 스며들도록 침을 그대로 꽂아두었다. 벌침 가시는 저절로 녹기 때문에 환부에 까뭇하게 남아 있어도 괜찮다.

양쪽 젖꼭지를 일직선으로 연결한 절반 지점에 벌침을 꽂았다. 심장이 가까운 전중혈이었다. 침이 꽂히는 순간 숨이 저절로 멎었다. 천천히 숨을 고르며 열을 헤아렸다. 찌릿한 아픔이 심장으로 스며드는 느낌이 전해졌다. 아픔을 잊기 위해 방바닥에 펼쳐져 있는 책을 읽었다. 할미가 찢어낸 책장의 다음 부분이었다. '인간의 몸에 깔린 혈관을 한 줄로 이으면 지구를 세 바퀴 감을 수 있다.' 가늘고 질긴 혈관으로 타오르는 태양을 친친 감는 상상을 해본다. 그래도 태양의 부피는 조금도 줄어들지 않는다. 불덩어리가 뚝뚝 떨어지는 태양을 후후 불어가며 한 입 베먹었으면…. 그 열기로 속을 데우면 사철 내내 따뜻한 몸을 지닐 수 있을 거야.

할미는 벌 독이 암세포까지 물리친다고 큰소리쳤다. 침이 관절 마디에 꽂히는 순간의 저린 통증만 아니면 벌침도 맞을 만했다. 침이 꽂힐 때 따끔하게 아픈 것은 혈행이 정상으로 움직이는 증거라니 참을 수밖에. 울화를 심중의 늪에서 피어오른 독이라고 본다면, 독을 독으로 다스린다는 논리의 타당성은 믿을만했다. 거미의 여덟 개 다리와 연한 뱃살에 벌침을 꽂으면 어떨까. 독을 품은 녀석에게도 독이 독으로 통할지. 백회혈에 마지막 침을 꽂는 것으로 하루의 행사를 마쳤다. 거울에 한 아름 담겨 있던 햇살이 창가로

성큼 물러앉았다. 해가 머무는 시간이 너무 짧았다.

시계를 올려보았다. 지금쯤 탈춤반 회원들은 요양원을 향하고 있을 것이다. 오늘은 탈춤반에서 요양원으로 봉사를 가는 날이었다. 서둘러 자리를 걷었다. 할미의 기저귀를 갈고 벌겋게 짓무른 사타구니에 분을 발랐다. 기저귀를 채우고 이불을 덮어주었다. 할미가 따뜻한 가슴을 안고 곁에 잠들어 있는데도 혼자라는 느낌이 가슴을 후볐다. 할미 가슴에 귀를 댔다. 미미하게 팔딱이는 심장의 박동으로 할미가 아직 살아 있음을 확인했다. 만지면 와르르 부서져 흩어지고 말 것처럼 할미의 존재가 허허로웠다. 문득, 삶과 죽음의 경계가 모호해졌다.

"푹 자고 나면 날이 밝아 있을 거예요. 잠자는 공주처럼 오래오래 주무세요."

사각 상자에 벌을 소복하게 담아서 가방에 넣고 방문에 자물통을 채웠다. 가둬두는 게 편했다. 길을 잃지나 않을까, 온 집안을 잿더미로 만들지나 않을까, 집 안에 낯선 사람을 끌어들이지나 않을까 하는 염려를 재워두려니 문을 잠그는 수밖에 없었다. 날이 밝을 때까지 푹 잤으면 좋겠다. 영영 깨지 않아도 상관없다. 설령 한밤중에 잠이 깬다 해도 문을 두드리다 지치면 다시 쓰러져 잠들 것이다. 할미가 방에 갇혀 있는 동안은 나도 약간은 자유롭다.

유리 수조를 안고 집을 나섰다. J의 짐을 꾸려놓았다. 언제 시간이 날 때 짐을 챙겨서 보내줬으면 좋겠다는 메시지를 받고 챙겨두었다. 잘 있다는 의례적인 인사조차 생략해버린 완강한 단절이 내게 이별을 실감하게 했다. 너무 많은 말로 혼란을 주지 않아서 고맙다고 답장을 보내려다 말았다. 희석되고 변질된 기억을 더듬는 것만큼 허망한 짓이었다. 잊어서 좋은 건 제풀에 지워지게 밀쳐두는 게 자연스럽다.

가을 햇살이 온유한 빛을 내리쬐고 있었다. 낙엽이 뒹구는 보도블록과 성급하게 잎사귀를 벗어버린 나뭇가지에 결실의 충만함과 쇠락의 기운이 넘쳤다. 드센 바람을 타고 온 거리에 낙엽이 휘날렸다. 낙엽은 자동차 바퀴에 치이고 사람들의 발길에 차여 형체 없이 바스러졌다. 원룸이 보이는 언덕바지에 차를 세웠다. J를 전화로 불러야 할지 직접 방으로 올라가야 할지 판단이 서지 않아 차 안에서 머뭇거렸다. 그 방이 갑자기 단단한 옹벽을 치고 내 접근을 막는 느낌이었다. 몇 천리만리 밖에 동떨어진 거리감이었다. 결국 전화를 이용할 셈으로 플립을 여는데 운동복 차림에 슬리퍼를 신은 그가 원룸 현관을 나오고 있었다. 약간은 초췌해 보이는 그가 걸음을 멈추고 자신의 방을 올려보았다. 허공으로 연기를 뿜고 서 있는 모습이 늦은 밤 애인의 집

앞을 서성거리는 취객 같았다. 꽁초를 비벼 끄고 길 아래로 휘적대며 걸어가는 그를 지켜보다 차에서 내렸다. 그가 자기 방의 창을 통해서 보고자 한 게 무엇이었을까. 그의 방으로 올라갔다. 문이 열려 있었다. 문단속을 소홀히 하는 건 여전했다. 내가 가지고 있던 열쇠를 그의 구두 속에 밀어 넣었다. 열쇠까지 돌려주었으니 이제 다시는 이 방에 들어올 일이 없을 것이다. 현관에 가방을 내려놓고는 '얼음' 에 걸린 것처럼 동작을 멈추었다.

그의 침대에 여자가 잠들어 있었다. 문소리도 듣지 못하는 것으로 보아 깊은 잠이 든 듯했다. 나는 침대 옆에 우두커니 서서 여자를 골똘히 살폈다. 거스러미 없이 깨끗하게 다듬은 손톱과 뒤꿈치의 흰 살빛이 질투가 날 정도로 고왔다. 얼굴을 반이나 가린 머리가 베갯잇을 풍성하게 덮었다. 연분홍색 손톱에 귀엽게 떠오른 반달을 오래 지켜보다 수조의 뚜껑을 열었다. 남의 방에서 단잠에 취할 정도로 그렇게 허물이 없는 사이였던가? 그러고 보니 그의 곁에서 편히 잠들어본 기억이 없다. 몸을 너무 웅죄어 행동이 부자유스럽거나 너무 헐렁해서 알몸으로 서 있는 것 같은 거북살스러움에 수시로 잠을 깼다. 그도 내 곁에 있을 때 잠을 못 잤는지 묻고 싶다.

하얀 손을 당겨 유리 수조에 넣으면 여자가 어떤 표정을 지을까. 할미처럼 겁에 질려 울음을 터뜨리는 여자를 상상했다. 나는 핀셋으로 유리 수조 속의 거미를 꺼냈다. 거미가 털이 부숭한 다리를 움직여 침대를 기어 다녔다. 해코지만 하지 않으면 먼저 사람을 찌르는 일은 없다. 나는 검지로 거미의 등을 톡 치곤 돌아섰다. 타란툴라가 죽음의 비밀을 많이 알고 있는 생물인 건 분명하지만 그렇다고 쉽게 죽기 위해 거미를 키웠다니, 개가 들어도 코웃음 칠 일이었다. 남의 방에서 편안히 잠들 수 있는 사람이면 거미를 잘 키울 수 있을 것이다. 거미가 품고 있는 죽음의 비밀 따위에 별 관심이 없을 테니까.

현관을 닫으며 돌아본 방 한가운데 가방이 덩그러니 놓여 있었다. 차마 떼어버리기 어려운 마음 하나를 두고 나온 느낌이었다. 명백한 이별이었다. 그가 담배 연기를 날리며 걸어왔다. 그의 긴 그림자가 가로수와 문 닫힌 미용실을 스쳐 자동차 가까이 다가오는 것을 보고 기어를 넣었다. 자동차는 소음도 없이 미끄러져 그의 곁을 지났다. 검정 비닐봉지를 든 그가 길에 우두커니 서서 자동차를 돌아보았다.

액셀러레이터를 밟은 발에 힘을 가해 요양원으로 내달렸다. 요양원은 산자락 아래의 오목한 곳에 자리 잡고 있었다. 요양원이 눈에 들어오는 순간에야 비로소 안도의 한

숨을 내쉬었다. '다 끝났어.' 색색으로 어우러진 나뭇잎의 향연이 사무치는 감동으로 다가왔다. 눈시울이 펑 젖었다. 요양원 앞마당을 지키고 있던 은행나무가 황색 외피의 열매를 떨어뜨렸다. 가을이 절정을 향해 치닫는 중이었다. 나무 밑에 우수수 떨어진 은행을 발로 짓이겼다. 구린 냄새가 물큰하게 피어올랐다. 단단한 내피도 못 미더워 구린내가 지독한 황색 외피에, 샛노란 잎사귀가 가진 알레르기성 독성까지 겹겹이 덧입은 보호 의식이 강한 열매. 그것을 '자기애' 라고 해야 할까. 오죽하면 벌레들이 다른 잎은 다 먹으면서 은행나무 잎사귀만 먹지 않을까. 은행나무는 강한 보호벽으로 지구상에서 가장 오래도록 살아남은 식물이었다.

독毒!

은행나무에게 화석식물이란 이름을 갖게 한 요인이 독이라면, 인간을 태고 이래의 긴 세월 동안 이 땅에 살아 있게 한 건 무엇일까 곰곰이 생각해보니 그 비밀의 열쇠 또한 독이라는 생각이 들었다. 때에 따라서 몸 전체가 독의 화신이 되어버리는 거대한 욕망 덩어리! 인간이 지닌 증오나 사랑의 갈망도 알고 보면 욕망의 독낭에서 피어오르는 음습한 기운의 다른 말이었다. 인간을 살고 싶게 하는 욕구 또한.

*

요양원 출입구에 누름장치가 되어 있었다. 눌러주세요, 라고 씌어 있는 부분을 누르면 누구라도 문을 열고 들어갈 수 있다. 출입구를 자동문으로 하지 않고 누름장치를 해둔 것은 외부 사람을 통제하자는 것이 아니라 치매 환자를 보호하기 위한 것이었다. 문 옆에 누름 장치가 되어 있지만 치매환자 중 누구도 스스로 문을 열고 나간 사람이 없다니 제대로 된 장치 아닌가.

정 교장이 거실을 맴돌고 있었다. 그에게 거실은 뫼비우스의 띠였다. 태엽이 감긴 자동인형처럼 제자리를 맴도는 지루한 행군을 계속하는 그의 길은 끝이 없다. 나는 걸음을 멈추고 다정한 목소리로 정 교장을 불렀다. 다섯 번쯤 부르고서야 넋이 나간 얼굴을 돌렸다. 그의 얼굴에 표정이 없었다. 그의 시선은 내 몸을 지나 눈으로 확인되지 않는 어떤 세계를 보고 있었다. 그 아득한 배회가 너무나 멀게 느껴졌다. 그는 무심한 시선으로 필요한 말을 대신하고 침묵으로 세상과 대화를 나누었다. 식사시간이 되면 간병인이 와서 그를 병실로 이끌었다. 밥을 먹이고 젖은 옷을 갈아 입혀 놓으면 어느새 밖으로 나와서 거실의 테두리를 걸었다. 병원에 들어오던 날부터 시작된 그의 행군은 끝날

줄 모른다. 걸음이 처지고 어깨가 늘어져 쓰러질 지경이 되면 간호사가 그를 부축해서 자리에 눕혔다. 그의 고단한 일과는 그렇게 끝이 났다.

탈춤놀이가 어지간히 무르익었는지 휴게실이 수선스러웠다. 덩더쿵! 휴게실을 울리는 북소리에 요양원의 공기가 난분분히 들떴다. 병원의 공기 흐름이 여느 날과 달랐다. 병실의 무거운 정적이 활기를 띠는가 하면, 정기를 잃은 늙은이들의 눈에 빛이 감돌고 처진 어깻죽지에 힘이 들어가 있었다. 그러나 그뿐이었다. 놀이가 끝나면 춤을 추고 놀았던 기억까지 깡그리 잊고 말걸. 언제 그런 일이 있었냐는 듯 병실은 다시 기억상실의 상태로 돌아가고 말 것이다. 누군가는 똥을 싸고, 누군가는 같은 노래를 부르고 누군가는 다람쥐처럼 거실을 맴돌며. 늘 같은 모습이었다. 고인 연못 같은 정적 속에 죽고 싶거나 혹은 죽기 싫은 늙은이들이 식물 같은 모습으로 살고 있었다.

요양원 식구들은 탈을 쓰고 한삼자락을 펄럭이는 탈춤반을 비롯해서 자원봉사자들을 통틀어 '천사'라고 불렀다. 천사? 화려한 포장지 같은 수고 몇 번으로 간단하게 천사가 되었다. 혹시나 하는 기대로 겨드랑이를 살피지만 부질없는 희망이다. 천사의 겨드랑이에도 날개는 없다. 정교한 솜씨로 지은 날개옷이 있을 뿐.

나는 휴게실 창에 붙어 서서 실내를 들여다보았다. 상쇠가 굿거리를 치자 백정이 도끼와 칼이 든 망태를 지고 등장했다. 백정마당이면 아직 시간이 있었다.

"아따, 날씨 한 번 좋다. 내싸 이렇게 좋은 날 춤이나 한 바탕 추고 갈란다…."

백정 탈을 쓴 S가 도포 자락을 날리며 추임새에 맞춰 춤을 추었다. 잠시 후 소가 된 M이 콧김을 날리며 들어왔다. 백정이 껄껄 웃으며 불알이 어지간히 크다고 소를 놀렸다. 그러자 소가 화를 내며 도끼를 휘두르는 백정을 떠받았다. 백정과 소가 드잡이로 난장을 벌였다. S와 M의 걸쭉한 입담에 늙은이들이 얼쑤! 얼쑤! 추임새를 넣으며 어깨를 들썩였다. 백정마당은 성에 대한 풍자와 지배계급의 권위의식을 비웃는 해학으로 관중들의 공감을 불러 일으키는데 목적이 있었다. 정신이 흐릿한 요양원의 늙은이들에게 그 해학의 깊이가 얼마나 전달이 되겠냐만, 그래도 탈춤만은 어디서나 통한다고 믿었다. 춤은 몸이 부르는 음악이며 피의 울림이었다. 피는 진실하다. 나는 머리로 자아내는 열 마디의 말보다 단 한 번의 몸짓을 더 믿는 편이다. 그게 내가 탈춤을 좋아하는 이유였다.

백정이 숫돌에 칼을 가는 것을 보고 병실로 걸음을 옮겼다. 할미마당을 거쳐 파계승마당에 이를 동안 순나할머니를 만나면 된다. 지난주에 상태가 나빠지는 것을 보고 갔다. 죽었다는 부고를 듣지 못했으니 아직 살아 있는 게 분명했다. 그저 살아 있는 게 아니라 명을 이어주는 현대 의학이 그녀를 못 죽게 한다. 병실 문을 열자 텁텁한 구린내가 달려들었다. 환기를 시켜도 소용없다. 냄새에 찌든 병실은 창문조차 커튼으로 가려 있어 어두우면서 침울했다. 창문 곁에 순나할머니가 외롭게 누워 있을 뿐, 나머지 침대가 모두 비어 있었다.

커튼이 펄렁거렸다. 창문 하나가 살짝 열려 있었다. 창을 닫았다. 커튼은 바람 한 점 새들지 않게 닫힌 창을 가리고 어둠은 무겁기만 했다. 순나할머니의 가슴이 눈에 띄게 헐떡거렸다. 숨소리가 여느 날과 달랐다. 내 짐작이 틀림없다면 할머니는 지금 숨을 모으는 게 분명했다. 간호사를 불러야 할까, 잠시 고민을 하다 육체의 이탈을 지켜보기로 했다. 산등성이를 넘는 일이 힘들면 혹시 도와주어야 할 일이 생길지도. 어쩌면 여행을 떠나듯 가뿐하게 맞이하는 죽음을 보게 될지 모른다는 기대가 생겼다. 정말 아무렇지 않게 죽을 수 있을지. 자원봉사자로 요양원을 드나들며 자크린과 사업가 김 씨, 독신자 강 선생을 비롯해서 이름을 모르는 몇몇 늙은이의 죽음을 보았다. 수시로 누군가가 죽었지만 내 기대를 채워줄 만큼 아름다운 죽음은 없었다.

두려움에 질려 끌려가는 듯 보이거나, 날숨이 아닌 들숨에서 조급하게 숨이 멎어버리거나, 전혀 죽을 사람 같지 않은 얼굴을 하고 있다가 잠깐 자리를 비운 사이에 숨을 거두는 식으로 매번 내 기대를 배반하기 일쑤였다. 그중 나를 가장 서운하게 한 것은 내가 자리를 뜬 순간에 숨바꼭질하듯이 황망히 숨어버린 죽음이었다. 그런 죽음은 오랫동안 미적지근한 온기로 남아서 끊임없이 내 미련을 자극했다. 나를 천사 아닌 천사로 머물게 만든 건 그 개운하지 못한 결말이었다.

공허하게 벌어진 입에 검은 어둠이 가득했다. 할머니가 그저께부터 주사와 약을 거절한다는 말을 들었다. 길을 잃고 헤매던 정신이 잠시 제자리를 찾아왔나 보다고 짐작했다. 간호사들이 번갈아 매달려 회유를 해도 조개처럼 다물린 늙은이의 입은 벌어질 줄 몰랐다. 믿기 어렵지만 아주 잠깐 그런 시간이 있었다. 목구멍에서 끓는 가래소리를 들으며 방에 갇혀 있는 할미를 떠올렸다. 옴팍하게 꺼진 눈자위와 합죽한 입, 세상의 끝에 매달려 간당거리는 느낌에 더해 조금씩 분명해지는 체념의 느낌까지, 두 늙은이의 모습이 많이 닮았다. 어쩌면 죽음을 앞둔 모습이 다들 그렇게 비슷한 얼굴을 하는 게 아닌가 싶었다. 지금쯤 할미는 물레 바늘에 손가락을 찔린 공주처럼 깊이 잠들어 있을 것이다. 어쩌면 내가 없는 사이에 숨을 모으고 있는지도. 수영을 못 하는 사람이 물에 빠져서 허우적대는 것처럼 가쁘게 숨을 몰아쉬는 모습을 두고 보기가 안타까워서 순나할머니를 도와주기로 했다. 탈춤놀이를 끝내고 사람들이 몰려오기 전에.

"잠깐만 기다리세요. 제가 도와드릴게요. 아주 잠깐이면 돼요."

나는 벌이 들어 있는 사각 상자를 꺼냈다. 사위는 조용하고 죽음은 커튼자락 뒤에 숨어 있었다. 셔츠 앞섶을 열고 벌침을 양쪽 젖가슴 사이의 중심에 꽂았다. 벌침이 꽂히는 순간, 순나할머니가 눈을 떴다. 할머니의 눈이 허공을 맴돌았다. 공허한 눈짓이었다. 한 마리, 또 한 마리…. 사각상자에 죽은 벌이 늘어났다. 손가락으로 벌침이 박혔던 자리를 쓰다듬었다. 감쪽같다.

"자고 나면 세상이 달라져 있을 거예요."

죽은 벌과 사각상자를 가방에 넣고 간호사를 불렀다. 순나할머니가 숨을 모으고 있다는 말에 의사와 간호사가 흰 가운자락을 휘날리며 달려왔다. 할머니는 가파른 언덕 마지막 봉우리에 발을 딛는 중이었다. 손을 잡아주었다. 아직은 따뜻했다. 의사가 임종이라고 했다. 초랭이가 덩실덩실 춤을 추며 병실에 들어왔다. 환자복 위에 걸친 도포 자락의 허리 부분이 묶여 있고 신발도 신지 않은 맨발이었다. 큼직한 발과 우람한 걸대에 어울리지 않게 초랭이 탈을 쓴 이를 금방 알아보았다. 오락시간 때마다 육자배기를 걸쭉하게 뽑아대던 대령이었다. 나는 대령의 등을 떠밀어 밖으로 나갔다. 휴게실에서는 탈춤놀이가 마지막 마당에 이르고 있었다. 가방에서 부네의 탈을 꺼냈다. 춤을 춘다기보다 몸부림처럼 너풀거리는 대령의 얼굴에서 초랭이 탈을 벗겨냈다.

"대령님, 저랑 탈을 바꿔요. 늘 같은 얼굴을 하고 있으면 재미가 없어요."

대령에게 부네의 탈을 씌워주고 초랭이 탈로 내 얼굴을 가렸다. 백정과 각시와 할미가 무리에 섞여들며 흥겨운 자진모리 춤판이 벌어졌다. 그러자 의자에 멀뚱하게 앉아 있던 늙은이들이 덩실거리며 춤을 추기 시작했다. 대령의 등을 밀고 들어가 무리에 섞였다. 소매 끝에 달린 한삼 자락이 허공에 곡선을 그었다. 언젠가 안동 하회마을에 갔다가 하회별신굿 탈놀이를 보았다. J와 강가의 모래밭을 돌며 춤을 추었다. 물가에 자욱하게 내려앉던 안개를 잊을 수가 없다. 의식보다 몸이 더 선연하게 기억하고 있는 추억이었다. 세포 곳곳에서 일기 시작한 바람이 내 몸을 훑고 다니며 아우성쳤다. '춤을 춰, 춤을 추라구!' 추임새에 따라 발

돋움하는 내 몸이 날개를 단 듯 가벼웠다. 발이 땅에 닿지 않아 공중을 걷고 있는 기분이었다.

"날자, 훨훨 날자."

오락시간이 끝나고 휴게실에 모여 있던 사람들이 뿔뿔이 흩어지는 것을 보고 요양원을 나왔다. 가을 햇볕이 내리쬐는 뜰에 서서 요양원을 돌아보았다. 유리문 안에 순나할머니가 손을 흔들고 서 있었다. 나는 환하게 웃고 있는 순나할머니를 오래도록 바라보았다. 말갛게 웃고 있는 그녀의 형체가 점차 흐릿해지더니 마침내 가뭇없이 사라졌다. 할머니가 서 있던 자리에 유리문이 가로막혀 있을 뿐이었다. 쓸쓸한 바람이 목덜미를 스쳤다. 늘 누군가는 떠나고, 누군가는 남는다. 오늘 내가 바라본 누군가의 등은 내일 누군가가 바라볼 내 등이다. 누구나 등을 보이며 떠난다. 오늘일지 내일일지 모르는 날에.

탈을 벗을 때가 되었다. 탈 없이도 웃을 수 있어야 해. 탈이 아닌 내 얼굴로 부네보다 더 고운 웃음을 지으며. 나는 부네의 탈을 쓰레기통에 버렸다. 몸이 가려웠다. 벌침으로 인한 발진이 돋고 있었다. 피돌기가 빨라지고 체온이 오르며 핏속으로 독이 퍼지고 있었다. 살이 익을 정도로 뜨거운 물에 몸을 담그고 싶었다. 독이 온몸 깊숙이 스며들도록. 나는 가을볕을 등에 듬뿍 받으며 요양원 언덕을 내려왔다. 나뭇가지 하나 일렁이지 않는 요양원 뜰에서 해바라기를 하고 있던 가을이 내게 손을 흔들어 주었다.

작가의 말

여자는 무엇으로 사는가?

무심코 창을 내다보다 아, 하고 탄성을 질렀다.
눈이 내리고 있었다.
사월 첫날에 눈이라니,
다시 보니 흰 꽃잎이었다.
창 아래 벚꽃이 피어 있었던 걸 잊고 있었다.
그 나무도 처음 아파트에 입주할 때는
작고 가느다란 묘목이었을 것이다.
이십 년 가까이 자리를 지키는 사이
볼품 있는 나무가 되었다.
가지를 활짝 편 모양새가
제 영역을 지키는 원주민처럼 당당하다.
나무가 해를 향해 넓게 가지를 뻗는 것은
살아남기 위한 몸짓이다.

숨은 눈

사람이고 나무고
스스로 영역을 넓히며
제 자리를 굳건히 지켜야 살아남을 수 있다.

바람이 분다.
바람을 맞고 서 있는 나무가 내 소설 속의 여자들 같다.
내 소설 속의 여자들은
이제 막 옮겨 심은 나무처럼
끊임없이 흔들리고 갈등한다.
그녀들이 불행한 것은
딛고 선 땅이 척박한 탓이었다고 변명해주고 싶다.
그녀들에게는 시간이 필요하다.
땅 냄새를 맡고
거친 바람을 이기고
땅 속 깊숙이 뿌리를 내릴 시간이.

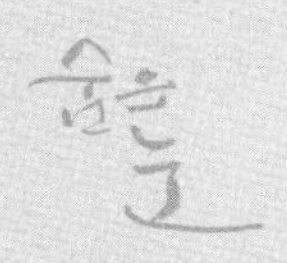

그러고도 살아지지 않으면 좀 더 기다리라고 말해주고 싶다.
당신을 바라보는 아이들을 위해서라도.
당신의 아이들도
엄마가 봐주지 않는 순간을 그렇게 기다렸고
지금도 기다리고 있다.
뿌리가 뽑힐 듯 모질게 불던 바람을 견디면서도
그녀들은 쓰러지지 않는다.
그녀들을 지키는 것은 '엄마' 라는 이름이다.
엄마여서 못 간 여자들의 얘기를 해보았다.
여자로 제법 많은 시간을 살았는데
아직도 나를 모르겠다.
내가 누구인지.
여자였나 하면 엄마였고
엄마였나, 하고 돌아보면
다만 인간이고 싶었던 기억이 새록새록하다.

여자들의 얘기를 쓰고 있으려니
내가 인간으로 살려고 몸부림치던 순간에
나를 지켜보던 가족들이
조금은 외로웠을지도 모른다는 생각이 든다.
내가 수시로 후들거렸던 것처럼.

2018년 8월 20일
이천동에서